新韻叢書④

解構批評理論與應用

克里斯多福·諾利斯　著

劉自荃　譯

駱駝出版社　印行

DECONSTRUCTION:

Theory and Practice

CHRISTOPHER NORRIS

METHUEN CO. LTD, London and New York

First Published in 1982

目　錄

總　序

當代文學理論的眾聲喧嘩

　　有人說20世紀八、九十年代是一個電腦時代、資訊爆發的時代，我們未嘗不可以說它是一個（文學）理論時代（我特別用括孤把文學一詞括起來，以表示不僅僅文學，其他學科如社會學和政治學等的理論也非常蓬勃地出籠），對於這樣一個勃蓬的現象中的理論介紹和應用，我們的學術界現在已經沒有任何落後的現象，但是對一般不懂得外文的大眾來說，他們可眞無法比較系統而且深入地去了解這些眾聲齊唱的理論，更不要說去感受這些理論出現之後對學術界那種鮮活的沖擊。

　　西方應是比較早能預知這股理論潮流的到來，設在英國倫敦的Methuen公司早在1979－80年間，首先推出一套十二冊「新韻」（New Ac-cents）叢書，這第一套十二冊之中，霍氏本人的《結構與記號學》和伊蘭的《劇場與戲劇記號學》等，目前已成爲經典之作，而往後推出的叢書中，其中如赫魯伯的《接受美學理論》、弗洛恩的《讀者反應理論》、諾利斯的《解構理論與實踐》和沃芙的《後設小說》等也都非常受到肯定。這套叢書旣然稱爲「新韻」，其編輯用意當然是在介紹文學研究的新觀念、新分析法，而這些新東西，其發源地未必都是英美；霍氏說他這套叢書是要積極"誘發而非抗拒變革"，

是要"擴展"而非僅僅是"增援"目前文學研究的範圍（頁vii）。自Methuen公司這套叢書面世以來，英美的著名大學出版社如劍橋、牛津、芝加哥、康乃爾和哈佛等固然受到沖擊，其他如明尼蘇影、杜克、印第安娜，甚至紐約和喬治亞大學等都積極跟進，出版了不少非常優越的理論書籍。至於一般出版社，美國的諾頓、Sage和Vintage固然非常積極地展開出書，英國的Routledge、Blackwell、Polity和Verso等等所推出的理論書籍，其積極和前衛，更是叫人目不暇給，買不勝買。簡而言之，從概括性對一流派一方法的介紹，到對個別論題的深論到各種會議論文專集，可說應有盡有，而這些只是一本一本的書籍，尚不包括許許多多發表在學術刊物學報上的專論，任何人只要對這種排山倒海而湧來的出版物有一些了然，他必然會同意我的說法，八、九十年代確可稱為一個道地的"理論的年代"。相對於西方這種勃蓬的理論發展，國內對理論的反應、介紹、甚至翻譯，都可說非常貧乏。今設在板橋市的駱駝出版社有意先將「新韻」的部份論著以及其他出版社的一些經典，委請兩岸、香港、新加坡學者翻譯出版，以填補我們對西方理論的渴求，大家實在應感額手稱慶。

　　提到這二十來年西方文學理論的興發一定得給1968年記上一筆。這一年，從法國的巴黎到美國的柏克萊所掀起的學運，其最具體而深遠的影響即是新觀念因它而受到了肯定。就歐美理論的溝通流通而言，則1966年更具有漂竿意義，因為這一年美國的霍浦金斯大學召開了一次題為"文學批評的語言與人類科學"的研討會，歐洲一些重要的結構主義理論家像巴特、托鐸洛夫、拉崗和雅克慎都與會。但更重要的是，德希達的第一篇英文論文＜人文科學言談中的結構、符號與遊戲＞即藉由這次會議而正式進入英美世界。從這次會議的論文以及與會者的討論中，我們發覺他們不僅無法對結構主義尋得一致的見解，而事實上，是在宣佈它的死亡，後結構時代的到臨。另一方面，在這

次會議之前，英美對歐陸人文學理論的接受情形猶在迎拒不定之際，自此之後，才大量翻譯、推介及挪用歐陸的各種理論，其中最典型的例子就是米樂、德曼與布魯姆等耶魯四人幫借助德氏的理念創立了解構理論。差不多在此同時，美國的女性主義者開始大量出書，爲他們打入學術界舖路，當時最著名而且影響力最大的一本書（米勒特的《性別政治》）即在1969年出版，此書至今仍對男性文化造成摧朽作用。在英國，另一群人以詹森（Richard Johnson）和霍爾（Stuart Hall）爲首，在布明罕大學推動目前氣勢非常隆盛的文化研究。我這一段叙述僅在說明一點，當今的理論興發實應推溯到六十年代年輕人打倒偶像另尋理論典範的作爲上頭。

到了八十年代，英美及在歐洲推出的理論書籍可眞是琳瑯滿目，目不暇給，其取向和重點紛紜雜陳，甚至相互抵抑，眞是一片衆聲喧嘩。先是解構論、記號學、詮釋學、拉崗心理學、新馬克斯主義和讀者反應理論當道，到了八十年代末期九十年代初期，後殖民和後現代論述、女性主義和文化研究批評似又成爲顯勢，眞要爲這麼多種理論繪製圖譜，每一種方法／流派都得寫成一巨冊，由於文獻相繼湧現，這種工作絕非一個人窮一生的精力就可以做到的，故當今搞理論的學者常有疏於閱讀原典正文之憾。

要仔細論述當代文論雖有其實際上的困難，可是我們仍可以在這盤根錯節交接與不交接之間找到一些特色，其犖犖大端者應有底下這幾點：

第一，當代理論的紛紜、解除中心趨向，都跟梭緒爾質疑符號中符具與符旨的契合有關。梭氏認爲符具與符旨的關係都是武斷的、偶然的、後天的，因此，符號的應用者儘管非常竭力，想以各種符號來攫住經驗中的眞實，其用心都得打了折扣。解構論和後現代主義都據此找到了思想的根源。作爲解構論的祖師，德希違即認爲，書頁上的

文字都只是一些符號或痕跡(marks or traces)，它們都是殘缺的工具，所能攫住的都是疏離的、間隔的、游移的意義，而由讀者再對這些符號加以還原以求理解，則其所獲得的將是間隔又間隔、游移又游移的意義。後現代主義理論家承襲這種看法，他們認為文學創作根本只是一種語言（符具）遊戲，對意義的追求只算是捲入一場無限延緩的天羅地網之中。

第二，文本觀念的確立代表讀者的誕生。在巴特和克利斯提娃等於七十年代初期提出"文本"(text)的觀念以取代"作品"(work)的觀念之前，文學批評都環繞著作者與作品的關係大作文章，作品為作者的產品(product)，任何探討都得對"作者"這一環予以尊重，因為作品永遠都是屬於這一個創作者。1968年巴特宣布"作者的死亡"之後，文學研究已逐漸改觀，作者的"死亡"代表讀者的誕生。一個作家一輩子可能寫了不少作品，可這許多作品可能只是一兩個文本的變異；而且，根據巴特和克利斯提娃的說法，文本是游移的、衍生的，無法加以框住釘死，是讀者閱讀時創造出來的場域。文本觀跟作品觀念的最大不同是，作品是作者的產品，而文本所強調的則是讀者的參與生產，所以是生產(production)或生產力(productivity)。在當代文學理論中，不管是讀者反應理論、記號學或是解構論還是詮釋學，無不強調讀者閱讀過程的重要性；後設小說更強調讀者參與創造的重要性。這樣一來，意義都是讀者創造出來的，沒有讀者就沒有了文本。

第三、對典律／典範的顛覆。女性主義者固然要全面性質疑、顛覆、改寫所有由男性文化體系中衍生出來的種種規範、典律，後殖民論述、後現代主義也要對宰制和體制加以挑戰。在殖民社會裏，女性受到的是雙重宰制：父權與殖民共謀、男性又與治權共謀，所以女性到處都受到宰制、壓迫、征服、操縱，是徹徹底底被控制的一群。在現今，女性主義結合了弱勢論述和解構論，對所謂實證性的現實和未

經驗證過的男性歷史都採取質疑態度；她們要揭開的是久經壓抑、掩
藏的軀體，無意識以及文化、語言中的深層慾望，在此情形下，在父
權社會體制下所樹立的典律／典範等都是她們所要顛覆、推翻的。至
於後現代主義所推崇的符具的游離、意義的模稜性和歷史的斷裂等
等，也許是蠻能吻合某些女性主義者的口味的。

　　除了上列這三個特色之外，當代理論的另一特質應是科際整合。
早期的結構主義理論固然結合了並時語言學、比較神話學和人類學等
學科知識來求索各種言談中的深層結構；當今的女性主義大體上係結
合了語言學結構主義理論、馬克斯主義、心理分析和解構論；文化批
評更結合了政治經濟和社會學理論和媒體傳播、電影技術等，其面相
以及跟社會脈搏相依持，更是任誰都無庸置疑的。

註1：此書後改名為The Structuralist Controversy, ed. Richa-
　　　rd Macksey and Eugenio Donato（Baltimore: Johns
　　　Hopkins P,1972）。

陳　慧　樺

1994年5月18日於師大英語文中心

序

　　「解構批評學」（Deconstruction）開山祖師薩克・德希達 Jacques Derrida 對西方哲學、文學、語言學等不同領域的代表作品作出了精密的分析。他以爲黑格爾、佛洛伊德、約拿芬・考勒、索緒 Ferdinand de Saussure 等人的作品，都深受西方自柏拉圖以來重「言語」（speech）輕「文字」（writing）的傳統影響。經德希達的「解構」分析後，讀者可察覺到這些作品在邏輯上的盲點和「死胡同」（aporia），從而對原作者的思維、意念，甚至整個西方重「言語」、輕「文字」的傳統，不得不作一次新的審思。

　　自六十年代以來，「解構」理論影響漸廣；到耶魯學派把解構理論運用到文學批評後，「解構批評學」更是盛極一時。「解構」一詞及相關術語，儼然成爲知識份子的時興術語，運用「解構批評學」的文學評論，如雨後春筍，使「解構批評學」成爲當今文學理論的主流。

　　但是，「解構批評學」究竟是甚麼，卻言人人殊。排擠者或貶之爲「無傷大雅的學術把戲」，或詆之爲「恐怖份子的凶器」。能夠概括地闡明「解構批評學」究竟是怎麼一個回事的，在衆多著作中，羅利斯這本《解構批評學：理論與應用》是較突出的一部。羅利斯一方面致力簡介德希達及耶魯學派的理論，使一般讀者能掌握其重要觀念；另一方面卻不迴避解構批評學裡複雜的問題。因此，他這本解構批評學是最佳的基礎讀本。

　　譯者劉自荃先生對西方文學理論素有研究，亦有志於把西方文學理論重要作品介紹給中國讀者。這本譯作可說是劉先生朝這方向踏出的可喜的一步，且留待讀者細心評賞。

陳照明

一九九四年春

於新加坡南洋理工大學國立教育學院

譯者導論

解讀克利斯托夫・羅利斯的《解構批評：理論與應用》

　　這並不是前言，反而是後話，也可以算是後話的後話。薩克・德希達 Jacques Derrida 在其論文〈正文以外〉"Outwork"中，解讀黑格爾 Hegel 在《精神現象學》*Phenomenology of Spirit* 的〈導論〉"Introduction"裡，對寫於正文之後，卻放在正文之前的前言、或序言、或導論、或文本以外的文本（extratext）、或正戲之前的前戲（foreplay）的責難。①如果正文是眞理概念的自我呈現，那麼前言／序言／導論／外文本／前戲的時空位置，將如何被界定？②黑格爾的辯證邏輯，爲甚麼不能合其正反，而非得把言外之言，意外之意，眞理以外的眞理，寫於其後，而見於其前？（雖然這是一篇責難前言的前言）。或許正如德希達所言：

　　　　概念的自我呈現，才是一切前言的真正前言。明文寫定的前言不過是概念以外的現象，反而概念（與自身並進的絕對邏輯）才是真正的前——言（pre-face），一切文字寫作的必然前——

---

① 見薩克・德希達 Jacques Derrida。《播散作用》*Dissemination*。巴巴拉・約翰遜 Barbara Johnson 譯註及導論。芝加哥：芝加哥大學 The University of Chicago Press，1981。頁 3–59。

② 德希達在〈正文以外〉"Outwork"中，寫出連串意符的變換："Hors Livre:Outwork, hors d'Oeuvre, extratext, foreplay, bookend, facing, prefacing."黑格爾雖然認爲導論（introduction）與序言（preface）不盡相同：
導論 *Einleitung* 是較爲系統化的，與書本的邏輯較少歷史性及處境性的聯繫。它是獨特的（unique）；它處理著一般及重要的結構性課題；它表現出一般概念的分類及內在異同。而序言則從初版到再版，不斷倍僧，有著更爲實在的歷史性。（〈正文以外〉：P.17）
但相對於正文而言，兩者皆是前言，亦同樣是後話。

述（pre-dicate）。（P.15）

德希達對前言的解構式討論，從黑格爾的盲點與視點（blindness and insight）裡，顯現出其哲學邏輯的兩難困境（aporia）。辯證邏輯，也許未必能對立融合（sublate, aufheben）正反兩極，而昇華至更高的眞理，朝向絕對的精神（Absolute Spirit）。哲學家所言之鑿鑿的眞理，亦不過是兩端開放的文本，是下一篇眞理的前言，上一篇眞理的後話，有著意符繁衍不休的文本播散潛能（textual dissemination）。所謂眞理，只能在相對性的歧異網絡（relative differential network）中產生暫時的意義，卻在文字寫作（writing）的延宕過程（the process of deferral）下，永恆不斷地以前言／後話的文本形式，受到附加／補足邏輯（logic of supplementarity）的解釋或解構。

克利斯托夫‧羅利斯 Christopher Norris 在《解構批評：理論與應用》Deconstruction: Theory and Practice 的〈前言〉（其實是〈導論〉"Introduction"）裡，亦自謂其書內各章，皆是前言，「是對德希達理論文本遲來的參與。」這樣說來，其實我這譯本也是前言，是對羅利斯對德希達一派理論文本遲來的參與的遲來的參與。而我這〈導論〉，也就是前言的前言，或者是後話的後話，是一種更遲來的參與了。讀者妄想在譯本中閱讀原本，正如希冀從羅利斯處理解德希達，或從美國批評中理解法國理論般，只會是繼續遲來地參與著文字寫作的播散活動而已。

在羅利斯的《解構批評》的書評〈也不是解構批評〉"Nor is Deconstruction"中，力克‧萊爾 Nick Royle 以準確性及責任感質疑羅利斯之作，出語苛刻，極盡冷嘲熱諷之能事。③首先，他認爲書名題爲「理論與應用」已大爲不妥，因爲德希達的文本，便是要推翻及

轉變理論與應用的概念，而把兩者的區別分野融合爲一（P.172）。
其次，羅利斯偏重主體意識，把解構實踐界定於耶魯解構者。又說該
實踐可見於尼采、海德格、亞爾杜塞式的馬克思主義、傅柯、薩依
德、巴爾特，甚至是喬治‧艾略特和理察斯。可是解構批評卻不會以
意識爲基礎，主體亦只是文字寫作的「效應」（effect）而已
（P.172）。

　　羅利斯以「懷疑論」（scepticism）及「玩藝戲耍」（play）討
論解構批評學，更被萊爾駁斥爲誤解了德希達對「現存性」
（presence）、「主體性」（subjectivity）、及「反身性」（self-
reflexivity）的批判（P.173）。最後，他認爲羅利斯並沒有討論「建
制」（institution）對文本的規限（P.174）；亦把德希達的名言：
「沒有甚麼是在文本以外的」（*il n'y a pas de hors-texte*）中「文
本」一詞，單純地當作是文字寫作、文學作品、及哲學文本
（P.175）。而事實上，「文本」這意念，是與建制的結構和作用不
可分割的（P.176）。萊爾於書內對「歷史」這概念的看法，亦頗有
微詞（P.176-177）。

　　也許一切介紹性（或非介紹性）的「前述」文字及譯作（或非譯
作），都只是遲來的參與。批評家的視點，亦是其盲點。萊爾欲把德
希達作爲現存的本源，以自己的理解爲定論。卻（反諷地）忘了德希
達這主體，不過是連串以前言後話文本形式寫作出來的效應。前言企
圖統攝，後話顯現不足，本身是沒有定論的。況且前言本來是後話，
後話也可以是前言。批評家妄稱德希達，以之爲本源，以之爲一切解
構理論文本的統攝前言。但其引以爲據的德希達，其實亦是後話，只

③見力克‧萊爾 Nick Royle.〈也不是解構學〉"Nor is Deconstruction" *The Ox-
ford Literary Review*。5.1-2（1982）：P.170-177。

不過是艾倫・巴斯 Alan Bass 及大衞・艾力遜 David B.Allison 等人的後來譯本，或批評家如羅度夫・嘉雪 Rodolphe Gasché、羅拔・楊格 Robert Young、哈洛德・布朗明 Harold Bloom、及索雪・哈拉里 Josué V.Harari 等人的後來參與。④萊爾言之鑿鑿地引用德希達的「本來」話語，以責難「後來」的入門書籍及翻譯作品。卻不料入門書籍及翻譯作品，反而成了其後來參與所依據的前言。入門書籍成了本源，譯本作了權威。

一切論述的視點，也就是其盲點，在解構分析下，陷入兩難困境。巴巴拉・約翰遜 Barbara Johnson 在德希達的《播散作用》*Dissemination* 的〈譯者導論〉"Translator's Introduction"中，以為：

> 解構活動並不是瓦解文本的一種方式，要設法證實意義並不存在。事實上，「解——構一詞」——（de-construction）並不牽涉「瓦解」（destruction），反而更為緊密地與詞語「分析」（analysis）相連，字源上意謂「鬆解」（to undo）——這才是「解構」（to de-construct）的真正同義字。（P.xiv）⑤

要解構文本，也就是要「在文本之內，鬆解出表意活動裡的對立抗衡力量」；如果有甚麼是被「瓦解」的話，所「瓦解」者，亦「並非意義，而是一種模式的表意活動，壓倒另一種模式的表意活動的明顯支配性宣稱」（約翰遜 P.xiv）⑥

④參看萊爾原文，P.177，註釋部份。
⑤巴巴拉・約翰遜 Barbara Johnson.〈譯者導論〉"Translator's Introduction"。見德希達。《播散作用》。約翰遜譯註。芝加哥：芝加哥大學，1981。P.vii-xxxiii。
⑥廖炳惠於《解構批評論集》的第六章〈解構所有權〉（台北：東大圖書，1985，P.183-233）內，對「解構」（deconstruct）一詞，集各家之見，亦有精闢之解說（參看P.183-185）。

如羅利斯所言，德希達努力瓦解從語言學家到人類學家及哲學家
（包括索緒、奧斯汀、施雅勒、李維史陀、蘇格拉底、盧梭、胡塞爾
等）的論述裡，所內在預設的二元對立優先序列。話語及語言系統、
旋律及和聲、專有名詞及稱謂系統、言語說話及文字寫作、履行性及
斷言性語言、表達性及指示性符號、辯證邏輯及比喻修辭——前者為
支配性宣稱，壓倒在對立表意模式中的後者。而解構活動，便是要顛
覆動搖該預設之壓抑機制，顯示前者的支配性，被後者於本源處瓦
解。前者企圖在歧異表意活動之中，壓倒作為附加的後者，卻在後者
的延宕補足邏輯下，陷入兩難困境。

批評家不可能「意及其所言謂的」（mean what they say）或
「言謂其所意及的」（say what they mean）。德希達常常把其他批
評家的邏輯推論，發展至極限，而顯現出他們的理論所引領之途，如
何瓦解其前提假設。兩難困境，也就是邏輯困境。思路自相矛盾，不
能斷定一途，是不可前行的前路。只有藉著解構分析之中鬆解出來的
動力，才可另闢蹊徑，再度前行。解構活動的目標不是要瓦解，而是
要解放意義，使之從壟斷意義之預設既定建構之中，鬆解出來。

解構分析也許不過是一種，以後話重寫前言的解放活動。新批評
學以後話的形式重寫舊有之批評學，本身卻又成了結構主義的前言。
而結構主義又被符號學及後結構主義等後話所重寫。各派理論皆欲成
為後話的後話，以後設批評學的形式壓倒前言，自身卻又在文本的播
散作用下，不斷地被後來者解釋或解構。事實上在二十世紀的後半期
裡，批評論述一直被一種「後來意識」（consciousness of belatedn-
ess）所瀰漫滲透。後起的理論思想，或文化現象，如「後」結構主
義和「後」現代主義等，不再自立名目，反以「後來」的名義，附加
／補足於已有的名目之「前」。彼此以相對性的歧異結構互顯意義，
又在文字寫作的延宕播散之中，重寫其意義。伊哈布‧哈山 Ihab

Hassan 以二元對立的模式並置現代主義與後現代主義。
⑦希力士・米勒 J.Hillis Miller 以「理性的」（canny）及「野性
的」（uncanny）架構，二分結構主義批評家及後結構主義批評家。
⑧兩者皆惹來惡評如潮，引發連串的解釋性或解構式後話。

　　結構主義與後結構主義的區別分野，歷來眾說紛紜，難有定論。
約拿芬・考勒 Jonathan Culler，在《論解構批評：結構主義的後起理
論與批評》*On Deconstruction: Theory and Criticism After Structur-*
alism 的〈導論〉中，質疑索雪・哈拉里 Josué Harari 所編的後結構主
義批評論集。⑨以為內裡所收錄論文的作者，如羅蘭・巴爾特 Ro-
land Barthes、吉勒・德略茲 Gilles Deleuze、尤珍尼奧・唐納圖
Eugenio Donato、米素・傅柯 Michel Foucault、吉拉德・尚力特
Gerard Genette、朗尼・吉哈德 René Girard、路易・馬林 Louis
Marin、米高・利法特雅 Michael Riffaterre、及米素・塞雅斯
Michel Serres 等，所謂後結構主義者，之前卻反諷地，皆曾編列在
哈拉里自己的結構主義者書目之內。⑩如果所有以前本來是結構主義
批評家的，後來都成為了後結構主義者的話，那麼真正的結構主義
者，便只剩下克勞迪・李維史陀 Claude Lévi-Strauss 及查韋坦・托
度洛夫 Tzvetan Todorov 二人而已。⑪至於批評家如羅蘭・巴爾特

---

⑦見伊哈布・哈山 Ihab Hassan。《後現代的轉向：後現代理論與文化論文集》
　The Postmodern Turn: Essays in Postmodern Theory and Culture。劉象愚
　譯。台北：時報文化，1993。P.153，154。
⑧見希力士・米勒 J.Hillis Miller。〈史蒂文斯的石頭及批評學作為拯救學㈡〉；
　"Stevens' Rock and Criticism as Cure, Ⅱ" *Georgia Review*。30（1976）：
　P.335-38。
⑨索雪・哈拉里 Josué Harari，編。《文本策略：後結構主義批評面面觀》*Tex-*
　tual Strategies: Perspectives in Post-Structuralist Criticism。伊費卡：康尼爾
　大學 Cornell University Press, 1979。
⑩哈拉里，編。《結構主義者與結構主義》*Structuralists and Structuralisms*。伊
　費卡：變音符號 Diacritics，1971。

及心理學家薩克·拉康 Jacques Lacan 等則更難界定到底是結構主義者，還是後結構主義者（P.25-27）。⑫

　　可能已經再沒有純粹的結構主義者了，亦再沒有原來的結構主義。所謂主體，不外乎連串以前言後話文本形式寫作出來的效應，既不能意及其所言謂的，亦不能言謂其所意及的。拉康認為潛意識有著如語言般的結構，企圖以結構主義這後話，重寫心理分析學這前言。⑬但在其連串的文字寫作（Écrits）中，卻不但沒有如其所呼籲的，回歸佛洛依德這本源，反而同時瓦解了佛洛依德的原慾論架構，及質疑結構主義的科學化宣稱。慾望之源，其實是一種不斷地有待意符所補足替代的欠缺匱乏感；而結構主義觀點裡，意符與意指一一相應的關係，亦不過是孩提鏡映時期的誤解錯見。並沒有獨立自足的完整個體，正如沒有不假外求的文本結構一樣。這樣看來，企圖重寫心理分析學的結構主義，竟早已被後結構主義所重寫。其他如巴爾特或傅柯，亦皆各自在其結構主義理論的實踐中，陷入兩難困境。⑭邏輯推論所引領之途，反過來瓦解結構主義自身的前提假設，自相矛盾，進退維谷。

---

⑪見約拿芬·考勒 Jonathan Culler。《論解構批評：結構主義之後起理論與批評》*On Deconstruction: Theory and Criticism After Structuralism*。伊費卡，紐約：康尼爾大學，

⑫羅拔·楊格 Robert Young 在其論文〈後結構主義：理論的終結〉"Post-Structuralism: The End of Theory"（*The Oxford Literary Review*。5.1-2（1982）：P.3-20）中，亦有類似的見解。於本來是結構主義者的巴爾特、傅柯、及拉康，後來竟成了後結構主義者，提出質問（P.4）。

⑬關於薩克·拉康 Jacques Lacan 的理論，可參閱撒姆爾·韋伯 Samuel Weber 的《回歸佛洛依德：薩克·拉康的心理分析錯位》*Return to, Freud: Jacques Lacan's Dislocation of Psychoanalysis*。米高·李文 Michael Levine 譯。劍橋：劍橋大學 Cambridge University Press，1991。或愛莉·納蘭德索力芬 Ellie Ragland-Sullivan 的《薩克·拉康及心理分析哲學》*Jacques Lacan and the Philosophy of Psychoanalysis*。倫敦及康伯拉：克洛明·赫爾姆 Croom Helm，1986。

　　羅利斯在《解構批評》（1982）中，把考勒歸定爲結構主義者的代表。考勒獲獎書籍《結構主義的詩學》（1975），亦作爲結構主義緩和弱化對立見解的權威指導。但在《解構批評》一書出版的同一年，考勒卻反諷地以《論解構批評》（1982）一書，與羅利斯並時地參與著解構批評學的介紹工作，附加／補足其以前的結構主義討論。結構主義的論述權威，竟亦在參與解構批評，這據說是對立於結構主義的見解。結構主義與後結構主義的二元對立模式，在文字寫作的後來參與下，自我解構。無可否認，後結構主義的出現，已經重寫了結構主義；正如後現代主義的出現，已經重寫了現代主義一樣。再沒有「本來的」結構主義或現代主義，只有後結構主義之後的結構主義，和後現代主義之後的現代主義。而結構主義「者」和現代主義「者」的主體支配性，亦早已被瓦解於文本播散的解放活動之中。

　　前言既然已經被後話所重寫，也就不再是前言，反而是後話的後話。羅利斯在其自謂書內各章皆是前言的《解構批評》中，努力把德希達的解構分析，及受其哲學思想影響的耶魯批評家，作爲一學派介紹給一般讀者。書中以德希達爲本源，又極力推崇據說能繼承德希達嚴謹論辯法則的保羅・德・曼 Paul de Man。而把希力士・米勒 J.Hillis Miller、傑弗瑞・赫特曼 Geoffrey Hartman、及哈洛德・布朗明 Harold Bloom 等作爲解構學派的附加，本身已經隱伏了在補足邏輯下被再解讀的潛能。也許我得重寫德希達的名言：

---

⑭關於巴爾特從結構主義到後結構主義的逆轉，可參閱本書正文第一章。傅柯的作品，可分爲考古時期（archaeological period）及系譜時期（genealogical period）。前者可被視爲結構主義，後者則爲其後結構主義的逆轉。讀者可參閱理察・哈蘭德 Richard Harland 的《上層結構主義：結構主義及後結構主義的哲學》*Superstructuralism: The Philosophy of Structuralism and Post-Structuralism*。倫敦：麥索仁 Methuen, 1987。內有簡明扼要我介紹。

沒有甚麼是在文本以外的

為：

沒有甚麼是在文本以前的

沒有前言，只有後話，任意符繁衍不休地繼續附加／補足寫作下去。

劉自荃

九四年春，於香港

前　言

文學與批評的區別分野是虛假的。兩者皆永遠不幸地（或幸運地）使用著最嚴格的、結果亦是最不可靠的語言。藉著這語言，人類命名及改變他們自己。（德·曼 1979，P.19）

批評家保羅·德·曼 Paul de Man 這段說話，堪為典範，可看到文學上，常被稱為解構批評學（deconstruction）的那類思想。在解構批評的思想裡，邏輯矛盾無孔不入。除了文學作品外，亦運作於批評、哲學、及所有類別的論述之中，甚至它自己的論述，亦包括在內。把文學與及批評的分野，看成是虛假的，是甚麼意思呢？語言怎麼可以同時是最「嚴格」（rigorous）及最「不可靠」（unreliable）的知識泉源？人們怎麼可以藉著，由這嚴格而不可靠的語言，所形成的命名過程，「改變」（transform）自己？單憑再三仔細的閱讀，或僅僅如宗教信仰般，歸定為自圓其說的矛盾系統，並不能解決問題。相反地，正如很多對德·曼表示不滿的批評家所言，這是進取的技法，主動挑惕尋釁，使所有習以為常及舒適如願的思想習慣受窘。

　　解構批評不斷地使人想起「危機」（crisis）和「批評」（criticism）語源上的關聯。它明顯表示出，任何詮釋思想的激烈轉變，必經常地衝擊看似荒謬的理性極限。哲學家早已承認，思想也許不能避免地把他們引進懷疑論的領域，其結論將使生命難以有意義地繼續下去。大衛·休姆 David Hume（1711－76）把懷疑論喚作「永遠不能絕對醫治的病患。而且不論怎樣驅趕，仍會不時回來……略為大意及疏忽卻可補救一切」（引自羅素 Russell 1954，P.697）。解

構批評在同樣令人迷失的極限裡運作，延宕人們對語言、經驗及人類溝通的「正常」可能性（normal possibilities）等，種種習非成是的一切。但這並不是說，這是異端邪說或邊緣哲學，甚至是超凡玄妙的思想家，對文學批評的例行工作感到失望，而形成的反常遊戲。休姆在其懷疑論的困境中，除了以疏忽大意轉移視聽，鬆弛神經外，（彈子球無疑是休姆在下午的慣常逍閒方法），再找不到出路。解構批評是同樣的思想活動，不能長期運作，否則將進入瘋顛失常的死胡同，但它卻對自己有著責無旁貸的嚴謹要求。

　　德‧曼對解構批評學不是「被摒棄為無害的學術遊戲」，便是「被貶抑為恐怖份子的武器」感到不滿。該兩種反應都是可以理解的，雖然兩者皆言不及義。這正是本書將要爭論的，解構批評積極反駁一切把批評學等同於接受傳統價值及觀念的理論。在批評方法由來已久的爭論之下，經常存在著，對某些通行慣則、或辯論法式的默然認同。似乎沒有了他們，便不能繼續對文學作品作認真的思考。文學作品存在著意義，而文學批評則找尋對這意義的正確有效認識。這類默然認同的原則，甚至隱伏於最大分歧的不同思想內。可是解構批評卻正正挑戰這些原則所暗示的「文學」（literature）與「批評」（criticism）的基本分野。它更挑戰著，批評必須不僭越文學的位置，才可提供特定可靠的知識這概念。對解構批評家來說，批評（像哲學一樣）常常是一種文字寫作活動（an activity of writing），對其所知所言，借用德‧曼之意，是極為嚴謹的。

　　要說服讀者們，相信還要多費唇舌，因為這裡牽涉著一連串相關的論點。同時，我將從德希達對「前言」（prefaces）奇特而名不符實的地位的討論中（見《論文字寫作學》Of Grammatology）隱隱約約得到安慰。正如現在一樣，前言是常常寫在一切的最後，卻放在書的最前面，作為作者指導性的象徵。它據稱有總結的作用，有著摘要

性系統化敍述的能力，更否認文字寫作構想，所牽涉的眞實過程及思想活動。可是它亦同時以解構批評的典型風格，推翻自己在傳統上指引著正文的權威。如格雅脫・查克拉瓦提・史碧韋克（Gayatri Chakravorty Spivak）在其英文版的《論文字寫作學》的譯者前言所說：

> 前言在結構上，使文本成為前後兩端開放。文本沒有固定的身份，固定的泉源……每個閱讀文本的行動都是下一個行動的前言。閱讀自稱為前言的前言，亦不例外。（德希達1977a，P.xii）

這樣說來，以後的幾章亦是「前言」，是對德希達理論文本遲來的參與，而不是對解構批評方法一種可靠方便的「客觀」簡介（objective survey）。如果有甚麼是需要學習的話，這便是現成的觀念無力解釋、或規限文字寫作活動。

第一章　尋根：結構主義與新批評學

　　把「解構批評學」（Deconstruction）①表現爲一種方法、一套系統、或者一組塵埃落定的意念，可能會錯誤地顯示其本質，而負上簡化誤導之名。批評理論在今天是高尚的學術工作，有著强大的既得優勢，以吸收及容納任何新近隨時代產生的挑戰理論。現在看來，顯而易見，結構主義②從一開始便經歷著一個被吸納改造的過程。英美批評家迅速地從其「實用性」（practical）或「常識性」（commonsense）的功能中獲得啓發。結構主義最初是對支配當時的批評構想的强烈抗議，後來卻成了爲舊作品找新論題的額外選擇。到現在爲止，也許差不多每一本經典的英國文學作品，都有一種改頭換面的結構主義式的讀法。從任何學刊之索引中匆匆一瞥，已足以證明結構主義如何在學術研究中，穩佔一最爲舉足輕重的席位。舊日的論爭，已被悄然淡忘。因爲其論爭之基礎已轉移，昔日的對手亦化作今日的盟友。把這段歷史詳盡追溯開來，或可提供一個訓例，看看英美學術批評，如何吸收同化任何危害其統治地位的新理論。

---

①把"Deconstruction"譯作「解構批評學」，有把德希達及其他與解構活動理論文本有關的批評家，視爲一個「學派」的含義。該命名本身便已經壓抑了解構活動開放性的播散潛能，而冒著被解構之危機。一切介紹性（或非介紹性）的文字，包括羅利斯的《解構文字：理論與應用》在內，皆有著簡化概括，因而易被（錯誤）詮釋置換，引發文字繁衍不休的動力。所以結論之後，還有結論；後話之後，更有後話。中國古有經傳注疏的詮釋發展，也可爲例。而「解構學」一詞，亦不過在其他理論如新批評學、結構主義、或馬克思主義的歧異網絡之中，暫時穩定下來，發生意義而已。

②解構批評學屬於後結構主義，簡而言之，與結構主義基本的分別，在於後者認爲意符"signifier"與意指"signified"，以專斷俗成的潛在語言法則一一相應，組成歧異性的節約權宜表意結構。而前者則以爲意符的意指，其實是另一個意符。所謂語言文字，不外乎意符不斷衍生的寫作活動，本身只有著暫時性的意指。

　　解構學在某程度上對結構主義式思想，緩和弱化新見解的傾向，提供一警惕性的反作用。幾篇薩克・德希達 Jacques Derrida 最有力的文章，都致力於瓦解「結構」這個概念。它使作品裡變換文義的活動失去力量，意義亦簡化在可支配的範圍內。約拿芬・考勒 Jonathan Culler 的書籍《結構主義的詩學》*Structuralist Poetics*（1975）③，被視作對複雜的結構主義思想，有效而權威的指導，事非偶然。從該書之影響力，可見一斑。考勒的書籍曾被批評家和教師們，廣泛地指定爲學生的讀本。除此之外，其他通行的理論發展，便乏人問津。可以猜想，其吸引力有部份在於，它憑慣常通則處理分析方法上的問題；有部份在於，它原則上否定其他更爲極端的理論，因爲這些理論，可能質疑它的方法。考勒不諱言其目的是要協調結構主義的理論，與自然歸類式僅憑直覺的分析方法。在他的眼中，理論的作用在於提供一個架構或系統，爲見解分析正名。這些見解，是任何稱職之讀者皆有能力達致，更能就其是否切題及合適，作出審核的。考勒主要認爲，結構主義分析方法可以提供一種對見解的規範，以避免批評家隨心所欲，信口開河。

　　各種各樣的通行模式，或者約定俗成的專斷法則，常常決定著讀者的反應。當我們從這個角度去看所謂「勝任的閱讀能力」（readerly competence）時，考勒的論據便顯得薄弱了。另一方面，考勒訴諸似乎帶有語言學家諾姆・喬姆斯基 Noam Chomsky④

③約拿芬・考勒爲結構主義及符號學的大師，但他亦寫有關於解構批評學的書籍《論解構批評》*On Deconstruction*（倫敦：盧特雷基及克根・保羅，1983）。關於他在結構主義方面的觀點，中文讀者可參閱周英雄的《結構主義與中國文學》（台北：東大圖書，1983）。

④喬姆斯基爲二十世紀之語言學家。他認爲語言能力，是說話者在語言的潛在法則的運用上，所達致的勝任程度。這些潛在法則，稱爲文法。一切語言文字，皆可用結構性的樹形圖象，顯現其法則上的深層結構。

影子的論點：語言結構是先天內殖、與生俱來於人類腦中的，運作上規限了語言之使用，讓人們可以互相溝通。所以考勒立論，以為我們對文學作品的理解，是規限於一種類似的自然反應式「文法」（grammar of response）中的。該文法讓我們可以從混沌無序的大推細節中，找出切合相關的意義結構。但另一方面，他又不得不承認文學作品有異於日常用語。他們牽涉一些特定的溝通法則，是需要學習，而不能用放諸四海皆準的自然反應式文法理解的。這樣說來，稱職勝任的閱讀能力，不過是一種受訓後的本領，「套用習以為常，言之成理而普遍通行的文學知識」，維護某人對作品的看法而已（考勒1975，P.127）。

這就是結構主義最保守的一面，支持著傳統的觀念，以為作品所負載的意義，雖複雜而不變，批評家不過是對作品中蘊藏的真理的忠實追尋者而已。考勒並沒有明言，到底這些分析上的結構法則，是永恆不變地存在於人類腦海之中，還是更為可能地，表現出既有常規慣則的影響，對於受訓後的讀者，是一種加工後的自然反應。無論如何，他們明顯地暗示，某類對批評論述的監察或有效的規範。所以考勒在《結構主義的詩學》的最後一章，質疑如德希達之輩的極端理論，因為他們似乎偏向於瓦解分析方法，及作品含義的基礎本身。

從其拒絕接受結構作為先天內殖於腦袋，或客觀存在於作品之見解看來，解構批評學是自詡為「後結構主義」（post-structuralist）⑤的。最重要的是，它質疑考勒至為關鍵的假設：意義結構與深藏之心理「組合」（mental set）或思想模式相應。這些組合和模式，決

---

⑤廖炳惠於《解構批評論集》（台北：東大圖書，1985）中，譯作「結構主義後起思想」。該譯法只顯示時間上的先後次序，而不是對某派理論的專有命名。正如後現代主義，從現代主義的後起思想，發展為一種社會文化現象的專有指稱，結構主義的後起思想亦成為一種專稱。現時坊間亦常用「後結構主義」一詞，所以我源用俗說。

定了理解溝通的限度。從考勒的觀點來看，理論可能是對永恆不變的結構，或形式性的通則之追尋。這些結構或通則反映了人類溝通理解上的眞正本質。理性分析著眼於人類思想及文化之通盤闡釋。在嚴謹之分析下，文學作品，與神話、音樂、及其他文化成品一樣，意義顯露無遺。藉著聲稱與其意義系統分析對象，有著深廣的血脈淵源，結構主義理論得到了方法上定位和取向的保證。

相反地，解構學一開始便企圖盡力地延宕這種心思、文義、及據說能集兩者於一身的結構系統概念，所假設的相應關係。

從康德到索緒：概念的樊籠

懷疑結構主義思想有效性的學者，常常以「沒有超越性主體」的康德主義（Kantianism without the transcendental subject）形容結構主義。考勒的連串論點，體現了這句口號的有力性。意曼努爾·康德 Immanuel Kant（1724-1804）著手挽狂瀾於既倒，拯救哲學於極端懷疑論者如休姆Hume之流。⑥懷疑論者覺得人類不可能達致任何對於外在世界，固定不移及獨立自足的知識。他們嘗試發掘一切介乎思想法則（或者推理邏輯），與及現實生活和體驗本質上的必然聯繫，卻明顯地遭受挫折。思想似乎被幽禁於理性的樊籠，無休止地複述著其自定的假設，但卻不能把這些假設，與整個外在世界聯繫起來。感官的證據並不比如因果相應一類的理念邏輯更爲可靠。這些

---

⑥休姆爲十八世紀英國經驗主義的哲學家。該學派以爲知識的泉源，並非笛卡兒式的理智意識，而是感官經驗，對外在世界的觀察和實踐的結果。康德代表十八世紀德國的唯心主義學派，在哲學上回應休姆的懷疑論。他以三段論法從各種形式中，推演歸納出十二個理解的純粹範疇。這些範疇，皆是先天內殖於腦中，以構思及組織外界森羅萬象的，並不是從後天經驗提取出來的概念。中文讀者可參閱羅素，《西方哲學史》，下冊，馬元德譯，（北京：商務印書館，1986）。

「邏輯」（logic）亦不過反映或整理出思想的歷程而已。

康德從懷疑論的死結狀態中，找到解困的出路。他同樣認為意識是不可能以直觀無礙的形式，掌握或「認識」（know）外在世界的。知識是人類思維的成果，運作上只可能詮釋（interpret）外在世界，並不能把整個鴻濛未鑿之實相飽覽無遺。但對康德來說，思維的運作是深殖於人類理解結構之中的，這為哲學奉獻出全新的基礎。所以哲學必須捨棄對錯誤「實相」（the real）的追尋，而關注那些深層不變的常理──或者說是先驗的真理（a priori truths），是他們組成人類的理解思維的。

要找出康德思想，及如考勒之流的結構主義觀念相通之處，並不困難。他們都植根於思想及其企圖理解的「現實」（reality）之間，備受爭議的斷離關係。語言學家法特蘭・德・索緒 Ferdinand de Saussure⑦以結構主義的說法，最為明確地釐清這種斷離關係。他提出我們對這個世界的知識，是不能避免地被本來用作傳情達意的語言所塑造及支配的。索緒堅持語言符號「專斷」（arbitrary）的本質。該見解使其擺脫了言辭與事物，被看作理所當然的自然聯繫。對索緒來說，意義是密切地牽涉於相關及歧異的系統中的，這有效地決定了我們思想及感知的習慣。語言並非用以觀察現實的「窗子」（a window on reality）；或者，試用另一個比喻，是忠實反映的鏡子，而是整個複雜的既定傳情達意網絡。自他看來，我們對於事物的知識，是不自覺地被語法體系及常規慣則所結構的。這些系統，讓我們歸類及組織混亂游離的經驗。除了語言，及其他類似的表情達意程序，便再沒有獲得知識的方法了。根據不同語言，各種各樣藉相似相

---

⑦古添洪在《記號詩學》（台北：東大圖書，1984）中，譯作瑟許，廖炳惠在上引書籍中則譯作索緒爾。依法文來說，亦可譯為德・索緒。本書依周英雄，在以後的篇幅裡簡稱作索緒。

異編排的組合，現實被多姿多彩地塑造著。這思想和文義的基本相關性（basic relativity），便是結構主義理論的基礎，該主題後來亦被美國的語言學家撒比爾 Sapir 及吳爾夫 Whorf 繼承發展。

索緒的創見，引發不同的回響。考勒具體地顯示出康德式的反應，藉著堅持標準化或似乎是自圓其說的閱讀「勝任能力」（readerly competence）習慣，企圖杜絕懷疑論。考勒找尋著閱讀的通則性理論或「詩學」（poetics），以完整地統攝各種現存的理解文學作品的方法。藉著訴諸於讀者作為某種中介的存在，擁有必然的思考本領「及」相關的語言法則慣例，考勒使相對主義理論無法得逞。考勒辯稱，讀者必須「大約知道自己閱讀的方向目標」（考勒 1975，P.163）。詮釋是在千頭萬緒各種可能的意義組合中，尋找秩序與溝通。這些意義組合是作品給與勝任的讀者的。結構主義詩學的角色，有部份是要解釋這些有影響力的常規慣則如何運作，有部份是要讓中規中矩、合符法度或「稱職勝任」（competent）的種種閱讀反應，與小知小言劃清界限。

考勒以結構主義名義建議的，是比常被看作是學術教育主體的那類批評理論，更為井然有序的方法。從這個角度看來，其理論之優點，在於能輕而易舉地包容其他在於「結構主義之前」（pre-structuralist）但又合乎考勒心意，能顯示常規慣則的批評家，所提供的各種現成例子。他對於文學閱讀「勝任能力」（literary competence）的概念，能卓有裕餘地兼容，各種從來沒有受惠於其系統化理論的前人見解及分析。他亦可以順理成章地，借用喬姆斯基的語言學為證。要證實說話的人合乎語法的言辭背後，牽涉著複雜的規則及變格系統，當然並不等於要證實他有任何對該系統的「自覺意識」（conscious knowledge）。正如喬姆斯基所說，語言的「勝任能力」（linguistic competence），除非經語言學家特定專業的鑽研發掘，是沈潛隱伏而完全不知不覺的。康德哲學裡的「超越性主體」（或謂理智的

寶座），亦是同樣地在不知不覺中，運用其與生俱來的能力。

考勒以同樣態度對待某些批評家。他們僅憑直覺的分析方法功效
顯著，是不容置疑的，但卻欠缺任何有效的，對於閱讀反應的宏觀組
合理論。考勒對於威廉・燕比生 William Empson《七種隱晦模式》
Seven Types of Ambiguity 的某選段的看法，堪作典範。他認為該
書充滿不自覺的結構主義式含義。該選段（見燕比生 1961，P.23）
錄自亞瑟・韋勒 Arthur Waley 所譯的兩句中國詩：

　　　　邁邁時運，穆穆良朝。⑧

考勒注意到燕比生的閱讀方法帶出「二元對立」（binary
opposition）⑨理論（主要指時間上的對比），使詩意盎然。這些給
與考勒理論上的支持，證明「詮釋詩歌時，須尋求圍繞文義或主題軸

---

⑧源出陶潛之〈時運〉。見翟理斯，韋勒選譯，《英譯中國歌詩選》（台北：商務印
　書館，1980 P.78。）
⑨在語音學上，二元對立，意謂以相對而言，較少數量的語音區別元素(distin-
　ctive features)，表達無窮無盡的意義的權宜專斷法則。例如 /p/ 與 /b/ 是嗓
　音無聲與嗓音有聲之別，因而區別出 pat 與 bat 意義上之不同，(請參閱本書
　第二章)。二元對立法則，應用於宗教，則人與神相對；應用於哲學，則主體
　與客體相對；應用於社會，則男與女相對；應用於種族，則白人與黑人相對。
　　周英雄在其近作〈中國現當代自我意識初探〉（見陳炳良編，《中國現當代文
　學探研》，香港：三聯，1992，P.16-25）中，以為有二元區別與二元對立之
　分（P.20）。事實上，德希達早已指出二元區別，常常是對立性的，在歧異之
　中已經訂定了優劣次序。巴巴拉・約翰遜 Barbara Johnson 在其德希達的譯
　作《播散作用》*Dissemination* 的〈譯者導論〉（芝加哥：芝加哥大學，1981，
　P.vii-xxxiii）中，已有詳盡的敘述。
　　西方語言為拼音文字，從語音的二元對立，發展至（如李維史陀 Lévi-
　Strauss 的《結構主義人類學》*Structural Anthropology* 般）各種社會文化現象
　的二元分析觀念，邏輯上似乎缺乏理論上的聯繫，反而近於文學性的比喻引
　申。中國文字古有六書，並不是拼音文字（雖然六書中的形聲及假借與語音有
　關），語音上亦不以嗓音之有聲與無聲，為歧異表意法則。所以把結構主義應
　用於討論中國文學，看似科學化，其實亦不過是另一種同類的文學性比喻引
　申，把文學的討論，語言學化而已。

心，互爲對立的措辭用語」（考勒 1975，P.126）⑩。這些策略源於
讀者的慾望，藉著發掘各種各樣的意義組合，盡量提高趣味性及增加
作品的重要性。「勝任」的閱讀包括能顯示感知這些意義組合的領悟
力，與及使這些和其他較不相關的組合，分門別類的良好辯識力。至
於「切合相關」（relevance）這意念，考勒再次訴諸超越個體的，
被認爲能加強閱讀反應運作的集體判斷力。結構主義，憑著其對語音
區別元素及決定性對比的重視，實際上成爲自然的引申（natural
extension），或對於選擇性閱讀的合法化正名理論。

　　考勒與常用反諷、邏輯矛盾或（如燕比生）不同類型的隱晦含義
等術語的「老牌」新批評學家（the old New Critics），並無異議。
他把這些及其他的反應組合，看作閱讀運作的常規，是爲了用複雜而
滿意的方法尋求作品的意義而衍生出來的。考勒相當保守地提出，批
評家始終以相同的方法閱讀，閱讀的同時，反映出相信是規限他們各
種修辭意念的結構。

　　於是燕比生的「隱晦模式」被認作建基於二元對立的法則。該法
則影響深遠，不僅有啓發性而已。這些結構未必是客觀地「本然存
在」（objectively there）於作品的，但卻提供了（被假定爲）非常
基本及有力的閱讀慣則，其有效性不容置疑。所以，考勒的詩學，牽
涉對知識先驗性、或規範性的雙方面理論。一方面，它預設了一種閱
讀活動，建基於某些理解上的潛在自然法則。另一方面，它假定作品
必能提供足夠的支持，使這活動能擁有獨立自足的直覺性座向。

---

⑩中國傳統詩歌使用對偶手法，並不爲奇，《詩經》及《楚辭》已有不少例子。唐代
　近體律詩中，更明訂頷聯、頸聯之格式。中國古亦以陰陽之說，附會對仗之
　工。西方人以「二元對立」而論之，亦是文學性的喻況引申。

新批評學的舊酒倒進結構主義的新瓶？

解構學努力挑戰的，便正是考勒那類把「結構」（structure）暗中等同於「閱讀能力」（competence）的詮釋方法。結構式概念太容易使思想受制，其自圓其說的所謂客觀性，亦避過了批評的審核。正因如此，在學術環境中，結構主義成為不具威脅的存在。正如傳統的批評家曾經爭論過的那樣，藉著其所謂「科學化的」嚴謹態度（scientific rigor）及對抽象概念的特殊品味，今時今日，它更不構成威脅了。當年美國的新批評學，曾引發同樣的敵意，其修辭的基礎──「反諷」（irony）、「邏輯矛盾」（paradox）、及「張力」（tension）──亦被視為離經叛道。但是，很快便看出，新批評學家自立門戶，把詩歌的獨特性，封存於他們選定的修辭之中，絕無把詩歌理性化、或邏輯秩序化的企圖。如威廉·衞姆塞特 William K. Wimsatt 所言，詩歌作為「語言意象」（verbal icon），成為了所有維護詩歌語言獨立優越性的批評理論的匯通點。

如果系統和結構在新批評學的思想中有任何重要性的話，其目的並不會是提供詩歌意義的理性基礎──邏輯異例中的邏輯──而是建立可以阻擋這類理性反擊的批評學。新批評學的方法在其論爭的模式上理性有餘，但卻與有異於其組織運作的詩歌語言保持堅定的距離。新批評運動的準哲學家衞姆塞特，為詮釋活動，定出嚴格的清規戒律，極力確保該距離不被僭越（見衞姆塞特 1954）。最明顯的是他們對「意譯邪說」（heresy of paraphrase）的攻擊。該說以為詩歌意義，可以被殊途同歸地意譯成各種知性散文。一言以蔽之，新批評學家認為，詩歌是超凡聖潔之品，它與批評家常用的語言有別，須敬慎尊重其獨立性。

新批評學家們的理論設計迅速地掌舵，成為文學教育的守則。它

以前的貶抑者，輕易地與其並不大挑戰理性批評正統的信條妥協。結構主義在其早期科學化的裝扮下亦然。考勒的理論顯示出結構主義虛飾的外殼，如何可以輕而易舉地，注入基本上類似從前新批評閱讀策略的舊酒。學術討論無懼於「科學化」的批評（scientific criticism）。不管後者的理論如何席捲文壇，它仍可秉承其對作品高度獨立自持的見解，不為所動。如此專門獨立的理論活動，竟委身成為眾多方法的其中之一。挑戰建制的理論，成為建制的一部份，自相矛盾。

羅蘭・巴爾特 Roland Barthes

考勒的閱讀詩學，於是與一強大派系的結構主義思想吻合。跟許多人一樣，巴爾特早期的論文，目標在於以索緒的語言學及克勞迪・李維史陀 Claude Lévi-Strauss 的結構主義人類學為藍本，對作品作出全面的科學化研究。風行一時的結構主義論述，以批評學為「後設語言」（metalanguage），企圖道出所有（現存的或可能會存在的）文學作品的法則和常規。這不但引發巴爾特的雄心壯志，更帶來各種努力，要建立普遍通行的敍述「文法」（a universal grammar of narrative），與及建基於語言文字數量比例上的文學類型研究。在其《符號學元素》Elements of Semiology（1967）一書中，巴爾特把結構主義看作某種施諸語言的總法則或分析論述。日用語言（natural landuage），包括引申含義在內，皆從屬於後設語言的描述。該描述以科學化的措辭運作，且提供獨立或「第二序列」的理解水平（secord-order level of understanding）。對巴爾特來說，符號學明顯地是這種後設語言，「因為作為第二序列系統，它取代了作為研究目標的第一語言系統（或者語言分析對象）；而這系統物象，則透過符號學的後設語言而表情達意」（巴爾特 1967，P.92）。這麼

拐彎抹角的解釋，實際上不過是相信結構主義方法作爲論述，足以駕馭及解釋所有類型的語言和文化而已。

最少這是一種解釋巴爾特作品的方法，一種與結構主義活動認同的閱讀法。可是，仍可以找到蛛絲馬迹，看出巴爾特自己對如此僵硬簡化的理論設計不大滿意。如果符號學可以成爲第二序列論述，解開日用語言含意之謎，爲何它自己可以不被一更高序列水平的論述所分析？「原則上沒有任何後設語言，可以不被另一新起之後設語言，視作語言分析對象；例如符號學亦可被其他科學分析講述」（同上，P.93）。

巴爾特清楚感知，自稱擁有最後解釋能力的論述，所隱含的危險和謬誤。符號學家似乎因應外界「掩飾或吸納改變」其主流文化意義的做法，行使「解釋語言系統者的客觀作用」。可是他的客觀性不過是思想習慣上故意忘記，或掩飾其自身暫時性地位的結果而已。結構主義最深遠的啓示，亦沒有制止這種策略的方法，它也不能自稱可以掌握最終的眞理。沒有最後的分析。沒有後設語言方法，可以在其自身的運作和其分析的語言對象之間，劃下明確界限。符號學須承認，它所使用的措辭和概念，是常常受制於與其分析對象相同的表意過程的。所以巴爾特堅持，結構主義永遠是一種「活動」（activity），一種開放式的閱讀行爲，而不是一種自圓其說的「方法」（method）。

從後結構主義發軔之初，到改善其理論時所遇到的問題及矛盾，巴爾特皆牽涉在內，卻沒有作出類似的、方法上尚未完備的啓示。從其避免任何理論上的立場，而把他放在解構學一派，似乎頗爲誤導。巴爾特是傑出的作家及高度原創性——有時甚至率性而爲——的理論建設者。他的文字自覺地使風格成爲其自身可能性之深入探討，時常提供理論性的見解，卻又藉著對任何有組織理論的抗拒，抹掉其見

解。他後期的著作不獨與結構主義者，亦與德希達、薩克・拉康 Jaques Lacan、及其他後結構主義的思想家維持對話。巴爾特既承認受後者的影響，亦與他們保持距離。他繼續如常地從系統和方法中找到樂趣，亦依舊對結構作為思想上的總括性秩序著迷。但他現在似乎視這些意念為，受慾望投射於文本、語言及文化多形態表面的「幻覺」影像（fantasmatic images）。猶如「結構」在後設語言的含義上一樣，妄想對作品完全透徹理解，（他暗示）是屬於一種瞎子摸象的思想階段的，被其自身的比喻概念所矇蔽。修辭活動（rhetorical play）的成份，無處不在。其於批評性論述的影響可被忽略，但他們並不會被結構主義這意義的「科學」（science of meaning）抹掉刪除。

　　這種對語言和結構的含混態度，便是巴爾特在其一九七七年譯成英語的斷斷續續「自傳」（fragmentary autobiography）中，所表達的一個主題。這似乎是極之「缺乏誠意」（bad faith）的行動。一方面寫出這樣的自傳作品，一方面以「作者之死」（death of the author）為號召，渴望規避主體對語言結構的獨裁統治。但讀者很快便清楚巴爾特是不會被任何人——除了他自己之外——駁倒其文章論點的。有些冒牌讀者（hypocrite lecteur）把他文章的思想簡化，欲使他陷入困境，他卻總是棋高一著。在巴爾特的自傳中，可舉出一貼切精確的例子。有一個美國學生（「或實證主義的，或愛爭論的：我不能界定」），想當然地把「主體性」（subjectivity）和「自戀慾」（narcissism）看作相同的事物，認為「大約都是自吹自擂的」。巴爾特表示，該學生是受害者：

　　　　惑於那舊日的組合，舊日的模式：主體性／客體性。可是今時今日，主體在別處了解自己，而主體性則從拐彎抹角的別處回

> 歸：被解構、分離、轉移，無安身之所：為何我不能說「我自
> 己」（myself）？因為這個「我」（my）已不再是「自己」
> （the self）了。（巴爾特 1977，P.168）

藉著自傳，巴爾特實際上提供的，是一系列對於寫作經驗、語言的雙
重性、及與人溝通絕不可少的文本性質（textual nature）的巧辯深
思。其中一種這類的玩藝遊詞（或「移置代詞」shifter，巴爾特可能
會這樣說，用語借自羅曼・雅克慎 Roman Jakobson），是他常以第
三人稱的敍述手法，以某種反諷的疏離，稱喚各個使其深感興趣的論
題。正如其書本的卷首題詞所言，「這應該被看作出自小說角色之
口。」

　　巴爾特所逐步削弱的，不但是語言的本然常規，更包括那些支配
語言運作的人工方法（他自己的方法亦在內）。這後期巴爾特的另一
個自我（alter ego）被用作解釋早期「結構主義的」巴爾特對系統及
方法的追尋。錯有錯著，帶來極大的趣味。自我對話成爲諷諭教材：

> 　　你保持「後設語言」的意念，這只算是某種意象修辭的一
> 類。這是你作品中經常性的做法：你用虛構的語言學、比喻的語
> 言學──這些概念形成寓言，一種第二語言，其抽象性引領向虛
> 假的目標──當你看著意義自身運作時，你只會帶著購物者跡近
> 幼稚的玩樂心情，不停地把新奇之處，反覆觀賞。（同上，
> P.124）

這段對話恰當地掌握著巴爾特的思路，他努力「逆改」（discompo-
se）自己的意念，並把他們維持在創作的層面上，喚起所有純語言遊
戲的靈活性及新鮮感。

巴爾特的這一面，顯示出解構式思想，開始動搖和擾亂結構主義的設想。急於吸納改造結構主義的批評家，暗度陳倉，把結構主義視為一種殊途同歸的「法門」（method）。他們認為結構主義論點與傳統雖然大相逕庭，卻基本上受制於共識性的尋常用法。巴爾特後期作品明顯的越軌傾向，大部份被視作批評家無傷大雅的奇思異想，因為他們在理論的高壓緊逼狀態下，需要某種形式的「創造性」緩衝避力之所（creative escape）。這種典型的英美批評態度，在對作品的思考活動訓練（the discipline of thinking about texts）與文字寫作活動之間，劃清界線。前者在自我運作中，被假定為應該否認及罔顧後者。（以傑弗瑞・赫特曼 Geoffrey Hartman 的話來說），批評是「答辯式的文體」（answerable style）。這話能一語道破學術論述背後潛藏的設想。我將論證，這是解構學思想中，最顛覆動搖及極端的分野發展。細意留心地閱讀巴爾特，便可顯示批評性的思想概念，如何不斷地被自覺的文字寫作活動改變及破壞的程度。

這種令人目眩神惑的文字寫作活動，是被讀者們抗拒的，他們看不出「結構主義的」巴爾特，和後期寫作時率性而為、花言巧語地論述的他有任何關係。菲力・索迪 Philip Thody 便是這類讀者。索迪關於巴爾特的書（副題為《保守的估計》*A Conservative Estimate*），把他表現為天賦異稟，卻反覆不定的思想家；滿腦子意念卻傾向於前言不對後語（索迪 1977）。索迪相信，在睿智之下，是與舊日新批評學無異的設想架構。巴爾特一方面是光芒四射的表演者，語言偽裝的大師；同時另一方面，是中規中矩、井然有序的思想家，帶有流行的法國式情調。他破壞性的策略，可總結為對邏輯矛盾的無窮興趣，掩飾了對規律和方法的承諾。

索迪對巴爾特的文義補足培元的讀法，明顯地企圖為觀念保守的英國讀者，打開方便之門。他虛假的常識性語調，結合著把結構主義

方法為人接受的一面，與其他更為極端的啓示，劃清界限的態度。所以他對巴爾特自相矛盾的風格，頗不耐煩。索迪把這看作是外緣的，僅僅流露出某些強而有力，卻被壓抑著的「創作性」衝動（creative drive）而已。邏輯矛盾，可能深植於巴爾特的思想之內，而不僅僅是「風格」（style）上的外緣裝飾。但這種看法，卻不大被承認。不過，很多篇他的文章，都顯示出巴爾特自覺地把理智和方法，與超出其兼容能力的扭折理論，互相抗衡。其半自傳的某選段使這「抗衡組織」（reactive formation）成為所有巴爾特寫作上的泉源和動機：

　　普遍定論（doxa）形成了，真受不住；為了把自己解放出來，我提出了邏輯矛盾；然後這個矛盾開始變質，變成新的成見，化為新的普遍定論，而我必須再找尋新的邏輯矛盾。

（巴爾特 1977，P.71）

　　索迪的態度反映出一個信念，邏輯矛盾及類似的思考詞彙，屬於「文學」語言（literary language），在批評學中僅僅扮演一邊緣化、或自我放縱的角色。這是新批評學在詩歌的修辭技巧，與散文闡釋所使用的理性語言之間，確立的同一界別。這界別常被較為進取的新批評家，間歇性地逾越與入侵。尤其是詩人與小說家們，總覺得不安。因為批評訓練把他們作品的某一層面，遠置於另一層面之外。該爭論點不只是批評技巧的問題。正統新批評學家找尋的詩歌語言，在某程度上超越人類理智，而最終指向宗教意義的價值結構。華爾德·安格 Walter Ong 在其文章〈雋語和奧祕〉"Wit and Mystery"中，認為新批評學對詩之雋語（poetic wit），包括對其相關的詞彙，及反諷、矛盾等的重視，與他們對基督教信仰的普遍效忠，有直接的關

係：「雋語所引領之途，導向詩歌的真正本質……與基督教義之宗旨有著基本的關聯」（安格 1962，P.90）。布拉克默爾 R.P.Blackmur 在討論詩歌「比喻」（poetic analogy）的角色時，亦達成類似的結論。藉著比喻，詩歌可以暗示而不須明言，存在之衝突和張力：「只有比喻能讓矛盾統一──類似的看法，使聖奧古斯汀 Saint Augustine 說出，每一詩歌皆有神祇的某些實質」（布拉克默爾 1967，P.42-3）。於是這成了深奧的教義性責任問題。批評學應該尊重詩歌語言的特定約束，及把其運作規限於理性散文論述的獨立領域。把兩者混淆會破壞紀律的意識，難以保存詩歌真理確實的「奧祕」（mystery）。

於是詩歌的獨立性不單僅是美學的論題，更是對人類理智的信心試探點。在新批評學反諷和邏輯矛盾的修辭之下的，是整套的語言形上學。在這裡，詩歌和宗教對真理之見解，互相纏結在一起。同一時間，有些人原則上同意這思想上的紀律，卻發覺知易行難。例如艾倫・泰特 Allen Tate 便守著基本的新批評學信念。認為詩之「張力」及「邏輯矛盾」（poetic tension and paradox）是高於理智的知識印記，與不可言傳的堅定信心相連。但他同樣亦曾藉本質上「介乎想像力和哲學之間的曖昧位置」，以令人「難以忍受」的風格，強加於批評性思維之上（泰特 1953，P.111）。如布拉克默爾一樣，泰特偶爾在思辯之時，似乎在新批評學信念的規約中掙扎，而冒險──雖然非常小心地──闖進新天地。從以下取自布拉克默爾的書《無知入門》*A Primer of Ignorance* 的一段課文為例：

正如想像力從來不能完全轉化為藝術的專斷形式，而須依賴理智，依賴常規慣則，理智在處理想像力時，是不完善的。需要依賴其自身的常規慣則，有些是頗形式性的。（布拉克默爾

1967，P.77-8）

布拉克默爾與泰特皆不安地感到，文學及批評的語言，並不服從正常
神規聖約所列下的堅定領域主權。

超越新批評學

當批評家如傑弗瑞‧赫特曼 Geoffrey Hartman 宣稱他們企圖與
新批評學方法完全分家，而邁向「超越形式主義」（beyond
formalism）之境域時，挑戰對立更趨白熱化。從包括威廉‧衛姆塞
特 William Wimsatt 在內的新批評學守軍的回應，可清楚看到，押下
的注碼並不僅僅是美學上的。當衛姆塞特的文章〈粉碎物象〉
"Battering the Object"（1970），企圖呼籲把美國批評學喚回正規
的方法和目標時，他其實是防衛性地向一新學派的思想回應的。該學
派質疑詩歌形式享有的獨立性，更要求文學批評家，能擁有更大程度
的思索自由。該想法來自歐洲大陸理論，及其美國的代表──包括保
羅‧德‧曼 Paul de Man 及希力士‧米勒 Hillis Miller──他們後來
成為了解構學的主將。

這裡可以看出感知上平行的轉移，同時影響著結構主義活動，及
美國新批評學的深層基礎。當然，把這平行關係過份推展，會是錯誤
的。結構主義理論，從不以那種受新批評學方法引發的半宗教式正統
自居。如前所述，這是受制於各種緩和吸納的壓力的。他們有效地把
較具威脅的暗示封藏起來。考勒訴諸對「稱職」讀者有節制的判斷
力，便是這類回應，企圖把批評理論，建基在非超越性哲學思想的一
切。索迪對巴爾特的處理較為粗略，卻有著同樣的堅毅努力：隔離實
用的和有規律的，把其餘放進風格上的放縱，這無傷大雅的領域。新
批評學和結構主義，各自有著其正統的一面，黨同伐異。同時間他們

傾向於使人們對較不受約束的思想，生出不安或挫折感，令其方法成疑。

對美國批評家來說，新批評學大權旁落，與新近對法國理論思想的突發興趣，同時出現。當時結構主義的自身假設及方法上的宣言，已經受到（尤其是德希達的論文）徹底的批判。這匯集的影響顯現於傑弗瑞・赫特曼，希力士・米勒，及其他人的理論文本上。他們的理論，「超越形式主義」，經歷各階段的發展，達到後來解構批評的位置。在 1970 年，赫特曼仍感到悵惘，不敢想像這思索的追尋，將領向何方。他寫道，要「超越形式主義」，「到目前為止，對我們是太困難了，甚至是違反理解本質的，除非我們如黑格爾信徒（Hegelians）般，相信絕對的精神」（1970，P.113）。他困惑的狀態，讓人記起布拉克默爾及泰特，在思索的冥想中所面對的問題。其差異一部份由於赫特曼抗拒任何絕對教義的堅持，另一部份由於他在與結構主義的論爭中，啟現了更為廣泛的意念。

這些新近湧現的自由，在赫特曼關於彌爾頓 Milton 的文章中大有作用。他在語言、風格和批評理論的位置上，皆與新批評學的假設大相逕庭（參閱〈亞當與博爾莎敏在草地上〉“Adam on the Grass with Balsamum”，見赫特曼 1970）。單是彌爾頓被選作論爭之所，已進一步地顯示出他對新批評學見解的挑戰。新批評學家大部份追隨艾略特 Eliot，假借彌爾頓風格上的「問題」（the problem of Milton's style），表達他們對他政治和宗教上的極端主義，所深藏的不滿。赫特曼著手推翻這勢力龐大的共識。他辯護的，不獨是彌爾頓的風格，更包括批評家的自由。他採用自己力量充備而「答辯式」的文體（charged and answerable style），企圖抵消被公認為正確見解的力量。赫特曼希望推動「一更為進取的詮釋傳統，甚至冒暫時強化批評與詮釋的差異之險。」赫特曼以「批評學」（criticism）意謂紀

律性及自我否認的方法規條，把文學作品與企圖理解文學作品的論述，保持安穩的距離。相反地，「詮釋」傳統（The hermeneutic tradition），則把詮釋者的困惑及疑竇，以完備及寬裕的措辭，加入考慮之列。這樣的文體才是「答辯式的」（answerable），而批評者於理論和作品之間，須頻常作出暫時的調節。這樣才能先發制人，阻止任何壓抑生機或過份僵化的方法。

如巴爾特一樣，赫特曼堅持批評者可以自由使用，能積極地改變和質疑詮釋思想本質的文體。單是這一點，已顯出與艾略特以降，批評語言審愼的法則規儀有絕對的分歧。艾略特對「完善的批評家」（the perfect critic）的著名定義是：一個「憑理智迅速地對感情觸覺進行分析，找到原則和定義」的人。這裡辯稱，持之有效的理論，嚴格地說，不過是把一些規律性的建構，套進感知上的「即時」資料（the immediate data）而已。巴爾特和赫特曼毫不保留地，抗拒這把文學和理論壁壘分明的做法。在艾略特所建議的，思想上從感知達到原則的紀律或教育活動裡，他們發現了，令人驚異的對立爭持，從不間斷。作品本身成了知識和引起快感的幻想，交替出現之「場景」（scene）。

這是解構學的其中一種形式：故意把詮釋文體的資源，反用來對抗方法或語言上，任何過份僵化的常規慣則。如前所述，這出現於後結構主義思想，對百弊叢生、且自相矛盾的美國新批評學傳統的侵略。可是解構學尚有另一更爲強韌的爭論層面。始於同樣的質疑動機，但卻發展至不同的方向。它雖質疑方法和系統，但其閱讀方法本身是有著嚴謹的論辯法則的。它和赫特曼的工巧語言大異其趣，正如赫特曼與他欲摧毀的學術風格大相逕庭一樣。薩克・德希達 Jacques Derrida 便是這強大批評理論的哲學泉源，而在美國，保羅・德・曼現時是其主要的解釋者。

　　在較爲膚淺和遲鈍的讀者手中，明顯地，解構學可以變成理論上的時髦玩意，如最糟糕透頂時候的新批評學敎條一樣，千篇一律，壓抑生機。在最佳狀態下，它提供了對詮釋理論和實踐，全盤重估的動力，其影響尚未可盡量。

第二章 薩克・德希達：語言自我對抗

薩克・德希達 Jacques Derrida 的理論文本，對抗着任何以涇渭分明的界限，作為現代學術論述準則的分類方法。在其對於思想、語言、身份、及其他哲學時常論辯的課題上，所提出的某些耳熟能詳的問題看來，它是屬於「哲學」（philosophy）的範疇的。此外，形式上，它是透過對前人理論文本的批評對話而提出那些問題的。很多這些理論文本（從柏拉圖 Plato 到胡塞爾 Husserl 和海德格 Heidegger），都常被歸類入哲學思想史內。德希達學生時期接受的是哲學的專業訓練（在巴黎高等師範學院 École Normale Supérieure，亦即是他現在任敎的地方），而他的理論，亦要求讀者對哲學有相當的認識。可是德希達的文本，卻與現代哲學大異其趣。而實際上，他們代表著對整個傳統及該學科自我認識上的挑戰。

其中一項挑戰，是德希達拒絕給與哲學，作為理智主權分配者的超然地位。德希達在其選定的基礎上，對抗這種自封的權力。他辯稱，哲學全憑妄顧、或壓逼語言的顛覆效用，才能把各種思想系統强加於人。他藉著批判的閱讀方法，目的在於抽挪出這些效用。他抓緊、技巧地擷取，在哲學文本中運作的比喻元素及其他的修辭技巧。這樣子的解構批評，在其最嚴謹的形式下，恆久不變地提示著，語言對哲學家構想的偏離和複雜化。最重要的是，根據德希達，解構學致力於瓦解西方形上學的誤導，反對理智可以捨棄語言，而達致純粹自足的眞理或方法。雖然哲學努力抹掉其文本性或「文字性」的特色（textual or written character），卻仍可自其比喻的盲點，及其他修辭策略中，讀到蛛絲馬迹。

這樣看來，德希達的理論文本，似乎近似文學批評，多於近似哲

學。它指出一直以來，主要應用於文學作品的修辭性分析方法，事實上對閱讀任何種類的論述，皆不可或缺，這包括哲學在內。文學不再被視作與哲學不相往來，自我陶醉於「虛幻的」主旨（imaginary themes），而放棄了哲學性的尊嚴和眞理。當然，這種態度在西方傳統裏有著悠久的歷史。是柏拉圖首先把詩人，自其理想中的共和國境裏驅逐出來，以哲學性的理智，防備修辭性的巧語虛言的。這引發了一系列從菲力・西德尼爵士 Sir Phlip Sidney 至理察斯 I.A.Richards 和美國新批評學家們的「辯護」及「守衛」戰（apologies and defences）。守衛的戰線隨著批評家的立場而不斷轉移，有些在其辯爭理論中，駁斥哲學（contesting philosophy）；有些與哲學保持距離，卻在另一基礎上，與哲學同樣享有超然的地位。

李維士 F.R.Leavis 屬於後者，他強而有力地堅持，批評家有權把他們的思維習慣，與哲學要求的邏輯檢察及程序，分隔開來。李維士的說法是，批評學需與潛藏的直覺反應溝通，理性分析只可以指示及具說服力地演繹頒行（enact），但卻絕不足以完善解釋（explain），或把相關的一切理論化（theorize）。李維士把文學語言，作爲「實際生活的」或「感受性的」經驗（lived or felt experience）的中介，對哲學敬而遠之。批評家「閱歷成熟的」反應（mature responses），是其唯一可靠的指示，抽象的方法學用處不大。這樣一來，李維士所堅持的「實用」批評學（practical criticism），或精密閱讀方法的優點，便與個人道德的操守，如「實用相關」（relevance）、「閱歷成熟」（maturity）、和「對生命公開地敬愼尊崇」（open reverence before life）等人生態度，連繫起來。這套理論的目標，是要把文學語言和哲學課題，劃清界線。李維士不覺得，批評需要關注知識論的問題、或文學作品中潛在著的修辭運作模

式。他理想中的批評者，根據常規慣則工作，倚賴的是高質素的閱讀反應，及熟悉的本能直覺，而不需要掌握任何哲學的奧祕。

這便是李維士對朗尼‧韋力克 René Wellek 著名的回應。韋力克曾經（在一篇從另一個角度看來，頗為精采的文章中）問及，為何李維士不對其批評的判斷，提供更為連貫、或製定成形的理論基礎（見李維士 1937）。但似乎如果他這樣做的話，只會導致文學批評者，背棄另一截然不同，卻同樣重要的規律活動。事實上，該活動能夠成立，只為其可以從空泛理論的死寂重壓下，保存批評反應的完整生命動力。

李維士在文學批評中，代表了對哲學最為根深蒂固而不遺餘力的抗拒。美國新批評學家，在對修辭系統和方法的偏好下，傾向採取較為隱晦的立場。我曾經提及艾倫‧泰特 Allen Tate，在其思緒的激情下，失望地寫出，批評學是想像力和哲學理性，兩極鬥爭之中央地帶。典型地，新批評學家藉著構想出，能把詩歌封藏在其形式規限之中的修辭比喻及邏輯矛盾，而企圖把這些抗衡張力，包容吸納在內。詩歌（與小說，如果他們願意把它處理的話）佔有某種獨立真實的地位，被各種批評學上的法則規條所確立。概念性的問題──比如說把詩的「形式」（poetic form）與可傳達的「意義」（communicable meaning）聯繫起來──是被巧妙地避開不談的。這些問題，總被當作是詩歌獨特而複雜的存在形式的本然組成部份。泰特（最少在某程度上）視為關乎批評者困境的矛盾及反諷，一般而言，是被新批評學家，看作是客觀地「本然存在」（objectively there）於詩歌意義結構之內的。

這便是新批評學修辭上的循環邏輯，及獨立自足、不假外求的特色。它與哲學保持距離，卻不是如李維士般，直接了當地否認其切合相關之處，而是把其問題，譯寫成美學上的矛盾和張力（aesthetic paradox and tension）等極度簡化的語言。當批評家開始質疑這封閉的修辭學時，便更爲明顯地看出，問題不過是被硬生生地壓抑下來，或被移花接木地替換開去。批評學仍然得發掘，它與「哲學」論述（philosophical discourse）的形式及需求的關係。正值這美國批評學史醞釀著不滿的關鍵時刻，德希達的影響帶來了解放的動力。他的理論文本，提供了一套完整新穎的強勁策略，不但把文學批評家放在哲學家的平等位置，更與他們形成複雜的關係（或抗衡位置）。哲學的權威，亦受到修辭學的反詰、或解構學（deconstruction）的質疑。保羅‧德‧曼曾用以下的一段話，描述這種思想進程：「文學成了哲學的主要課題，更成了它冀望追尋的眞理模式」（德‧曼1979，P.113）。一旦覺察到哲學論辯的修辭性特質，批評家便可以理直氣壯地扭轉乾坤，改變長久以來把文學視作虛飾的、或僅僅是描述性的語言形式的偏見。現在大可辯稱──事實上，不容置疑地──文學作品不如哲學論述那麼虛假誤導，正因爲他們暗中承認、及開發自己修辭上的地位。在德‧曼的理論作品裡，哲學似乎成爲了「在文學股掌中，對其日趨滅亡的命運的不斷反思。」

德希達的注意力分散在「文學的」（literary）及「哲學的」文本作品之間。他在實踐上常常破壞兩者的分野，以爲這是源於根深蒂固，卻難服人心的偏見。他閱讀馬拉美 Mallarmé、瓦里爾 Valéry、左奈 Genet、及索勒 Sollers 時，與他論述哲學家如黑格爾 Hegel 及胡塞爾 Husserl 時，一般嚴謹。文學作品並非遺世獨立，自守於比喻特權的法定領域內，使理性批評不敢越雷池半步的。與新批評學家不同，德希達無意在文學語言及批評論述之間建立堅穩的分隔區域。相反地，他對傳統的慣常界別置若罔聞。反而企圖顯示，某種源於西方思想深層動力的邏輯矛盾，橫跨各學科論述。批評學、哲學、文字學、人類學──整個現代「人文科學」（human sciences）的範圍，

盡皆或多或少地，受到德希達的無情批判。這是認識解構批評學最重要的一點。再沒有一種語言，可以比其更具警惕性及自覺性，能夠有效地躲開先在歷史，及指導性形上理論，強加於思想的規限。

盲點與視點：解構新批評學

《超越形式主義》*Beyond Formalism* 一書以各種方式把問題提出來討論。有些批評家（如傑弗瑞・赫特曼 Geoffrey Hartman），採用率性而行，冷嘲熱諷的間接文體。其他的——以保羅・德・曼爲主——則企圖使用新批評學的邏輯矛盾思考方法。德・曼在書籍《盲點與視點》*Blindness and Insight*（1971）①中的幾篇文章，有力地應用了，德希達關於現代詩學修辭的理論。閱讀新批評學家的論文時，只要留意他們的基本比喻，便會發現，用德・曼的話來說，他們的幾處最偉大的「見解視點」（insight）與其「視域盲點」（blindness），是不能分割的。他們形式主義的理念，以爲詩是「語言的意象」（verbal icon），永恆不變，擁有獨立自足的意義結構，將在透過重整其理論中，被忽略漠視的曲折暗示，而自我解構。他們對於「有機生命整體」形式（organic form）的堅持，正正被他們名爲欣賞讚歎、實則吸納兼容的修辭用語，如「隱晦性」（ambiguities）及「張力」（tensions）等，顛覆動搖。正如德・曼所言，「這信奉單一整體的批評學，最後反諷地成了模稜兩可的批評學，恰好欠缺了它所表揚論議的有機整體性」（德・曼 1971，P.28）。「形式」（Form）本質，變成了方便運作的虛構物，詮釋

---

①廖炳惠於《解構批評論集》中，譯作「洞見與不見」，詩意盎意。從洞見中顯現不見，而解構晚近文評對莊子的新讀法。我譯作「盲點與視點」，從盲點中見出視點，似較合德・曼之原意。當然「原意」一詞，只有著與廖譯版本歧異性的暫時地位，可在延宕過程中予以解構。

者熱烈找尋秩序時的製成品，多於原屬於文學作品本身的一切。新批評學所說的有機生命整體比喻，來自德・曼所謂，建立於作品與詮釋者之間的「辯證的交互作用」（dialectical interplay）。「由於對形式的閱讀，付出了這麼耐心精細的注意力，批評者實際上進入了詮釋的循環圈子，誤把馮京作馬涼，以為這便是有機生命整體的本然循環過程」（同上，P.29）。

解構學並不劃分甚麼是適合閱讀「文學」作品（literary text）的精密方法，甚麼是找出隱伏啟示的批評語言策略。因為所有形式的寫作，皆會偶然地遇上意義及意向的困惑。這便不再是文學第一，批評第二；前者地位超然，後者角色曖昧的問題了。德・曼完全接受德希達式的原則，認為「文字寫作」（writing），有著其自身視點與盲點的辯證關係。這關係比傳統智慧經驗，所強加於文字寫作的一切規格，更為重要。

解構學徹底地拒斥，傳統上規定「批評的」及「創作的」語言（critical and creative language）的優先次序。傳統的類別分野，建基於一個意念，認為文學言語，包含真實自存的豐富意義，批評文字，只可以籍著曲折的閱讀策略，把它暗示出來。對於德希達來說，這標示著另一個西方根深蒂固的偏見，企圖把文字寫作──或語言的「自由活動」（free play of language）──簡化為穩定不移的意義，使與言語說話（speech）的特色相符。在口頭話語裡（根據其暗示來看），意義是「現存」（present）於說話人的，透過預設的內在審核行動，保證意向與言辭兩者，完善地、直覺地「吻合無間」（a perfect, intuitive fit）。文學言語被奉為擁有真實自存的意義和真理，其超然的地位（在德希達看來），源於西方對語言的普遍態度，於批評文字的特性深表懷疑。挑戰故弄玄虛的意義本源論、及現存性的最佳方法，莫過於廢除論述上的虛擬界限，不再劃地自封，強

分「文學」與「批評學」，或者「哲學」與其他傳統上跟它並不相關的一切。

重訂論述的界限，暗示我們閱讀習慣上的激烈轉變。一方面，這意味著批評的文字，必須用與以往截然不同的方法閱讀。較少著重他們詮釋的「視點」（insight），較多著重他們的「盲點」（blindness），因為後者更能顯現其概念上的局限。德·曼把一切簡述如下：

> 因為他們並不是科學性的語言，閱讀批評性的文本，應該與研究非批評性的文學作品，同樣地意識到其模稜兩可的隱晦含義。又因為論述的修辭，倚賴著詳盡的語言陳述，意義與見解亦是他們邏輯上的組成部份。（同上，P.110）

該論點兩面尋釁，尤其是當其界定，與文學作品相對的批評論述的位置時。它明顯地否認了批評學傳統上，不斷夢寐以求的秩序性或紀律性方法。另一方面，它提供了超越把角色界限，硬性區分的法則，使批評者，不至僅僅成為作品主權語言的附從者。批評學在方法程序上失去了的自信，將在其對自身文字修辭上的興趣中重建。在「文學」作品的解構式閱讀中，創作與批評的優先次序出現了逆轉。文學作品，再不附有原生創始的權力，使批評文字戰戰兢兢，與其保持敬慎的距離。文學的獨立性，被新起而不願臣服的評論文體所積極進侵。一切文學意義的傳統屬性，盡受質疑。但同一時間，這類質疑，卻把文學修辭上的複雜性和興味帶至高峯，顯示出鮮為人注意的「盲點」，往往比一切哲學論述更一針見血地具啟示性。

這便是德希達在其理論文本上，對於最為壁壘分明的保守傳統──美國新批評學──的衝擊，甚至使新批評學家，亦對自己的意識

型態深表懷疑。這本來只會是一連串小規模的策略（或者在赫特曼 Hartman 而言，是技巧上的練習），卻被德希達點石成金，成爲遠較極端而深切的顛覆力量。現在我們可以更爲仔細地去看，德希達提供解構式閱讀的措辭及啓示的主要理論文本。我不會把他的書籍逐一介紹，反而會抓住某些重要的主旨及論辯策略而言。且盡量恪守德希達重申的警告：他的理論文本，並非現成「概念」的收集處，而是一種對抗任何類似的簡化概括結集手法的活動（activity）。

語言，文字，歧異／延宕

如果有一個主題，可以貫串「結構主義」思想五花八門的範疇的話，這便是——最先由索緒提倡的——語言作爲意義的歧異網絡（differential network of meaning）。「意符」（signifier）與「意指」（signified）②；或字詞（口頭的或書寫的）作爲指稱符號，及其所指稱的概念之間，並無明顯自足、或本然相應的關係。兩者皆牽涉在語音區別元素（distinctive features）③的運作之內。聲音含義的差別歧異，便是意義唯一的表達方式了。這樣說來，在最簡單的語音層面上，英文字音 bat 和 cat 區別於（而意義亦產生於），字首子音的轉變。同樣道理，英文字音 bag 和 big，是中間母音的替換。如此看來，語言是局部區別性（diacritical）的，或者說是倚賴節約權宜④的歧異結構，以相對而言，較少數量的語音元素，表達大量不

---

②有把前者譯作「能指」，後者譯作「所指」的，乍聽不知所云，體現了語言的專斷性。周英雄在其早期著作中，把前者譯作「意符」，後者譯作「意念」；但在近期著作中，已改用「能指」及「所指」。古添洪譯作「記號具」與「記號義」，似乎太過專門。「意念」一詞，易使"signified"與"idea"混淆，雖然前者亦是一個"idea"，卻是與"signifier"專斷相應的一種概念。我在這裡把"signified"一詞譯作「意指」。

③古添洪譯作「語音厘辨成素」，亦是非常專門的譯法，一般讀者恐怕未必能望文生義。當然他們望文所生之義，亦是有著永恆的文本播散潛能的。

權宜④的歧異結構，以相對而言，較少數量的語音元素，表達大量不穩定的意義的。

索緒繼續在這主要的論點上，建設現代語言學的構想進程。他的設想，與傳統思想，有兩個主要方面的不同。首先，他辯稱，只有採用「並時的」研究方法（synchronic approach），把語言看作結構關係的網絡，存在於某一特定時間內，語言學才可以被放置進科學的基礎上。這樣的規定將放棄——或暫時延宕——支配著十九世紀語言學的「順時的」歷史性研究及思考方法（diachronic methods of historical research and speculation）。其次，索緒覺得有必要，在個別的言語活動或話語（*parole*）及語言整體關係系統（*la langue*）⑤之間，建立堅穩的界限。他辯稱，由於意義只能依據語言的基本組織規則而產生，該系統為一切可能程序的說話的預設先在基礎。

伴隨著索緒對現代語言學的奠基建設，結構主義在各種各樣的形式和應用中，發展了起來。在德倫西·賀克斯 Terence Hawkes 的《結構主義與符號學》*Structrualism and Semiotics*（1977）中，讀者可以找到該發展的詳盡介紹，這裡略過不表。簡單說來，結構主義從索緒裡找到啟示，認為所有文化系統——不單只語言——皆可以從「並時的」角度研究，帶來表意活動多重的相關層次。

從這新發展的工作看來，語言學的確切地位，是頗具爭論性的課題。索緒辯稱，語言不過是眾多法則系統中之一種，所以語言學別妄想保持其方法學上的獨立出眾。隨著羽翼漸豐的符號學（semiotics），或表意符號科學的進展，語言將在符號的整個社會

---

④該詞語取自廖炳惠，我找不到更為節約權宜的譯法。
⑤有把前者譯作言語，後者譯作語言的。我在"parole"與"langue"相對之時，把前者譯作話語，後者譯作語言系統。但在以後的篇幅裡，當"speech"與"writing"相對之時，則把前者譯為「言語說話」，後者譯為「文字寫作」。

作用中，擔任其參與者的正確位置。諷刺地，原先打算反其道而行，
把語言學重訂為符號學的領導的，正是羅蘭・巴爾特 Roland Barth-
es──結構主義思想家中，最善變的一位。巴爾特迅速地開展結構主
義方法學的各種可能性：從文學作品到煮食、時裝以至攝影，模跨廣
泛領域的文化法則系統。可是在他的《符號學元素》*Elements of
Semiology*（1967）⑥中，巴爾特卻承認：「當我們進展至與社會科
學密切相關的系統時，我們再一次碰頭的，仍然是語言。」而這個，
他解釋，是因為「我們更甚於前……是文字寫作出來的文明」（巴爾
特 1967，P.10）。

　　當然，這樣的看法屬於早期的巴爾特，後來他自我批判的，亦正
是對後設語言學，或「科學」知識（scientific knowledge）概念的
過份依賴。在本書的第一章裡，我曾經提及，他透過寫作活動的不穩
定和暫時性地位，最後自我解構了這些概念。可是巴爾特曾經運用過
的語言學比喻，卻代表著某特定發展時期的結構主義思想。德希達就
正在這方面提出異議，把結構主義的研究對象，硬生生地切斷於，他
認為是西方形上學，意義上、及存在上的殘餘牽繫。實際上，他質疑
語言學在決定結構主義思想方法上的優先次序的角色。在論文〈語言
學與文字寫作學〉"Linguistics and Grammatology"中，德希達對索
緒的批評（見德希達 1977a，P.23-73），是解構學與結構主義正面
交鋒的關鍵時刻。

---

⑥古添洪在《記號詩學》中，把"semiotics"及"semiology"的區別界定如下：「當
　代記號學有兩大先驅，即在語言學上發展的瑞士語言學家瑟許（Ferdinand de
　Saussure，1857-1913）以及在哲學與邏輯學上發展的美國學者普爾斯
　（Charles S. Peirce，1839-1914）。承瑟許傳統者蓋用"semiology"一詞；承
　普爾斯傳統者則蓋用"Semiotics"一詞。然於一九六四年的國際記號學會議
　上，已決議採用"semiotics"一詞作為通名」（P.20）。我在本書裏把瑟許譯作
　索緒，"semiotics"及"semiology"皆譯作符號學等較為通行的譯名。

　　其爭論點在於索緒對口頭（spoken）、及與之相對的書寫（written）語言的優先次序的態度。德希達把該二元論，看作西方哲學傳統的核心。他引述索緒，在多篇文章中，把文字寫作，看作是衍生的、或次要的語言記號，經常性地倚賴著，基本而首要的言語活動現實，及說話人在字詞背後的「現存性」（presence）。德希達在這裡找到了被錯誤構設的對立面，雖然其他的結構主義者（包括巴爾特在內），皆樂意把它看作是令人困惑、卻不能避免的矛盾。這把話語（parole）賦與超然地位的理論，對我們有甚麼啓發呢？要不是由於這個假設，語言系統（langue）必定可以有著，更爲先決的重要性。巴爾特至爲簡潔地，把問題表露了出來：

　　　　除了在「說話的羣眾」（the speaking mass）中，語言不可能正確地存在；除了從語言系統中取法，人們不能掌握話語。但相反地，語言只可以從言語說話開始；歷史上，話語現象常常先於語言現象而出現（是言語說話令語言發生的）。而源流上，語言系統是透過個體，在言語活動環境中所組成的。（巴爾特1967，P.16）

語言與話語的關係，因此是「辯證的」（dialectical）；它把思想過程串連起來，在兩者之間，有效地往返運作。

　　德希達與巴爾特不同的，是他拒絕把該對立矛盾，僅僅接受爲（符號學）整體工作中的一部份；更不相信，其明顯的對立，將因而被解除泯滅。對德希達來說，在索緒的文章中，有著基本的盲點（blindness），因而不能透徹地洞悉其自身論述所產生的問題。這裡被壓抑著的，除了「文字寫作」（writing）常用或被規限的含義外，便是語言作爲表意系統，能夠超越所有話語、或語言的個別「存

在」（individual presence）這意念。回顧巴爾特於前所引的段落，便會看出，關於「話語」的措辭，如何廣泛地出現，甚至當爭論著的，表面上是關於語言系統的對立見解時。所以巴爾特（從索緒處取材），在上下文理脈絡，意謂語言整體之際，所用的比喻，是「說話的羣眾」（the speaking mass），依然把實在的說話者，及他們的話語，作為該整體的泉源。理論原則上，巴爾特可能會提出，語言同時是言語活動的「結果及方法」（the product and the instrument），而不能簡化在壁壘分明的先後次序之中。但實際上，他論述時倚賴的比喻措辭，卻暗地裡厚此薄彼，把個別的話語，凌駕於支持著它的語言意義系統之上。

德希達的攻擊戰線，在於擷取這些別有用心的比喻，顯示他們運作上，如何支持著整套強而有力的設想架構。如果索緒像前人一樣，傾向於把文字從屬於備受懷疑的次等位置的話，那麼該存在著的壓抑機制，便會暴露於解構式的閱讀之下。於是德希達開始著手展示：

(1)在索緒的語言學中，文字寫作是有系統地被降格的；

(2)該策略偶然會遇到被壓抑著，但仍可被覺察的矛盾對立面；

(3)緊隨著這些矛盾對立面，人們便可以超越語言學，而達致「文字寫作學」（grammatology）⑦，或者說文字及文本性的一般科學。

---

⑦ 朱耀偉在《當代西方文學批評理論》（台北：駱駝，1992）中，把"grammatology"譯作「文字科學」。廖炳惠則譯作「文字科學研究」。而甘陽在文章〈從「理性的批判」到「文化的批判」〉（見《中國當代文化意識》，甘陽編，香港：三聯，1989，P.557-579）中，則譯作「書寫學」。在德希達的用法裏，"writing"及"grammatology"是超越狹義的文字書寫的，意謂文字在文本播散中，意符繁衍不休的自由寫作活動。所以我把"writing"譯作「文字寫作」，與「言語說話」相對；而"grammatology"，則譯作「文字寫作學」。

德希達在索緒給與話語超然地位的方法學裡，看見整套形上學的運作。聲音（voice）成了眞理及眞實性的代表，是獨立自存、「活生生」的言語說話（living speech）的泉源，與文字寫作次要而死寂的表達手法相對。在說話時人們（被假定）可以感受聲音與含義的緊密連繫。意義內在而即時地得到體現，毫無保留地達致完善而透徹的理解。相反地，文字破壞了這種純然自足的理想。它是陌生而機械的媒介；是意向與意義，言辭與理解之間，硬生生闖入的假象。它佔有著混雜的公衆領域。在這裡，說話者的權威，被文本「播散」（textual dissemination）⑧時的奇思異想犧牲掉。一言以蔽之，文字是對根深蒂固的傳統見解——把眞理看成是獨立自存的，以日用的語言（natural language）作爲表達方法——的威脅。

　　與傳統反其道而行，德希達爭論著初聽似乎有點離奇的情況：文字寫作活動，實際上是語言的先設條件（precondition of language），必須想像爲較言語活動優先。首先，這意味著文字的概念，不能照正常（如書寫的或銘刻的）理解。正如德希達所展示的那樣，文字寫作活動，是與索緒認爲在語言運作上，極爲重要的歧異（difference）表意元素密切相關的。對德希達來說，文字是意符的「自由寫作活動」（free play）；或在任何溝通系統中，曖昧難定的浮動元素。其運作正好避過了言語活動的自覺性，及把概念凌駕語言的虛假層面。文字寫作活動，是意義的不斷置換。既規限語言，亦永遠把語言，放在任何似乎穩定不移、而自謂獨立眞確的知識，所難以

---

⑧ 朱耀偉譯作「播種」（dissemi Nation），意念來自何米·巴巴 Homi Bhabha 的文章〈播種：時間、敘述體、及現代國家的邊緣〉"Dissemi Nation：Time, Narrative, and the Margins of Modern Nation"（見巴巴，編，《國家與敍述》Nation and Narration，倫敦及紐約：盧特雷基，1990，P.291–322）。把後殖民論述，在翻譯時應用到德希達的「播散作用」中，爲充滿創意的喻況性譯法。

掌握的範圍內。這樣看來，口頭語言已經屬於「廣義的文字」（ge-neralized writing），其效用不過在各處被虛假誤導的「現存性形上學」（metaphysics of presence）所掩飾而已。語言常常嵌入在置換重整、及歧異「軌跡」的網絡之中（a network of relays and dif-ferential traces），是永遠不能被個別說話的人，所完全掌握的。索緒稱為聲音及含義之間的「自然聯繫」（natural bond）──言語活動確證了的獨立知識──事實上是對「深受恐懼、帶有顛覆性質的文字寫作活動」（feared and subversive writing）的長期壓抑下，所出現的假象。要質疑該聯繫，意味著得冒險闖進未被界定的領域；需要積極努力於概念上的反超越昇華，「大徹大悟」（waking up）。文字寫作活動不但超越，而且擁有足夠力量，瓦解西方對於思想及語言的整個傳統構思。

　　壓抑文字的想法，深植於索緒倡議的方法學內。他拒絕承認，除了西方文化，拼音字母系統以外的任何語言表意形式。相反地，德希達卻常常討論非拼音形式的表意方法如：象形文字，代數文字，及不同類別的正規語言。在德希達看來，該「語音中心」的偏見（phonocentric bias）是緊密地連結著索緒的理論設計，及西方形上學的潛在思想結構的。只要文字或多或少地被當作話語元素的忠實轉錄，其作用便可以被安穩地控制在強大的傳統之中。正如德希達所言：

　　　　與拼音字母文字相關的語言系統，產生了話語中心的形上學，把一切的含義訂定為當下實存。這話語中心主義（logocentrism）⑨，這話語豐饒富足的時代（epoch），常常不得不把所有關於文字的本源及地位的自由反思，跟自己隔離開來，懸宕（suspended），再壓抑。（德希達1977a，P.43）

影響著語言哲學的獨立自存（self-presence）的理想，與阻止語言學方法有效地探討文字課題的「語音中心主義」(phonocentrism)，有著深切的關連。兩者皆是力量強大的形上學的組成部份，運作上支持著話語的「本然」優先性(natural priority of speech)。

德希達顯示出這些假設構想，雖然在某層面上持續運作，更互相支持，但只要在概念序列上，把「文字寫作」（writing）取代「言語說話」（speech），一切便會即時瓦解。這裡所顛覆動搖的，不獨是語言學，亦包括所有建基於，相信意義可被迅即而直覺地掌握的一切理論構想。德希達追溯出，文字被排擠、被降格的事實，作為西方哲學文本不斷奉行的策略。每當理智找尋著躲開文本陷阱的基礎或真理方法時，該策略便會再被使用一次。如果意義只可以達致獨立自足的理解狀態，語言便只會成為思想所奴役的工具，不再帶來任何問題。把文字課題置於其極端的、德希達式的技法之下，便是要超越──或者「暴力地」對抗（violently oppose）──語言和思想被普遍認同的關係。

這便是德希達對索緒及其結構主義的繼承人的理論文本所施予的解構式暴力（deconstructive violence）。他重申這並不是要拒斥整個索緒的理論構思，或否認其歷史上的重要性。而是要把其構想推展至其終極的結論，而看出這結論如何挑戰隱伏在其構想內，被普遍認同的前提。用德希達的話來說：

---

⑨朱耀偉及廖炳惠皆譯作「理體中心主義」，甘陽則音譯作「邏各斯中心主義」，奚密於〈解結構之道：德希達與莊子比較研究〉（見鄭樹森編，《現象學與文學批評》，台北：東大圖書，1984，P.201-238）中，譯作「真理中心主義」（P.206）。事實上"logos"一字，在希臘文裡意謂「話語」（word）。而在希伯來傳統之中，上帝常現存於話語，不落文字，無迹可尋。今天日常用語中，亦有"logo"（logogram）一字，意謂某種非文字的圖象標識。譯作「理體」，似指向柏拉圖之"Idea／Form"。我在這裡改用「話語」一詞，與「文字」相對。"logocentrism"則譯為「話語中心主義」。

　　當他並不明確地處理文字，當他覺得已經把這主題封存在隱括號之內時，索緒開放了一般文字寫作學的領域⋯⋯人們開始了解到被語言學驅逐、遺棄在外、不被認同的一切，實際上從不間斷地進犯語言，自謂是其基本而最為親近的可能。於是一些從未被言及，卻不外乎是文字本身作為語言的本源的意念，便在索緒的論述中，自我寫作下來。（同上，P.43-4）

可是索緒卻並不僅僅被作為盲目及自欺的傳統的範例。德希達明白地表示，結構主義雖然有著其概念上的局限，卻是過渡至解構學的必經階段。索緒建立的措辭用語，難以改變地，發展至超越其明顯構想的程式。欲蓋彌張，索緒極力壓抑下去的問題，反而使他超越了自己語言理論的明顯局限。透過這次與太初未鑿的、及在傳統用法上遠離其位的接觸，「文字寫作」的概念本身，得到了開展的機會。

　　值得一再重申：解構學並不僅僅策略性地把涇渭分明、不易動搖的類別界限推移逆轉，它更努力地瓦解既定的優先次序，及形成該次序的對抗性概念系統。所以德希達肯定地並不是企圖證實「文字寫作活動」，在其正常、受限制的含義中，總比言語活動更為基本。相反地，他與索緒認同，覺得語言學還是不要毫不受批判地，把優惠地位拱手讓與在西方文化傳統上，受著不公平待遇的寫作文本。如果言語說話／文字寫作的對立並不受到全面的批判，它只會繼續是「盲目的偏見」（a blind prejudice）。用德希達的話來說，該偏見「無疑常見於被告與原告」。如索緒般的理論文本，正是藉著採用傳統的看法，反而把文字受懷疑的地位顯露出來，為解構學提供較佳的機會。被壓抑的文字，於是最為有力地藉著自索緒處發現的迂迴曲折啓示中，重新表現自己。在這些批評文本之內，「在姿態與敍述的張力之間」，帶來了「解放一般文字寫作學的將來。」

解構學於是成爲了閱讀的活動，與其質疑的理論文本維持緊密的聯繫，甚至永遠不能獨立地成爲有效概念的自主系統。當需要定義其方法學時，德希達維持著極端而典型的懷疑論。像文字寫作（writing）如此簡單的措辭，能給與解構學如此強大的槓杆動力，全憑它所對抗的各種各樣被認爲是穩定不移、或已成定局的意義。把文字喚作「概念」（concept），便是再一次地墮入語言的陷阱之中，誤以爲存在著一些等級組織意念上，製定成形的體系，而解構學則在該體系內，把「文字寫作」置放於超然的優惠地位。我們曾經（在第一章裡）看過該觀念如何影響結構主義。結構這*概念*，很容易會被弱化了的方法學拐離。漠視其顛覆動搖的暗示，而把它當作是方便就手的主題組合。德希達察覺，在索緒描述爲語言的先決條件的節約權宜歧異元素結構中，同樣的過程亦在運作著。一旦該措辭被限定於某既有的解釋系統概念之內，便會變得（像「結構」這概念一樣）只能在漠視及壓抑其極端見解暗示的方式下，被人們使用。

所以德希達技巧地求助於措辭上的變易能力，使其不被簡化爲任何簡單、對等的意義。歧異／延宕（*différance*）⑩一詞，也許是當中最有效的，因爲它在意符的層面上（被變格的串字法所形成）帶來擾亂，在字面上對抗該簡化活動。其含義在兩個法文動詞「歧異」（to differ），與「延宕」（to defer）之間持續懸浮變易，既有利於加強其文本力量，亦不被其中之一完全掌握其意義。語言倚賴著「歧異」作用，因爲，正如索緒肯定地顯示的那樣，它被包含在組成其基本節約權宜作用的語音區別對立結構之中。德希達開天闢地及文

---

⑩廖炳惠譯作「衍異」，奚密譯作「延異」。前字爲「延宕」，後字爲「歧異」。"Différance"一字開啓雙重閱讀之可能性，懸浮變易於「歧異」與「延宕」之間，難以斷定其文義。我不想以複合名詞，簡化總括成爲一義，所以譯作歧異／延宕，在兩者的歧異之間，暫把斷定文義的翻譯工作延宕下來。

字寫作學跟進發展之處，在於「延宕」使「歧異」活動黯然無光之程度。這牽涉到，意義是常常被延宕了的（always deferred），也許嚴重至需要藉著表意活動，不斷地附加補足的地步。歧異／延宕一詞，不但標顯該主題，更以其自身懸浮不定的意義，提供了文本運作過程上的具體例子。

德希達以類似的措辭，展示了整套的形上學，阻止了概念上的封閉──或者最終意義的簡化行動──因為這些可能危害其理論。其中一個措辭是「附加／補足」（supplement）⑪，該意念本身牽繫於意義上的增補活動，抗拒著語意的簡化作用。要明白它如何運作，我們得首先看看德希達關於盧梭 Rousseau 及李維史陀 Lévi-Strauss 的文章，把主題轉向人類學及「人類文化科學」（the cultural sciences of man）的脈絡。

文化，自然，文字：盧梭及李維史陀

對於德希達來說，文字寫作活動（在其引申含義上）同時是所有文化活動的本源，及危害其自身構想的知識，所以文化必須時常對它加以壓抑。在「被貶抑的（debased）、被旁置的（lateralized）、及被移換的（displaced）主題上」，文字寫作活動扮演著顛覆的角色，卻同時承受著「持續而頑固的壓力……深受疑懼的文字必須被刪除，因為它抹掉了在語言內的正統（propre）存在」（德希達 1977a，P.139）。該段說話出現在關於盧梭的一章裡面。盧梭《論語

⑪廖炳惠譯作「添補」，奚密譯作「補充」。我希望能保存其同字相關的特色，所以譯作附加／補足。附加之物，亦為次要之物，優先重要性當然歸於原有之物。但如原有之物，需要補足，則顯示其並不完全，需待補而後足，優先重要性自然歸予後補之物。文字為言語之附加，顯見為次要之物。而言語需待補而後足，則自然有所匱乏，不及後來之物重要完備。同樣地，我所譯的一切，亦可視作各家譯本的附加／補足。

言本源的文章》*Essay on the Origin of Languages*，可作爲介紹德希達最爲精采的論辯的起點。

　　盧梭認爲話語是最基本的形式及最健康、最「自然」（natural）的語言狀態。他以奇特的懷疑態度看待文字，以爲不過是衍生的、是軟弱衰敗的表達形式。該態度當然與盧梭關於人性的哲學相符。他相信人類從自然恩寵的狀態裡，墮進政治及文明的存在局限。語言成爲自然被虛假失眞的文化，分裂對抗的衰敗程度的指標。德希達言人所未言，顯現出盧梭在其理論文本的各要點上，自相矛盾。盧梭的文章，不但遠遠不能證明言語活動是語言的根源，而文字寫作活動僅僅是寄生的存在，反而證明了文字的優先性。所有這類本源論神話，皆是虛言誑語。

　　例如盧梭把文字寫作看作，口頭語言的「附加」（supplement），與言語說話相比，是次要的。正如言語說話——在同樣的論證之下——與其欲描述的一切，亦是偏離了一重的。在西方思想史上，該論點有著很長的歷史。如柏拉圖對於理體的神祕論（mythical doctrine of forms）一樣，其作用是藉著訴諸純然自足的現存形上學，貶抑藝術及文字寫作活動，認爲他們與眞理概念的偏離，使他們被譴責爲虛假失實但持續不斷的模仿活動。對於德希達而言，文字的「附加／補足性」（supplementarity of writing），並沒有如盧梭所示的那種貶抑含義，實際上它反而是一切的根源。文字寫作是出類拔萃的補足活動，直接進入任何可被理解的論述的核心，訂定論述的本質及條件。德希達表示，盧梭的文章，甚至在其譴責文字及其「附加」特性的顛覆過程中，亦受制於該本末次序的逆轉。整套關於附加活動的奇特主題，盤據在盧梭論辯的細節之中，仿如負疚的困擾，把其言外之意，轉化爲對抗着其明顯公開的表面意圖。盧梭在某些重要的關鍵之處，不可能意及他所言謂的（mean what he says），或言謂他所意及的（or say what he means），這便是德希達反常、但純字面閱讀的結果。盧梭的理論文本，如索緒般，是受制於內在的暴力扭曲的，阻止了它繼續其明顯意圖的邏輯進展。

音樂是盧梭的文化哲學裡，多方面的興趣之一。而德希達在這裡，有幾段論述，與盧梭關於言語說話與文字寫作相對的主旨，有所牽涉。盧梭偏愛聲樂或旋律的風格。他認為該風格是屬於當時意大利音樂的傳統的，與他以為代表了法國傳統、軟弱衰敗的和聲或對位的風格相對。在音樂史的層面上，該觀點備受各種學術上的質疑。但德希達並不大留意音樂學的史實，卻更為關注盧梭論辯上，疑慮性與欺騙性的文本寫作徵兆（textual symptoms）。旋律在音樂裡的首要性，來自其與歌唱的密切關係，相當於言語及其本身感性的根源最為接近一般。附加活動使文字與言語涇渭分明，和聲亦以同樣的「衰敗」過程（degenerate process），進入音樂。隨著音樂的發展，旋律（正如盧梭解釋的那樣）「不經不覺地失去了從前的動力，而音色的優美變化，亦被音程的計算所補足取代」（引自德希達 1977a，P.199）。

德希達在盧梭的理論文本中，緊抓著這些及類似的段落，而顯示出盧梭實際上描述的狀況，並非歷史上某一段衰敗時期的靡靡之音所獨有，而是屬於所有渴望超越原始、胡混叫喊階段的音樂的。對本源的忘懷，可能是和聲及文字，用以抹掉刪除，與自然本源純「感通」和應的原始暖意（primordial warmth of a pure communion with nature）的策略。可是盧梭亦被逼間接地承認（透過其理論文本的盲點與矛盾），如果沒有和聲的補足，或自本源偏離，使其有著進化的可能，嚴格地說，音樂的發展實在令人難以想像（unthinkable）。當盧梭企圖定義旋律及歌唱的本質時，其「尷尬」處境（embarrassment）至為明顯。如果像盧梭在其《音樂字典》*Dictionary of Music*

所建議的那樣，歌唱已經是「人聲的改易」，那麼（德希達問）他怎能稱之爲「絕對地有著正統特點的形式？」（同上，P.196）。盧梭的理論文本，不經意地承認了其費盡心機想要否認的：思想是不能爲言語或歌聲，提供純粹而不含雜質的本源的。正如德希達所描述的那樣，盧梭的論辯：

> 是扭曲在一種隱晦的努力的。彷彿（as if）本源之處沒有衰敗之徵，又彷彿異端邪說妄加於（supervened upon）美善之源。彷彿有著共同活動及共同本源的歌聲與言語，從來不曾自我偏離。（同上，P.199）

盧梭的理論文本不可能意及其所言謂的，或者字面上（literally）言謂其所意及的。當涉及本源論的主題時，他的意向是被文字「危險的補足寫作活動」扭轉歪曲了的。

在盧梭論辯的每一轉折中，德希達皆察覺到這矛盾分歧。每在「自然」（nature）或言語說話的優先性，與被貶抑的「文化」（culture）或文字寫作互爲對立之處，反常的邏輯便會出現，把該對立面逆轉，截斷其本身的意義基礎。於是盧梭對於語言「本源」（the origin of language）的追尋，反而預設了（presuppose）某已經制定成形的活動；必須杜漸防微，防患於未然。德希達寫道，附加／補足之物，「在語言將要發音，尚未成聲之時，已然出現。在其重音或語調，尚未現出本源和感受之前，語言已被發聲這另一本源顯示（that other mark of origin）所抹掉刪除」（同上，P.270）。

在盧梭對於人類及自然的哲學中，「重音」（accent）、「語調」（intonation）及「感情」（passion）皆是正面的措辭。他們盡皆屬於聲音，作爲現存性的統治意識型態，把言語說話的優先性，與

天眞未鑿、洞覽無遺的本我知識相提並論。在與感性言辭根源維持接近的「日用」語言（natural languages），及被常規慣則掩蓋著感情的「人工語言」（artificial languages）之對比中，盧梭建設了細巧精緻的神話。他把前者聯想爲「南方」（the South），一種對於進化發展，很大程度上漠不關心的文化，其語言反映出本源的優雅及純眞。後者被認同作「北方」的特色（Northern characteristics），對於盧梭來說，表現了文化的衰敗發展。感情被理智克服，小國寡民生活被大規模的經濟體系力量入侵。在語言的層面上，（據盧梭所言），兩極化是同樣地明顯的。在熱情、甜美、母音爲主的南方語言中，人們在美善的根源接觸言語。相反地，北方的口音，顯示出粗厲重子音的結構。作爲溝通媒介更爲有效，但卻增加了情感和意義、本能和表現之間的距離。

　　對於德希達來說，這盧梭式的神話是經典的例子，顯示理智常常在企圖爲語言定位本源（或「自然」狀態 natural condition）之際，不斷地對抗其自身局限。他顯示盧梭如何把文字的威脅性，與語言伸展其溝通理解能力的「發聲」過程（process of articulation），聯想在一起。「進化發展」（Progress）牽涉從根源的移換，及所有相關言語元素的實質取代——重音、旋律、及情感的標記——把語言與說話的個體，和一般集體聯繫在一起。要解構該現存性的神話，德希達只需要追尋「附加／補足活動的奇特圖象軌迹」（strange graphic of supplementarity）。這些軌迹迂迴曲折地運作於盧梭的理論文本之內。事實證明，一旦語言超越原始的叫喊階段，文字寫作活動是「常常已經」（always already）運作著的，儘管盧梭會把所有這些「精巧」的結構（articulate structure）視爲衰敗之徵。索緒的語言方法學亦然，盧梭的歷史思辯亦然，言語在其虛幻的意義豐足狀態中，被文字的補足活動，於根源處瓦解。

　　這便是盧梭在《論文字寫作學》*Of Grammatology* 及德希達其他的作品中，佔據著如此重要的地位的原因。他代表了整系列的主題，從一種形式到另一種，支配著繼起的語言及「人文科學」（the sciences of man）論述。他的理論文本，不斷地重覆著某種恆久的、頑固的姿態。他企圖尋求不落言筌的本源，卻往往錯過了修辭的主旨，而展示出語言不足之處。盧梭理論文本中冗長囉嗦的死結，可視爲對現代哲學家，或語言學者的教訓：

> 　　我們的語言，縱使我們仍然願意繼續使用，已經以太多的發音方式，取代了太多的重音。它被文字所腐蝕，已經失去了生命力及暖意。其重音的特色更被子音所消耗殆盡。（同上，P.226）

言語本身，是常常被並不現存著意義的歧異及軌迹，所穿越滲透的，他們組成了精巧的語言。企圖像盧梭般「從本源思考」（think the origin），只會進入不能解決或超越的邏輯矛盾：「問題是關於本源的附加，縱使該荒謬的說法可被冒險提出，在古典邏輯中，亦完全不能被接受。」補足活動既代表了「現存性」的欠缺匱乏（the lack of a presence），或永遠難以喚回的富足豐饒狀態，亦藉著節約權宜的歧異活動的運行，補償（compensates）該匱乏。該活動是並不現存於語言，卻被語言本身作爲未發聲系統的存在所設定的。所有妄顧該活動的哲學家，（德希達辯稱）皆受困於不斷複述其對盧梭閱讀所顯現的邏輯矛盾之中。

　　類似的批判可被引伸至克勞迪・李維史陀 Claude Lévi-Strauss 的結構主義人類學之中。在其自然與文化的對立措辭之中，德希達看見了同樣的問題。李維史陀是首先發現結構主義語言學的論點，可被

應用於其他「語言」（languages）或表意系統，以闡釋其潛藏隱伏法則的先驅之一。該發現可能是結構主義，在其廣闊基礎的詮釋形式下，最令人印象深刻的個人成就。李維史陀把其對神話及儀式的分析，建基於一個信念，認為在全世界各種不同文化之下，存在著某些潛在的固定模式，可在結構上被研究及調查。關鍵在於要超越他們的表面內容，而進入組織各種論述的象徵性對立程序。他辯稱，在某抽象水平中，是極有可能找出貫連各文化國籍特色的發展組合及形式關係的。神話於是可被視作用以解決問題的練習。人類用各種方法適應不同的情境。卻常常回歸到存在以來從未間斷的大課題，主要是圍繞婚姻、家庭、種族身份等等類似建構的法規及忌諱。所有同類型分析的結果，皆大有可能如李維史陀般，發現簡單實用的代數公式，以表達幅員廣袤的神話集體所潛藏隱伏的邏輯。

德希達把李維史陀視作強調「語音中心」偏見（phonocentric bias）的索緒，及對本源及現存性懷戀渴望的盧梭的傳人。該兩條思路，匯聚於德希達表現為「自然」與「文化」（nature and culture），微妙而有力的辯證關係。李維史陀方法上的語音中心基礎，頗明顯地源自索緒及羅曼・雅克慎的結構主義語言學。但根據德希達所言，除了方法學上的認同，尚有「語言學的及形上學的語音主義（Linguistic and metaphysical phonologism），把言語凌駕於文字」。實際上，在現代（結構主義的）人類學上，李維史陀被視作扮演著，如盧梭之於當時的思辯科學般，同樣曖昧的角色。自然／文化的對立可被顯現為自我解構，甚至當李維史陀屈從於盧梭式的夢想，企盼著天眞未鑿的語言，及未受文明惡習污染的氏族社團之時。

德希達的論據大部份建基於某單一而簡短的選文──〈文字寫作課程〉"The Writing Lesson"──出自李維史陀的書籍《憂鬱的熱帶》 *Tristes Tropiques*（1961）。在這裡，人類學家著手分析某氏族（南

碧克華拉 the Nambikwara）裡文字書寫的出現及其結果。當李維史陀描述該邁向文明的過渡發展之時，其憂郁與罪疚感，溢於言表。他記載著政治權力動機（「等級分層制度，經濟作用……半宗教式奧祕的參與活動」），如何顯現在對書寫語言的最早期反應之中。李維史陀像盧梭一樣，言談之間不斷懷戀著在文字書寫出現之前的話語，那原始的統一整體。他獨力肩負著，文明不斷地開發「天眞未鑿的」（innocent）文化之時，所產生的罪孽的重擔。對李維史陀來說，剝削性的主題與文字書寫活動，自然地聯繫在一起，正如文字與暴力相連一樣。

德希達的反駁，是並不否認文字所潛在的「暴力」（violence），亦不把這些論辯，視爲超越「原始」思維（primitive mentality）時，不可逆轉的進化階段。另一方面，他指出李維史陀引以爲據的南碧克華拉族，本身其實已經受制於標示著「駭人暴力」（a spectacular violence）的氏族秩序。他們的社會謀略及權力規儀，與人類學家的懷舊心情，顯然背道而馳，並非如他所以爲的那樣，擁有著無拘無束、未被敗壞的本性這理想景象。此外，正如德希達所言，文字寫作活動常常已經是社會存在的一部份，其肇始之期，並不可考。實際上，並沒有如李維史陀（像盧梭般）所想像的純然「眞實」（pure authenticity）的本源，被狹義的文字書寫活動所敗壞。「獨立自存，在正面接觸中明晰貼近，該眞實性的決定論是在古典的……盧梭式的，但本身其實已經是柏拉圖主義的繼承」（德希達 1977a，P.138）。這樣看來，德希達可以爭論，文字寫作的暴力活動，是存在於所有社會論述之開端的。它實際上標示著「道德與不道德的泉源」，「倫理的非倫理開端」。

於是德希達對於李維史陀的批判，緊隨著其對盧梭及索緒的解構式閱讀的同一思路，再一次地採用（文字）被壓抑的、或被征服的主

題，追尋出各種文本網絡，及顯現出凡此種種，如何顚覆一切努力把
其控制檢定的秩序。對李維史陀來說，文字是壓抑性的工具，藉著容
許壓抑者，（在適當的範圍內）行使其權力，成爲了把原始思想殖民
化（colonizing the primitive mind）的方法。在德希達的閱讀中，
該關於失掉純眞的主旨，被視爲浪漫的幻象，及盧梭式本源神祕論的
新近後起顯現。「文字」在李維史陀的含義裡，不過是衍生的活動，
常常額外地附加於，本來已經透過社會存在形式，而「書寫了」的文
化之上。這包括定名、階段、親屬關係，及其他同類的規格系統。所
以李維史陀所描述的暴力，預先假設了「其可能性的空間，原始文字
的暴力、歧異、分類、及稱謂系統的暴力」（同上，P.110）。

　　上述最後一項暴力，與南碧克華拉族的定名作用（the function
of names）的重要性，及委給形式有關。李維史陀提供了一件平常
的軼事，關於孩子們如何在一輪相互報復戰中，藉著透露彼此的名
字，以發洩其私底下的恨意。根據李維史陀，由於南碧克華拉族對專
有名詞的使用，有著嚴格的規限，該事件成爲暴力的象徵。暴力強行
侵入未被敗壞的文化中，使其純淨的話語讓（如文字般）混雜的交流
所取代。德希達再一次地，以從李維史陀自己的理論文本中找到的眞
憑實據反駁，證明事實上，這些「專有名詞」（proper names），
並沒有該事件所要求的含義。他們本身已經是「稱謂系統」
（system of appellation）的一部份，是社會的建構，根本上排除了
個體私自擁有的意念。用以正名的「專有名詞」本身便名不正、言不
順。其論點以訴諸眞實的、個別的自我爲依據，但眞正牽涉的，卻是
文字分類系統。一個用以指稱的名字（a designated name），是屬
於社會化的「歧異」（difference）節約權宜制度，而不是私有的言
語個體的。在該例子中，被南碧克華拉族禁制的，並非個人權益的侵
佔，而是界定專有名詞作用（functions）的語言系統：

> 在譴責的大遊戲內，要把禁制解除，……其重要性並不在於把專有名詞透露，而在於顯現躲藏在背後的分類制度……這銘寫嵌入在語言社會歧異系統之中的文字。（同上，P.111）

德希達的策略，在這獻給李維史陀的幾頁裡清楚顯現。盧梭認同純淨、直接的言語，而李維史陀視作氏族意識之泉源的一切，暗藏著對現存性奧祕的懷戀，而忽略了所有社會存在的自我離異特色。文字再一次成為軸心措辭，其啓示被伸展至整個先在歷史，及社會的基礎建構。

此外，正如盧梭及索緒一樣。領向該結論的證據，是現存於李維史陀的理論文本的，這並不是一些新穎而特別成熟的閱讀「方法」（method of reading），設計成把批評學置於領先的優越地位。亦不是從外而內，及從上而下的入侵，好像馬克思主義的批評學般，把「文本」（the text）看作給批評者，對意義或生產方式的優越知識的便捷支持（在以後的篇幅裡，我將再回到該論題）。實際上，神話或形上學的欺騙策略，把文字看作屬於語言之外（external to language），認為必須藉著言語的穩定存在，對抗該外來的威脅。這觀念常被德希達大肆攻擊。從柏拉圖至索緒的綿遠傳統裡，該意念最明顯地（亦最諷刺地）嵌入在李維史陀的盧梭式傾向之中。文字成了暴力及墮落的外在媒介，頻常地威脅著與言語緊密認同的共有價值。德希達的目的是要顯示，相反地，文字既內在於言語主題本身（the very theme of speech），亦存在於努力使該主題成真的文本（text）之中。解構學在這含義上，是與被壓抑的文字，關節相連的積極盟友。用德希達被廣為傳誦的話來說：「沒有甚麼是在文本以外的」（Il n'y a pas de hors-texte）。

第三章　從聲音到文本：德希達的哲學批判

現在讀者應該較為清楚，為甚麼德希達如此重視，把結構主義從索緒的語音中心方法學（Phonocentric approach）解放出來的工作。人類聲音是所有哲學的最終支持——正如盧梭那樣——哲學或明或暗地建基於本源、及現存性的形上學。德希達最早發表的作品，是一本關於胡塞爾的書籍《言語與現象》Speech and Phenomena（1973）。在書中，他駁斥認為哲學可以從意識的直覺訊息，逆返意義及經驗的邏輯。愛德蒙・胡塞爾 Edmund Husserl（d.1938）是現代現象學的正式創立人。①德希達亦受惠於其思想活動，雖然他受惠的方式，（如常地）是全面的批判及對其前提之重寫。我將在以後的篇幅裡，在各方面詳盡的講述，該決定性的兩陣交鋒，從此讓德希達為其解構學的理論建設，奠定基礎。可是，在這裡先以我一直以來所使用的措辭，簡介現象學的中心課題，對讀者可能更為有用。②

現象學企圖孤立，那些縱使是最易生疑竇的思想，亦不能懷疑及質詢的經驗及判斷。胡塞爾相信唯一有效的知識基礎，是態度上不接受任何未經驗證的事物，嚴格地懸宕或「括引」（bracketing），所

---

①哲學上先以現象為名，奠定基礎的，應為黑格爾的《精神現象學》Phenomenology of Spirit。他以人類的精神歷史為題，顯現哲學傳統上的真理，不過是片面、局部、而扭曲的現象。黑格爾把現象視作人類所感知的外物，是意識活動及概念結構的產物，隨著文化和歷史而變易。胡塞爾則正式地發展出現象學的提煉方法，形成德國現象學派，影響深遠。他藉著懸宕日常經驗，提煉出純粹現象，而在人類意識活動及外物的必然結構中，獲得絕對的肯定。羅利斯以之為現象學的正式創立人，實至名歸。

②關於現象學的經典理論，及其對比較文學中國學派的幾位宗師，如劉若愚及葉維廉的詮釋理論的影響，中文讀者可參閱鄭樹森所編的《現象學與文學批評》（台北：東大圖書，1984）。

有可能是虛假產物的意念及設想。該經驗的「括引」，於是可以爲哲學提供理解世界的安穩基礎，而不受懷疑論的摧殘。胡塞爾以爲該理論建設至爲關鍵，尤其是在十九世紀末，哲學的衆多部門，皆被自我懷疑的風氣所侵襲。在那些以實驗及事實觀察爲基礎的「硬性」科學（the hard sciences），及其他讓詮釋方法（interpretive method）佔著較重要位置的思想領域之間，出現了分裂。該裂縫更被不事雕飾、不長於思辯，但開始在哲學界掌舵的實證主義所擴闊。新的邏輯系統被設計著，有著解釋的力量，卻欠缺在思想自覺過程中的任何基礎。除非思想可以藉著反思其自我產生的過程——也就是說，藉著建設其自身邏輯運作的敍述——達致如實證主義般的結論，否則哲學始終會受質疑。對胡塞爾來說，知識與思維的分裂已達危機，所威脅著的不獨是人文科學，更包括西方思想的整個理論建設（參閱胡塞爾1970）。所以他企圖爲哲學提供新的理性基礎，以避免未經反思的客觀論及非理性主義的雙重危機。

在這裡，我們不用顧及胡塞爾理論設計的技術性環節。需要明白的是，甚至當他訴諸「超越性本我」（transcendental ego），或反思性的自我意識作爲最終的保證之時，他的哲學依然否認任何形式的主觀論。胡塞爾希望一勞永逸地展現該訴說基礎，能在不把哲學捨棄予主觀內省時的奇思異想下，依然繼續運作。這裡給能夠定義思想和感知眞正本質的意識活動，及對理解不能提供同樣支持的其他個別的私人心理領域之間，立下了堅定的區別界限。胡塞爾所喚作「現象學的提煉過程」（the process of phenomenological reduction）的，便正好是這種把感知的基本組成結構，自混沌無序或「純」主觀的經驗分隔開來的努力。簡而言之，胡塞爾把笛卡兒Descartes在三個世紀之前開創的思想設計，在現代哲學裡復活過來：藉著有系統地質疑一切可被質疑的，重新建立理智之確證。笛卡兒發現正在思考的主

體，必定存在於思考活動之中，這（在他的想法裡）是不容置疑的，是其確信的眞理。這殘存的肯定，自始至終被攻擊著（以結構主義者爲最），被認爲把語言的、及邏輯的論述混淆。胡塞爾的主要目的，是要藉著顯示思想如何進據經驗，在結構了的感知活動下，把思想與思想中的物象聯繫起來，打破該意識困惑的循環。思想不再存在於自我領域的反思，與其努力掌握的現實隔離。哲學重新建立在去無存菁的堅穩知識基礎上，旣關於世界，亦存在於世界。

在胡塞爾的各理論文本中，德希達抓緊的是主觀論的元素。「超越性提煉活動」（transcendental reduction）縱使可被完成，主觀元素卻依然存在。在反駁唯心主義的指責，及把哲學放在全新堅穩的基礎的大前提下，到底該提煉過程，要怎樣才算完成呢？胡塞爾的解釋，前言不對後語。他的早期作品承認，有些意識的現象，可被視爲屬於個人的心理狀態，多於任何思想上的普遍結構。到了後期，他藉著堅持更爲嚴謹的現象學反思上的「超越性」本質，努力排除這些心理元素。他重申，經過體驗及分析的思想運作，並不同於日常感官的「知覺性」（empirical）、或未經反思的本我意識。前者經過自我審核的自覺形式，其邏輯運作通過批判鍛鍊，所以不會陷入一般思想經驗的謬誤及疑惑。可是，對於德希達來說，問題在於胡塞爾是否能夠（able to）如此完全地打破已經——在不同形式下——支配了整個西方知識傳統的假設構想。

德希達的論辯如衆所料，攻擊著胡塞爾對於語言及思想關係的處理方法。現象學被視爲得力於意識（或自我存在）及語言表達之間，假設存在的密切關係。胡塞爾劃分出「指示性」（indicative）及「表達性」（expressive）符號的區別。只有後者在胡塞爾的用法內被賦與意義（*Bedeutung*），因爲它代表著溝通的目的，或意向性的力量，使語言「生氣勃勃」（animates language）。指示性的符

號，相反地，是沒有表達性的意向及作用的，在專斷的系統裡僅僅作為「沒有生命」的表徵。我們已經看過德希達，如何在盧梭及李維史陀的理論文本中，著手瓦解類似的對立。他倆的情形是，論辯的措辭是言語相對於文字。前者被賦與生命所有著的比喻屬性，及健康的活力；後者則有著暴力與死亡的負面含義。德希達在胡塞爾對於語言及思想的沈思冥想中，找到同樣有力的比喻運作。「指示性」的符號被擯棄至暗無天日的地域，盡量地遠離語言生命之源。如盧梭備受恐懼的顛覆性「文字」一樣，它似乎威脅著言語的獨立現存性，使其硬生生地從本源之處割裂分離，進入缺乏活力、隨機任意的永恆活動之中。

　　德希達拒斥著該先後次序。他再一次地顯示，受優惠的詞語，如何被主導比喻的力量（the force of a dominant metaphor），而非（似是而非地）被任何總攬性的邏輯所穩放在位：

　　　　口頭語言是極為複雜的結構，事實上（in fact）它常常包括著指示性的層面。但（我們將會看到）卻不能規範其界限。無論如何，胡塞爾把優惠給與表達性層面——認為只有它，才是純邏輯性的。（德希達 1973，P.18）

這後面兩者的聯繫——介乎「表達性層面」（expression）及「純邏輯性」（pure logicality）之間——對胡塞爾的理論構想至為關鍵。他找尋著為邏輯提供新基礎的方法。邏輯並不是獨立自足的系統，不證自明的眞理，卻是從意識活動建設起來的結構，掌握著其自我產生的必然性。所以邏輯本身，是屬於思想的表達性（或者「意義性的」meaningful）活動的，對抗著任何純形式的計算測度。對於胡塞爾來說，這暗示著更進一步的區別分野，介乎能夠眞正地擁有其自我產生

的本質的理智活動，及其他僅僅從現存知覺就地取材的思想方法。

　　在這些對立面的背後，再一次地，意念上認為只有當意識的運作，能表達人類主體的現存活動時，它才算是全然真確的（fully authentic）。從這裡看來，正如德希達所顯示的那樣，與聲音及獨立自存性等，支配傳統哲學的比喻相差不大。表達性是意義的「氣息」（breath）或「靈魂」（soul），而語言則僅僅是物質的「軀殼」（physical body），藉著前者獲得生命力──這便是胡塞爾的現象學所潛藏隱伏的策略。可是，正如德希達所辯稱：

　　　　雖然，沒有言語活動，便沒有表達性或意義，但並不是任何在話語之中的，都是「表達性的」（expressive）。雖然沒有表達性核心，論述將不可能進行下去，但我們幾乎可以說言語活動的整體，是牽涉在指示性的網絡的。（同上，P.31）

該令人困惑的可能性──「表達性」（expression）可能在本源處已被「指示性」的意義（indicative meaning）所侵襲──已足夠動搖整個胡塞爾的思想架構。

　　在解構胡塞爾的主題上，歧異／延宕（differance）措辭擔任著主要的顛覆動搖角色。德希達藉著描述意料之外的表意元素，引領至超越意識反思的掌握，而達至「指示性」的含義領域。他的理論邏輯簡單，但破壞力驚人。語言只有在與使其產生的思想本源，完全而直接（total or immediate）的接觸之下，才能達致意義的獨立存在狀態。但這是不大可能達致的要求，我們就是不能擁有德希達所謂的，「對別人生活體驗的原始直覺」。既然如此，跟隨著他自己的分類，胡塞爾必須承認，語言往往由於不能達致表達性的獨立現存，而擁有著指示性的特點，顯現出胡塞爾自己所提及的意義的懸宕。根據傳統

的偏見，這是「正在符號裡進行的，朝向死亡的過程」。該傳統背後的動機和比喻一旦被質疑，便顯得乏力無據。「每當意指瞬即而完滿的現存性，被掩藏起來時，意符便成為了指示性的性質」（同上，P.40）。德希達繼續爭論，這並不僅僅是個別的異例，而是所有語言──書寫的或口頭的──的定義特色。

　　歧異／延宕活動，於是在意義拐離純然現存的感知之時，已經開始運作（正如在索緒文章之中那樣）。胡塞爾的現象學，亦明顯地與時間上的延宕（temporal deferring）有關。胡塞爾對意識體驗作為基礎哲學的追尋，使他對時間（time）及其各種模式作出講述。這便是他的書籍《內在時間意識的現象學》*The Phenomenology of Internal Time-Consciousness*（初版於 1929 年）的主題。在這裡，他著手分析不同關係及水平的理解序列，如何為經受體驗的思想，找出時間的含義（見胡塞爾 1964）。從現象學的角度看來，這牽涉著顯示感知上的「生機現存性」（living present）如何受到優惠，使長遠及短暫的記憶，皆得到適當的意義順序。胡塞爾最重要的分類區別，便是感知存留（retention）及語言呈現（representation）活動。前者牽涉即時的（感官）痕迹，後者是較長時間的記憶體驗。在這裡德希達插進歧異／延宕的解構式槓桿。他指出胡塞爾常常受困於其自身的論辯邏輯，而被逼把現在，當作各種存留過去、及期待將來的組合時刻，以為感知是不會有著與該組合抽離的段落的。時間是現在的不斷延宕，這是現象學建設的另一邏輯矛盾的插曲。

　　胡塞爾所建立以保障「生機現存性」優惠地位的分類區別，到這裡才是真正地崩潰下來。「語言呈現」活動，不再可以與「感知存留」的軌迹區別開來。因為兩者皆同樣有著，時間距離上的持續運作。把兩者區別開來的，並非胡塞爾所渴望的「感知與非感知」的「絕對歧異」，而是，相反地，「兩種變格的非感知歧異活動」。換

句話說，並沒有優惠的反思基礎，讓思想可以組織或控制游離的時間經驗。胡塞爾的主要目的，是要把感知活動，從語言呈現活動之中分隔開來，使後者──「中介」符號（mediated signs）及印象的領域──不能影響干涉，基本而獨立的知識實據。事實上，他的理論文本所顯現的，與其原意背道而馳，反而是「歧異／延宕活動」，常常寄寓於「現在的純然眞實性」之中。該活動瓦解了胡塞爾的現象學，正如文字寫作質疑及顛覆，言語說話的優惠地位一樣。感知活動本身，常常已經是呈現活動，正如言語預先已經假定了，（亦使自己忘記了）文字的歧異／延宕活動。

現象學及／或結構主義？

德希達斷不是「拒斥」（rejecting）胡塞爾，正如他並不僅僅摒棄索緒的語言學，或李維史陀的結構主義人類學一樣。在三者的理論文本中，他發現了一組邏輯上矛盾的主題，與他們表面的論點，南轅北轍，使解構式閱讀有機可乘。另一方面，這些理論文本，正是爲了其嚴謹及堅定的程度，而被選擇出來的，他們提出了德希達希望施壓的問題。可以說在德希達的壓力下，問題被扭折，而反過來對抗著論者的原意。但這未必等於說，完全摧毀了論者的設計構思。在與茉莉亞・克麗絲蒂娃　Julia Kristeva 的訪問中（重印於書籍《位置》*Positions* 之中，1981 年譯本），該主題被帶出了。到底解構式閱讀「方法」（deconstructive method）實際上佔有著甚麼位置？它究竟有否提出，任何被它質疑的文本所拒斥的「眞理」（truth）？怎樣──問得更爲尖銳地──德希達才可以言行相符？一方面德希達對形上學的語言警惕懷疑，甚至宣稱要瓦解其整個概念構思，一方面他又必須在該語言中運作。

德希達的回應保持固有特色，藉著把問題倒置，屢應不爽地顯示

出論題的措辭，過份簡陋。要與西方形上學完全決裂，是絕不可能
的。同樣地，每一個屬於該傳統的理論文本，無論怎樣根深蒂固，皆
內在地負有解構式閱讀的分裂潛質。如德希達所言，「在每一個命
題，或在任何符號學的研究系統中⋯⋯形上學的先在假設，已包含著
可被批評的母題」（德希達 1981，P.36）。所以解構學是文本所奉
行的活動，最後必須承認它與自己公開指摘的一切，或多或少地是不
可分割的。這樣看來，最爲嚴謹的閱讀方法，是把自身的運作概念，
暫時地開放給進一步的解構活動。

　　這便是爲甚麼德希達，經常地回歸至如胡塞爾般的作者。他們的
理論文本，自相矛盾，抗拒一切規律化、或定義性的閱讀方法。這有
助於更準確地，界定思想到達兩難困境（ *aporia* ）③之關鍵時刻──
或墮進自己設立的矛盾邏輯之中──無力再向前推進。該措詞常見於
德希達，及其比較嚴謹的信徒，例如保羅‧德‧曼，更追隨解構學至
其可能性之極限。《牛津英語字典》*The Oxford English Dictionary*
避過了爲它草擬定義的問題，但提供了兩個早期的例子──兩者皆源
於修辭的手冊，傳達著該措詞喚起的懷疑與不安。普定衡 Put-
tenham 在其《英詩》*English Poesy*（1589）之中，談及「兩難困境，
或者疑慮狀態。得名之由⋯⋯在於我們常常似乎臨深履薄，惹起陣陣
疑雲。如果話語清晰明確的話，一切是應該可以被證實或否認的」。
較少訓話，卻同樣令人困惑的，是 1657 年的條目：「兩難困境，是
說話的人用以表示疑慮的措辭，事情千頭萬緒，不知從何著

───────────

③*Aporia* 意謂邏輯困境，思路自相矛盾，不能斷定一途，是不可前行的前路。
　只有藉著從自我解構之中鬆解出來的動力，才可再度前行。德希達常常把其他
　哲學家的邏輯推論，發展至極限，而顯現出他們的理論所引領之途，如何解構
　其前提假設。德希達把各派哲學領入邏輯困境，使之進退兩難。但其解構活動
　卻同時把各種理論，從其自設的邏輯局限之中解放出來。這樣也許可以爲哲學
　另闢蹊徑，在頻將滅亡，面臨被淘汰的命運邊緣中，鬆解出重生的動力。

手；或者在一些奇特曖昧的物象之前，不知所措。」明顯地，兩難困境的概念，在傳統的修辭系統之中，佔著懷疑、甚至不祥的位置。該措辭明顯地表示出，其有著引起動搖不安的用途，正待解構學修辭加以運用。

　　Aporia（兩難困境）源於希臘文字，意謂「不可前行的前路」（the unpassable path），含義上完全符合該措辭後期邏輯矛盾的發展。在德希達的手上，它代表了對於歧異／延宕作用，及反常比喻的「邏輯」（logic of deviant figuration）裏，中人可達的便捷標記，或概念上的覆蓋詞語。解構學持續地顯示著思想的最終困境。該困境產生於，時常把文本運作引進哲學的真理宣稱的修辭學。這些運作的追尋，使人可以一窺，把哲學由來已久對文字寫作的壓抑逆轉的可能性。用德希達的話來說，這會引致「一種文字的出現，把哲學嵌進它不能控制的系統之內的某一位置。」可是該前景只能短暫地掌握於——正如解構學設想本身——與西方哲學不可分割地連繫著的文本運作過程之中。在德希達的文字寫作中，流轉著對於文本「自由活動」的烏托邦式渴望主題，最終將與語言的制定智慧分離。在他後期的理論文本中，該主題帶來了混亂的效果（我將在以後的篇幅裡加以複述）。可是大體而言，德希達辯稱，解構學必須「自內滲透」，或者自哲學本身借來概念，以瓦解哲學文本。

　　在德希達與胡塞爾的關係中，該互相依賴的關係至為明顯。德希達於文章〈源起與結構〉"Genesis and Structure"（見德希達 1978）中，企圖找出胡塞爾遲疑不定、或猶豫未決的時刻，也就是當其面對著兩個同樣「有效」（valid），但互相拒斥的解釋設想，而要作出不可作出的選擇（an impossible choice）時。廣義而言，這些設想是現象學的，亦是結構主義的。前者企圖藉著提供「源起」的解釋（a genetic explanation），講述思想（胡塞爾本謂「超越性本我」

transcendental ego）如何構成其自身的實相，及說明知識及體驗的
本質。後者避過了上述的方法──懷疑前者，可能與某些主觀論有所
牽涉──而轉向「結構」（structure）作爲最終的保證。該兩種思想
模式，便是胡塞爾必須往返的兩極，以使其理論設計，不致被非批評
性的動機及主旨所佔據。

　　而這些，德希達辯稱，不但是胡塞爾現象學的問題，亦是所有超
越某感知水平的哲學思想的問題。主觀論並不是哲學需要避免的唯一
陷阱。結構主義有著自己的特定危機，胡塞爾比大多數現時的現象學
發展者，更早地掌握該危機的本質。結構的概念，（如前所述）可以
被假定爲擁有某些「客觀性」（objective）或獨立自證的地位，而輕
易地失去動力（immobilized）。這樣說來，是很可能像德希達般辯
稱，「哲學常常帶點結構主義的色彩，這是哲學最自然的姿態」。
「結構」的解釋基礎，常常使思想可以漠視對其自身規範概念如何展
現之質疑。胡塞爾所顯示的，儘管恰當地，是介乎結構主義客觀型
態，及一切不能以結構主義措辭解釋的間隙（或兩難困境）。他整個
的建設，在於努力把兩個不同的思想序列融會貫通。兩者皆各自不能
簡化爲彼此的措辭，同時亦不可被假定爲獨立自足的存在。正如德希
達的理解，結構主義常常追尋著「一種形式或作用，根據內在合法性
而組織，裡面的元素只有在相關相異的整合下，才有著意義」（同上
P.157）。另一方面，「源起」的需求亦是「對結構的本源及基礎的
追尋」。書籍《言語與現象》*Speech and Phenomena* 的核心課題，是
解構「本源」及「基礎」等意念，顯示他們常常是早已經嵌入在意義
的歧異結構之中的。在文章〈源起與結構〉之中，論辯是曲折的，並不
在相反的一面立論，而是從較大的視野，同時承認了兩者的（不能再
被簡化的）思想系統的必要性。

　　德希達對結構主義的批判，在其文章〈動力與表意〉"Force and

Signification"之中繼續，同樣地質疑系統、及概念理論的內在自足性。結構主義常常在屈從於秩序性、與穩定性的思想要求下，表現自己。其成就無論如何吸引，皆內在地限制「在一切既有的現存組織建設的思辯之中」（德希達 1978，P.5）。該穩定的概念活動所壓抑的，是能超越一切結構規範的意向的「動力」（force）或生命力。

德希達在這裡，似乎與堅持「表達性」（expression）能賦與生命內涵的胡塞爾，相當接近，要把符號從死寂僵化的常規慣則中拯救出來。他甚至把結構主義的分析，與某些因為大自然的神祕「災難」（catastrophe）而荒廢的城市，滿目瘡痍的景象，比較起來。可是這些比喻的要點，不在於重提現存性或表達性的主題，與結構所銘刻嵌入的歧異／延宕性對立。相反地，這是要展示結構主義的出現，源於與難以拒斥，卻又不斷受到質疑的（現象學）方法的決裂。結構這概念是內在的掙扎，否認其自身概念性的地位，而化為比喻（metaphor）運作，包含著意義難以駕馭的動力。結構主義與現象學皆陷入於各自的兩難困境之中。既不能保持自身理論的完整性，卻又依賴著這些理論，以達致最精闢深入的見解。

現代法國批評學的慣常介紹方式，傾向於把現象學與結構主義的關係，簡化為繼起的「學派」（schools）或興趣的潮流。結構主義，被假定為脫胎於現象學，然後脫離於現象學——拒斥其構想，而在理論上發展至另類的基礎。該看法在一定程度上是說得通的。現象學當然有助於結構主義的建設，讓注意力更為敏銳地，集中在意識於外在世界感知、及尋找意義的方法上。它提供了本身已經隱含著結構意念的語言哲學，因為意義被視作介乎文本及讀者所追尋的理解之間，創造性的交互活動之內。現象學與結構主義的歧異之處，在於其（追隨胡塞爾）假設意義常常有著創造性的剩餘（creative excess），超越任何以結構意念、解釋本源的說法。

摩里斯‧馬勞龐迪 Maurice Merleau-Ponty，胡塞爾最為出色
的繼承人，完善明晰地談及該課題。語言——而特別是話語——代表
了：

> 邏輯矛盾的運作，藉著使用某指定含義的詞彙，及既有現存
> 的意義，我們嘗試追尋意圖（intention），卻不得不超越、改
> 變、及在最後的分析裡，把譯寫意圖的詞彙的意義穩定下來。
> （馬勞龐迪 1962，P.389）

根據該看法，語言在其「創造性」的用法中，超越了可被純「結構
性」或既有意義等措辭解釋的一切。與結構主義思想相反，語言顯示
了「意指（signified）多出於表意過程的剩餘」，使其超越簡化解釋
的可及範圍。

要以該創造性或意向性意義「剩餘」（surplus of meaning）的
主題，解釋結構主義及現象學的決裂，說來話長。最低限度，在其較
早的型態中，結構主義思想的活動原則，正是拒絕承認任何外在於、
或超越預設語言局限的意義。可是卻不難看出，在現象學與文本、寫
作、及解構的後結構主題之間，對話現在如何可以從新開始。馬勞龐
迪自己似乎循著這個方向發展——明顯地，當更為仔細地閱讀他後期
的一些文章時，特別是收錄在書籍《符號》Signs 中的那些。馬勞龐迪
認為，在思考上持續地堅持，要把「結構」自「意義」，或表達性自
先於其生而使其成就的一切區分出來，是絕不可能的。他曾經建議，
語言只可以被想像作為「成立於表意活動的意指，對表意活動的超
越」（馬勞龐迪 1964，P.90）。在這不能再被簡化的互相倚賴裡，
該描述顯示出，馬勞龐迪從早期位置中決絕的轉移。它承認了結構性
的見解，但繼續認為思想必須超越其較為僵化的運用法則。

該論點在關於馬提斯 Matisse 的文章中最為顯著。文章是被工作中的藝術家的紀錄電影所引發的。馬勞龐迪認為，「相信」（believe）電影所見的畫幅，是即時啟發的，但同時是預先構想（premeditated）至最後一筆的聚合，是錯誤的。馬提斯一個簡單的筆觸，已經可被用作解決「問題，回看時似乎暗示出無窮無盡的信息」。如果堅持在簡陋的表達性，相對於結構性描述之中二選其一，創作的過程將不敢想像。反而，正如馬勞龐迪謹慎而言：

> 所選擇的線條散佈在畫面之上，見出千姿百態，是未曾成形的，而甚至除了馬提斯之外，對任何其他的人來說，是不會成形的。因為一切只會被該尚未存在的畫幅的意向性所界定及成形。（同上，P.46）

勝於任何抽象的敘述，這裡努力說明，馬勞龐迪在語言及所有表意系統的核心發現的邏輯矛盾。被意義「超越」的結構，不能簡單地以主觀的「意圖」（intention）描述。馬勞龐迪與結構主義者認同，看出意義常常必要地，嵌入在其永遠不能完全地控制掌握的含義的預設節約權宜架構之中。另一方面，他又顯示正是在這狀態之中，藉著創造如此複雜的規則背景，使意義可能以新穎而前所未見的方式出現。馬勞龐迪後期的哲學，是對該「豐饒時刻」（fecund moment）的堅定追尋：當意義顯現為結構，「可以被藝術家掌握及同時被其他人理解之時」。④

這裡與結構主義方法反其道之行，最終卻達到同樣的邏輯矛盾。

---

④馬勞龐迪除了關於意義及結構的詮釋觀外，其時間觀亦影響深遠。中文讀者如有興趣的話，可參閱王建元的文章〈現象學的時間觀與中國山水詩〉（見鄭樹森編，《現象學與文學批評》，P.171-200）。

在馬勞龐迪找到意義永恆地啓現結構的關鍵之處，巴爾特看見了結構永恆地創造出含義的新可能性。在其關於結構主義及現象學的文章裡，德希達亦指向同樣殊途同歸的時刻。藉著解構該兩位哲學家背後的概念及比喻活動，德希達在馬勞龐迪曾經遇到的問題上，找到自己的論點。結構主義存活於他喚作「所應許的、及所實踐的兩者之間的區別」。「所實踐的」（The practice）大部份讓與那些引人入勝的比喻，源於結構性的語言學，犧牲「動力」（force）而提升「形式」，或者提升結構，而損害在結構之中及以外的一切。「所應許的」（The promise），存在於結構主義思想，及其他自我批判的語調，暗地裡質疑自己的方法基礎。根據德希達，這裡常常有著「破綻開放之處」（opening），使結構主義者的建設遭受挫折困頓。「我永遠不能明白的是，結構內有些甚麼，使其永遠不能天衣無縫地吻合無間」（德希達 1978，P.160）。所以胡塞爾的現象學，重要性在於其能作爲結構主義思想，最親近的即時批判。胡塞爾的理論文本，所強而有力地展示的，常常與他自己的當下意圖相反，「封閉的結構主義現象學，在原則上、重要性上、和結構上，皆絕不可能」（同上）。

　　所以德希達堅決地，反對把結構主義看作是與其先在歷史，完全而不可逆轉的決裂。這頑固的假象——繼續流行於某角落的結構主義左派內——漠視了德希達顯現出來的預設封閉性、及概念僵化的危機。同樣道理，把解構學視作「後結構主義的」（poststructuralist），有著移置或廢除結構主義設想的看法，也是錯誤的。沒有這種結構主義所體現的，介乎「實踐」與「應許」之間的特定張力，德希達未必可以提出給與其寫作生命力的問題。解構學是恆久而警惕性地，提醒結構主義必須怎樣，才能避過其方法上引人入勝的概念下，所暗藏的陷阱：

　　藉著其最隱伏的意圖，正如所有關於語言的問題一樣，結構主義避過了古典思想史的桎梏。後者其實已經預示了結構主義的可能性。前者，不過是天真地屬於語言的範疇，而在該範疇內表現自己而已。（同上，P.4）

這「最內在的意圖」（innermost intention），便是結構主義思想希望逃避，而德希達極力保留的秩序性簡化活動。否則——正如他在索緒個案中最為清楚地顯示的那樣——結構主義是命定了，只能重新回歸它應許改變的傳統之中。

第四章　尼采：哲學與解構學

　　菲迪斯・尼采 Friedrich Nietzsche（1844-1900），對大多數現代哲學家而言，繼續是其同時代哲學家心目中的形象：被層層啞謎包裹著的謠傳。在近年，其中一種反應是把他列爲納粹現象可怕的先驅。一個被假定爲有著「非理性」外觀（irrationalist outlook），及言論妄自尊大的思想者，爲希特勒 Hitler 及其信徒開天闢地，建立基礎。這些指責並不能盡數被拒斥。他們源於對尼采一知半解的閱讀上，更被尼采的某些追隨者，積極地鼓勵提倡。該看法毫無疑問地，對尼采有著不利的影響，縱使該影響不如其後日的貶抑者所想像的那麼大。簡而言之，尼采不切實際的神話學，他關於「超人」（superman）①及「永恆回歸」（eternal recurrence）②的觀念，在一般的聯想之中，已種下一定程度的罪孽。

　　但除此之外，尼采所引進的、對西方哲學及其前提假設的批判，卻並不絲毫減弱其尋釁及干擾性的力量。正是尼采在這方面的思想，在解構學的理論及實踐中，發生影響。要在這裡說是「影響」（influence），可能頗爲誤導。因爲該詞語暗示著把概念和主題，自中央權力傳統之中，一成不變地保留下來。而德希達所帶出的，卻是文字寫作，超越所有依據「思想史」（history of ideas）的常規慣則

---

①尼采宣稱上帝已死，意謂人類對上帝的信仰已死。他們漫無目的地游離於永恆的虛無之境。唯一振奮之途，便是擺脫對上帝小兒般的依賴，而茁長成理智上及道德上更爲獨立的「超人」，強壯、堅毅而勇敢。
②「永恆回歸」是尼采對時間及人生的哲學理論。該理論辯稱，時間循環往返，人世諸事百體，無論善惡賢愚，皆以不變的同樣形式，反覆回歸。宇宙的時空無限，所以其重覆的次數，亦永恆無限。根據該理論，人們不須追悔過去的錯失，因爲他們與過去的善行一樣，會不斷地再次循環。此外，尼采非常討厭悔改和贖罪。他把這兩件事，稱作循環的錯事。

所訂立的各種專利宣稱。如果理論文本能不被作者的意圖所局限，而開放給極端的解構活動的話，那麼毫無疑問，德希達明顯地並不僅僅吸納尼采的影響，而把其意念運作於現代後結構主義的脈絡而已。相反地，尼采所提供的，是對哲學寫作文體（style）的宣稱，所維持的強烈疑惑，而因此開啓出自悠久的概念局限中，解放思想的可能性。

尼采不被其自我評估而定案，彷彿可以一勞永逸把西方形上學的虛假追尋封閉起來。像索緒或胡塞爾般，他在一定程度上，繼續受困於根深蒂固的思想主題及常規慣則之中。正如德希達常常提醒我們那樣，這些主題深殖於語言邏輯及溝通結構之內，與之完全決裂，將冒瘋顛失常或完全不能被人理解之險。（尼采自己便曾被宣稱為瘋子，在其最後十六年的生命裡，除了散漫難明的摘記外，並無創見。）遠勝於西方傳統的任何哲學家，尼采獨力肩負起對抗著德希達企圖定義的語言和思想局限的重責。他預示著將來德希達文字上的風格及策略，似乎冥冥中兩者常常進行著某種超自然的相互交流。

要找出原因並不困難。尼采常常好像預先已經提及解構學的程序及系統策略，更採用同樣嚴格的懷疑態度，否認自身可以提供方法或概念上的安穩處所。他辯稱，哲學家是自我懲罰於「眞理」（truth）的騙局之中的。所謂眞理，不過僅能自保於掩飾及抹掉產生它的比喻修辭（metaphors），或喻況的軌迹而已。

其意義（正如索緒後來顯示的）牽涉著相關相異的意符鏈。如果語言是極端地比喻性的，那麼思想企圖超越語言的曲折途徑，而尋獲眞理的策略，亦只會是虛假誤導的。只有藉著壓抑其比喻性的本源，效用上否認與喻況語言有任何牽涉，哲學——從柏拉圖至現在——才可能維持理智極權的力量。理智已經完全粉碎哲學想像性的生命，正如——從尼采的角度看來——它摧毀了古希臘悲劇內愉快的、或「戴

奧尼修斯式」的元素（Dionysian element）。蘇格拉底 Socrates
——與基督一起在尼采的諸神逆位中——代表著把一切賦與人類理解
溝通進程的生命姿彩及熱情摧毀的冷血屠夫。只有顯示「理智」如何
藉著系統化地對抗、及掩飾語言的修辭部署，而擅居其位，才能把該
被埋藏斷送的傳統復活過來。

　　從尼采文本中，略舉一引人注目的意象，便足以傳達他對知識及
真理的懷疑程度。尼采問，當我們看清語言如何藉著扭曲及置換的手
法，同時收藏及延續其自身迂迴曲折的運作之後，知識或真理等理
念，還餘下甚麼呢？他作出結論，以為真理：

　　　　是比喻、旁喻、及擬人法等浮動的前進隊伍……真理是人們
　　　忘記了是假象的假象……抹掉了本來面目的硬幣，不再有任何價
　　　值，只不過是破銅爛鐵而已……（引自史碧韋克，見德希達
　　　1977a，P.22）

對尼采來說，該見解導向以下的結論：所有哲學，不論其對邏輯或理
智有甚麼宣稱，都不過是建立於本質游離的喻況語言，其軌迹徵兆被
真理的主權秩序有系統地壓抑著。這關於意義全無穩固基礎的相對
性，及哲學家掩飾或封存他們的支配性比喻的方法，便是德希達與尼
采的理論寫作的同樣起點。

　　當然，這裡有著無數的先例，證明語言的特色是極端地比喻性
的。在德國的浪漫主義者中，該看法被塑造成形，自柯爾雷基 Col-
eridge 傳至現代批評家如理察斯 I.A.Richards。理察斯在其《修辭哲
學》*Philosophy of Rhetoric*（1936）中，闡釋著比喻的核心重要性，
這可能是最毫不妥協的堅持。理察斯宣稱「思想是比喻性的，而語言
的比喻則自此而來。」在對抗著比喻的傳統看法（以為比喻不過是天

賦的恩澤或語言偶然的附加），而逆轉確立了的優先次序上，理察斯已或多或少地有著解構者的外觀。所差別者在於他建議「爲了改善比喻的理論」我們必須「更多地注意我們擁有著的思想技巧」及「把更多的這類技巧譯寫成可供討論的科學」（理察斯 1936，P.116）。儘管理察斯對比喻高調宣揚，這裡還有著另一層的暗示，便是「科學」（science）或邏輯的後設語言，可以躍出其喻況範疇而審度其特定的輪廓外觀。

　　該假設深植於理察斯的思想，亦實際上橫跨整個現代英美哲學與批評的範疇。在其早期的理論寫作中，理察斯提出詩歌語言的「感性」理論（emotive theory）。該理論以爲詩歌可以其感動人心的力量，及使生機煥發的比喻評定優劣，而避過了邏輯實證派哲學家僵化的眞理限制。這分類方法，被美國新批評學家借用，而成爲（如前所示）他們各種修辭體制上的解釋基礎。於是詩歌與理性知識的鴻溝，被制定下來，一處除了嚴格遵守補償性及特定「邏輯」的喻況語言外，一概禁止闖入的無人地帶。結構主義在其早期科學化的裝扮之下，亦從屬於同樣的一般法規。批評學企盼著成爲後設語言，或文本的總括理論，正是藉著該紀律嚴明的客觀性，以獲得解釋的力量。

　　德希達追隨尼采，與該自我認可的方法學及有效性決裂。在理察斯的用法中，「科學」是與理智壓抑性的意識型態相關的論述，（正如尼采所辯稱的）依次地在介乎眞理及邏輯的希臘等式中發展。對尼采和德希達來說，問題不在於以喻況語言提供某些「另類」的邏輯，而在於開放論述上的多元性，使所有的優先序列，融進雜沓的符號「自由戲耍活動」（free play of signs）之中。德希達（在其文章〈結構，符號，及戲耍活動〉"Structure, Sign and Play"中）提及兩種「詮釋的方法」（interpretations of interpretation）。在引申含義上，兩者同樣屬於「結構主義」，如前所述，被德希達用以描述西方

思想源遠流長的傳統。這是說，兩者皆關注於，詮釋思想在混沌的經驗中找尋含義的方法。而分別在於他們各自追尋意義時，所強加於經驗的秩序及穩定性的程度。一方面，是態度上——在這裡可以李維史陀爲例——傾向於把結構概念，視爲規避令人目炫神迷的純歧異／延宕活動的方法。另一方面，便是更爲極端的選擇，牽涉著德希達稱爲「尼采式的肯定（Nietzschian affirmation）……關於世上無機心的戲耍活動及化成萬物的天眞狀態……沒瑕疵、沒眞理、沒本源的符號世界，獻給自發的詮釋運作」（德希達 1978，P.292）。尼采思想的這一面，不僅「影響」（influenced），更在各種方式下，奇妙地預示著解構學構想的出現。

尼采，柏拉圖，及詭辯家

尼采的哲學批判在歷史上影響深遠，更引發起口誅筆伐、攻擊知識的通行慣則的熱情。這裡牽涉著西方道德及思想上的整個家系，直接回歸到希臘理智基礎的批判概覽。對尼采來說，似乎該傳統，是緊密地被蘇格拉底發明的辯證論述風格所奠定方位的，通過其學生柏拉圖的作品流傳萬世。辯證方法把智慧與無知相遇並置的精心設計——對於尼采來說——無異於修辭的策略。可是其說服性的邏輯，卻獨霸所有理智、尊嚴、及眞理的宣稱。結果，哲學與修辭學徹底分家，把語言藝術（特別是文字寫作）視爲錯誤虛假的泉源。與蘇格拉底同時代而受其蔑視的，包括被稱爲詭辯家的修辭哲學流派。該名稱到今日仍然——像柏拉圖時代般——混有假裝的說服性語言這虛罔含意。在柏拉圖對話錄《哥治亞斯》*Gorgias* 中，蘇格拉底與詭辯家接二連三的論辯著。在這裡，辯證法如常地勝出。以策略性的技巧設置問題，依照蘇格拉底的措詞術語，把對手逼進軟弱無力的位置。粗略而言，其結構是要證明修辭活動本身，是既缺乏理智、亦沒有道德的獨立知

識；其說服力無益於世道倫理，更使人心傾向邪惡放縱。

尼采的反應，是並不否認修辭活動的潛在惡性。但相反地，他以爲蘇格拉底本身亦是狡獪的修辭者，同樣地以虛言巧語達到目的。在理智與道德的博辯鴻辭之下，是旣要技巧地說服別人，而同時又把這些說服別人的技巧，歸咎於敵對陣營的基本欲求。眞理不過是論述所假設的榮譽名銜，賜給在論戰爭持中佔有──而保持──上風的論點。可以說，詭辯家較有自知之明，暗地裡承認了蘇格拉底所不願承認的：思想常常與支持著思想的修辭技巧不可分割。

雙重解構

尼采在哲學上把價值逆轉，要求回到本源，努力解構理智本身的支配性比喻。這與羅拔·普西 Robert Pirsig 的小說《禪與摩托車的保養藝術》*Zen and the Art of Motorcycle Maintenance*（1974），有著奇特但富於啓示性的類同。在書中，出乎很多讀者意料之外，論述的興味在於希臘的哲學，多過源於佛學的禪。主角是瀕臨崩潰及絕望的男子，踏著摩托車在美國穿州過省，走遍天涯海角，找尋認識自我之途。在追尋的過程中，逐漸出現了整個被埋藏著的知性矛盾歷史。這樣──讀者開始明白──開展出小說的情節和事蹟。藉著一連串僅可記憶的插曲片斷，敍述者重組了他自己的前生經驗。他生命的最後幾個月裡，在芝加哥大學唸哲學。以"菲德拉斯"Phaedrus 爲名──採用該名字的原因，後來將會大白──該命定的另一本我（alter ego）冒著被逐出校之險，挑戰一切從老師傳下來的基本假設。

當菲德拉斯開始讀至源頭，特別是柏拉圖及亞里士多德的理論文本時，他發覺他們的論點不但沒有說服力，更加偏頗歪曲至在各處地方，把已被遺忘的對手錯誤地表現出來。特別是詭辯家，更被他們的論辯法則歪曲，而面目全非地放進哲學的荒謬角落。從蘇格拉底至柏

拉圖及亞里士多德，證據確鑿，顯示出危害辯證理智統治權力的一切，皆受到大規模的壓抑和誤解。

在同樣的「陰謀」（Conspiracy）裡，菲德拉斯亦成為受害者，遭到不願質疑傳統智慧的教授及同學們的揶揄。在芝加哥，「理智的宗教」（Church of Reason）基礎穩固，勢力龐大，「有著新亞里士多德式」對條理明晰的邏輯分析、及堅定的分類思想的重視。當其課程——不幸地——被意念分析委員會及方法研習班的主席接管，菲德拉斯便困阻重重。接著下來的——最少在菲德拉斯熱切的想像之中——是「辯證法」（dialectic）與「修辭學」（rhetoric）雋語之爭，而以修辭活動決定性地勝出。轉捩點來自他發現「辯證法」有著像槓桿支點般的特定用法——視乎其所放定的位置，可以轉移論辯的重心。藉著逼使主席解釋辯證法的起源——用尼采的話來說是「家系」——菲德拉斯顯示出辯證法，是建基於對其自身修辭本源的刻意而系統化的忘懷的。理智，或者其假定的獨立自證性質，備受質疑。它除了用純反覆字眼自圓其說之外，根本明顯地不能證實其方法上的合理性。因此菲德拉斯勝利地作出結論：

> 柏拉圖及蘇格拉底頭上神聖的光環，再不復見。他們不過持續地重覆著自己責備詭辯家所做的一切——使用感性的說服性語言，以提出較弱的對立論點，而使辯證法看似更為強而有力。我們最經常責備別人的，便是我們自己最恐懼的。（普西 1974，P.378）

但這正是瘋顛之途。菲德拉斯難以把其發現的一切，在建制知識的規範內傳達出來，甚至連「對話」（dialogue）的可行性，亦被芝加哥亞里士多德信徒熱烈地封存起來。他唯有離開大學，而（像尼采般）

崩潰於沈默與神經病之中。

　　「本來的」菲德拉斯，在柏拉圖同名的書籍中，不過是另一個蘇格拉底的襯托者。一個年輕勇敢的修辭者，他輕率的論述，在每一個關節上，皆被工整地計算在內（見柏拉圖 1973）。縱使把後期的菲德拉斯亦列入考慮之列，該類對談仍然不過是遵循著論辯的典型模式，漠視自身與其嚴詞拒斥的策略及設計的聯繫。《菲德拉斯》*Phaedrus* 亦無巧不成話地，是德希達對希臘哲學的閱讀中最重要的作品。它包含著柏拉圖對文字寫作最為有力的攻擊。涵泳在我們耳熟能詳的措辭——「現存性」（presence）相對於「欠缺性」（absence），有生命力的話語相對於死寂的文字——一切組成盧梭文章的論辯詞彙之中。文字是危險的「附加」（supplement），駢拇枝指，把語言自其言語活動，獨立現存的眞實本性中誘離。把思想託付文字，無疑是使其屈附於公衆領域，冒被詮釋混雜詭計妄加分析之險。文字是對活生生的思想，伺機而動的「死亡」（death）使者，朝向衰敗的陰險媒介，其運作敗壞眞理之本源。所以柏拉圖對抗修辭學的例子，與其對待文字的態度是一致的。兩者皆被視作僕人反叛主子（眞理或辯證法），蔑視權威，企圖另起爐灶，妄想開設另一條通往智慧的途徑。

　　正如普西的菲德拉斯所言，修辭活動是被改頭換面而失去動力的，被當作僅僅是某種方法的分類集合名稱，可被系統與秩序簡化。亞里士多德把該活動，發展至理智完備的顛峯：「修辭活動成為一件物品，正如物品有著不同的組成部份，各組成部份亦與彼此之間有著關係，而這些關係是不變的」（普西 1944，P.368）。可是，偶然地，以摩托車爲喻：對菲德拉斯來說，這件機器是不足以被其服務手冊開列的各項目總和，所總攬概括的。

　　奇怪地，雖然，其哲學爭論的思路，在各處皆被尼采的批判精神

所引發，小說卻從不提及尼采。菲德拉斯所提出最重要的問題——蘇格拉底理智的權力從何而來？——是尼采曾以驚人地類似的措辭，所提出而答辯過的。是修辭活動，而不是辯證方法，把人們帶回人類經驗中，最渺遠的思想本源：「辯證方法，邏輯之父，本身便來自修辭活動。修辭活動依次地是神話的兒子，古希臘的詩歌」（同上，P.391）。菲德拉斯於是把人們帶領到蘇格拉底之前的哲學家，那些敢於有著自己的比喻修辭，而使尼采由衷敬重的虛幻隱約人物。

這些思想者，把現實與自然世界內各種基本的動力認同。對泰利斯 Thales 而言，「永恆的慣則」（immortal principle）是水，安納士文尼斯 Anaximenes 則把該喻依改爲氣，而赫拉克賴脫 Heraclitus——研究變幻及游離觀念的哲學家——則把火作爲萬物之源。他們的「解釋」當然是詩歌比喻的一種，對於理性的（或後蘇格拉底式的）思想意義不大。

可是，正如菲德拉斯所宣示的那樣，「一切皆爲比喻」，包括牽涉辯證在內的預設概論。辯證者有異於其「非理性的」先驅（irrational precursory），分別在於前者不能認識其思想過程本身的比喻運作活動。

文字寫作與哲學

解構學同樣以把理智對抗其自身的姿態開始，暴露其倚賴於另一個受壓抑、或不被承認的意義層次。菲德拉斯瞥見辯證（dialectic）概念如何可被用作「槓桿的支點」（fulcrum），而達致優先次序的逆轉，手法與德希達的文本策略極爲相近。在其關於希臘哲學的理論文本中，德希達追溯出不同的策略和方法，使文字寫作有系統地相對於眞理、獨立現存性、及本源等主題。但爲甚麼（why）要對文字寫作懷有敵意？最有可能亦被衆多學者採用的歷史解釋，是在這階段的

希臘文化生活裡，文字相對而言是新興的發展，而柏拉圖傾向於懷疑其視作知識與權力的危險擴散。該論點明顯地與尼采及德希達，把蘇格拉底式的理智，視作壓抑性的獨裁力量之所見相同。另一方面，這裡被漠視著的文本策略，及根深蒂固的現存性形上學，只有透過解構式的閱讀，才可以顯示出來。對於德希達來說，文字寫作被壓抑，不僅僅是時序的意外或文化過渡的習性。在柏拉圖及其後世為數眾多的追隨者中，該壓抑活動通過自我延續的修辭方式運作著，一般的思想史研究者，難以管窺一二。

從像康福德 F.M.Cornford 的《蘇格拉底前後》*Before and After Socrates*（1932）等作為介紹希臘哲學及其背景的作品中，可見上述對待文字寫作的態度，繼續根深蒂固。康福德顯示出一種紆尊降貴的耐性，把詭辯家視作哲學的少年反叛者，始終會趨向柏拉圖式智慧與尊嚴的大道。當他言及蘇格拉底及柏拉圖的關係時，他的評論完善地描繪出，文字被強而有力的本源神祕論，所明顯地降格。蘇格拉底，根據康福德所言，便是其中一個精選的聖哲，其「體現真理」（living the truth）而留下來的生活例子，比任何理論文本更為有力：

> 他們預示出在我們的本性中，毫無疑問地有著無窮動力，到現在為止，只有他們能自己身體力行，完成大業……慢慢地，藉著他們的生活事蹟，「而不是他們所遺留下來的寫作記錄」，在後世得到了確信。除了少數的例子外，他們都沒有寫過書。他們是睿智的，知道文字註定毀滅大部份（雖然不是全部）聖哲們所賦與的生命力。（康福德 1932，P.62）

沒有甚麼可以比這些，更為清楚地顯示蘇格拉底式的做法，把真理、

現存性、及言語的原始動力等同。雖然沒有完全認可柏拉圖的意念，「把文字看成小兒的創作」，是對成年人智慧的侮辱，康福德依然極力暗示，蘇格拉底在不委身於文本性的小兒技倆、雕蟲小業中，把眞理完整地保存下來。

　　德希達追尋著這些針對文字寫作的神規聖約，進入柏拉圖思想迷宮之內。他發展進一步的抗衡力量，介乎「優」與「劣」的文字（good and bad writing），前者被設想爲「自然的」（natural），以理智法則，銘刻在靈魂之上；後者爲降格而「字面」的手稿（literal script），把其虛幻的影子，投進眞理及理解之間。正如德希達敏銳地注意到，該區別是被比喻的轉換（metaphoric switch）所建立的，喻況的（優艮的）語言，比其字面的層次更爲眞實及瞬即。在基督敎及柏拉圖的傳統裡，物質的手稿是被降格的。精神上的文字，直接書寫在靈魂之內，無須憑籍物質工具。這「僞裝的即時性」（similated immediacy）於是成爲了所有智慧與眞理的純正源頭。在柏拉圖的體系裡，不被承認的是，該理論是建基於根本的文字比喻的。縱使比喻措辭，不斷地被改弦易轍地運用著，他們仍然是被極力地壓抑掩飾著的。解構學堅持——矛盾地——在字面白描的層次上，該本來是獨立自足的比喻，如德希達所言，這並不是「把字面及比喻意義層次逆轉的問題，而是把文字寫作的『字面』意義斷定爲比喻性本身」（德希達 1977，P.15）。這裡解構學找到了，比喻不能再被簡化的基礎含義，也就是在「字面」意義（literal meaning）本身的組成構設中，運作著的歧異／延宕性（différance）。簡單來說，解構學發現，其實是沒有白描的字面意義的。

　　希臘哲學並非該「優」與「劣」的文字寫作，兩種價值的唯一根源。德希達援引文本之多義性，包括大量的聖經章節，把上帝不可言傳的「寫作」——透過神聖的啓悟，賜與靈魂——與塵世語言墮落而

物質化的書寫刻勒，區別開來（見同上，P.16）。於是藉著創立出文字寫作「感性」（sensible）及「知性」（intelligible）的先後序列，神學支持著柏拉圖的信念，以為「靈魂的寫作」（writing of the soul）必須與純物質性的書寫符號，隔離保護開來。顯示真理的話語本體（logos），無論是柏拉圖式的，或基督教式的，皆回歸至語言「墮落」（the fall of language）進降格的、及物質的書寫存在之前，這文字的恩澤狀態。在中世紀的神學裡，該兩個傳統結聚在一起：「符號可被理解，其知性的一面，繼續朝向話語及上帝那方。」

　　與處理胡塞爾的理論文本一樣，德希達著手解構該「感性的」及「知性的」意義序列。他辯稱其效果可見於任何意念上，有著意義預設於用以傳情達意的符號之前的哲學內。該看法甚至可以應用於索緒「意符」（signifier）及「意指」（signified）之間的重要區別。類似措辭──包括所有極端的含義──繼續與柏拉圖的二元論的不同版本，有莫大關連。正如德希達所言，該符號二分的意象屬於：

　　　　形上學歷史的偉大時代，及在更為明顯及更為系統化的表達方法下，屬於基督教的時代，後者的創造論及無限論與希臘概念相近。（同上，P.13）

結構主義與符號學依舊是該傳統的一部份，只要其繼續保存索緒式，位於意符和意指，「感性」記號及「理性」概念之間的橫線。③

---

③索緒的結構主義語言學，認為意符為意指的負載物，以專斷俗成的歧異表意法則，組構為語言體系。該理論可以圖象顯現為 signified（意指）／signifier（意符），中間的橫線，表現了意符與意指的相應關係。

超越詮釋？

可是思想並不能完全地與該區別分野隔絕，無論它如何努力地企圖把其運作的措辭懸宕——或放進括號。我們再一次到達尼采及德希達式的局限，唯一向前的可行方法是警惕性的文本實踐，意識到其自身比喻性的傾向。當人們開始解構尼采自己的修辭動機，及否認他有著任何方法上持續性的宣稱時，才發現他其實是完全地像德希達一樣嚴謹的。

這裡似乎帶出一些問題，正如我在較早時暗示的那樣。德希達以明顯地正面或認可的精神，援引尼采的理論文本，該做法卻與尼采對真理價值的直接抗拒，及其不願從事會引致一再被詮釋的詮釋思想，並不吻合。相反地，尼采不容許其讀者有著這些安撫性的保障，以為他文章中的「真理」，可以在閱讀過程中，自意符到意指的謹慎過渡下，被發現出來。於是企圖詮釋尼采，便是再一次地墮進，以為純知性意義，會被語言物質性的技藝所蒙蔽的、大柏拉圖式的錯誤觀念。像巴爾特及德希達般，尼采展現著各種方法，對抗該以各種傳統模式，邁向詮釋的活動。其邏輯矛盾的多重風格及發展，是要盡可能地，於表意活動尚未凝定為意義、或概念之前，在文本的層面上，抓住理解的策略。其把文字寫作視為「舞文弄墨」（dance of the pen），是德希達常常回味的，以暗示該含義的自由活動。

可是，再一次地，這似乎是把字詞當作意圖，態度上是矛盾地與尼采的（及，實際上，德希達的）思想方法背道而馳的。人們怎麼可能開始詮釋，否認詮釋思想邏輯的文本？文本之中，便有著斷絕讀者每一個把其意義，融和進某種秩序性的理解溝通的力量。而——從德希達的立場而言更具啟發性的是——解構學可以在那裡找到詮釋文本的支持，而又能巧妙地重申、及預示其自身尼采式的召喚，要終止詮

釋活動呢？

尼采與海德格

　　在德希達與尼采最後的接觸中，這些問題被帶領至刻意荒謬的邊緣（參閱《驅策》*Spurs*，1979）。該理論文本沒有提供「嚴肅認眞」論辯（serious argumentation）的方向，最少不是大部份哲學家完全接受，或知道怎樣處理的那一類。它主要固定在狂想式的玩藝性文體，馳騁於意象及野性的——甚至是僞造的——字源探索活動之中。這些穿梭技法的目標，不是尼采本人的，卻是海德格對尼采的閱讀，於後世影響深遠，德希達把該詮釋視作同類的模範而——正因如此——可開放予解構活動。馬田·海德格 Martin Heidegger（1889-1976）爲德國哲學家，對今日存在主義及詮釋學思想有著巨大的影響。④正如海德格所構思的那樣，「詮釋學」（Hermeneutics）是一切詮釋活動的基礎哲學，企圖爲人文科學提供勝任稱職的獨立理解。對海德格來說，這意味著尋回思想的本源，及逐步解開被多個世紀的理性哲學所蒙蔽的眞理。海德格對德希達的「影響」（influence），是十分複雜的課題。讀者可在格雅脫·查克拉瓦提·史碧韋克 Gayatri Chakravorty Spivak 的英文版《論文字寫作學》*Of Grammatology*（德希達 1977）的譯者導論中，找到極爲有用的綱要。在這裡我們只能具體地，集中在海德格對尼采的批判，及德希達插手分裂及逆轉其效用的地方。

　　海德格發動了「詮釋」還原（hermeneutic recovery）的進程，目的在於透過對動機及產生動機的傳統的完善理解，詮釋尼采理論文

---

④關於詮釋學家海德格的存在主義思想，中文讀者可參閱李天命 1990 年重印的舊作《存在主義概論》（台北：台灣學生書局，1976）。

本的意義和重要性。⑤尼采被視作對於擱淺於理性設想的西方形上
學，最後及最不顧一切的發言人，力不從心地企圖克服其自找的各種
問題。尼采是思想史上的重要人物，因為，根據德希達，他代表了抗
衡其自身局限的理智，更開始回歸存有（Being），或者萬物之源，
這些比一切令人困惑的理性策略，更為重要優先。尼采的雄心壯志以
失敗告終，這顯示出或多或少地，他仍然被固有的思想制度所困，他
只能拒斥（reject）或逆轉（invert），而不能超越其設想局限。對
海德格來說，這裡意味著，有必要把一切西方思想上，寄寓於文法及
陳述結構的一切邏輯設想，括引開來。語言本身使理智論者，把經驗
分配進如「主體」（subject）及「客體」（object）等類別，從屬於
分析性的意欲，傾向於以理智統治大自然。要以個人的思考超越這些
類別，便是與海德格一般，不追問萬物如何（how）存在，而首先探
求為甚麼他們應該存在。所以最重要的區別是介乎「存有」
（Being）與「存有物」（beings）之間。前者被構思為存在的基
礎，預設於一切知識之前；後者為存有實體，本身已經被理智所決
定。⑥

　　這樣粗疏地簡化海德格的思想，可能最少可以帶出其對德希達的
挑戰意義。在一定程度上，解構學與海德格解開隱伏在西方哲學概念
死結的構想，「明顯地有著很多共通之處」。兩者同樣是勉強地使用
源於傳統的語言，同時又對該語言最終的有效性或意義，保持嚴格的
懷疑態度。事實上，德希達其中一個達致該概念上的懸宕，最為典型

---

⑤海德格的詮釋學中，尚有其影響深遠的時間觀。中文讀者有興趣的話，可參閱
　王建元的〈現象學的時間觀與中國山水詩〉（見鄭樹森編，《現象學與文學批
　評》，P.171-200）。
⑥所謂「存有物」（being），照海德格的意思，是指世界中任何存在的
　（existing）個體。而「存有」（Being）則意謂主客交融、物我並生的普遍
　整體存在狀態。

的策略，是直接地來自德希達的文本實踐的。這便是把字詞畫掉刪除（*sous rature* or "under erasure"）。把它們用交叉在文本上刪除，而警告讀者不要接受他們哲學上的表面價值。所以在《論文字寫作學》中：「符號是那被誤稱的東西，是唯一可以逃過哲學制度上的質疑的。」（德希達 1977a，P.19）。劃掉刪除的印記承認了所使用的措辭的不足之處（inadequacy）——他們極為暫時性的地位——及在解構活動裡，思想偏不能沒有了這些措詞的事實。藉著該圖象性的方法，與歧異／延宕（*différance*）反常的單詞多義性非常相近，使概念不斷地被動搖及移置。

　　到目前為止，德希達和海德格似乎追尋著非常類似的解構式目標。他們的分別，在於海德格把真實思想的本源和基礎，放置於存有的時刻（the moment of Being），或在發聲論述之前的豐饒富足狀態。對德希達來說，這只能代表著另一個對於真理及本源，人所共知的形上學意欲的古典個案。海德格整套的詮釋學，皆建基於把真理看作獨立現存的意念，最終企圖抹掉或宣稱預設於表意活動。在尼采超越蘇格拉底，而回到五花八門、變化不定的思想先在歷史之處，海德格於存有的獨一基礎上，找尋確鑿真理的本源。他並不如德希達般，企圖藉著解放意義的多重性，以面對形上學之「消亡」（destruction of metaphysics），反而極力把意義，喚回其真確而獨立現存的本源。海德格於是成為德希達最親密的戰略盟友，而亦是——在這重大的分歧上——其主要的現代對手。

　　他倆的衝突，最為明顯可見地體現在他們各自對尼采的閱讀上。海德格的方法，在德希達看來，是局限於「（存有的）真理的課題在詮釋上的空間的」。其現象學參與著同樣的話語中心——企盼著本源、真理、及現存性——德希達千方百計到處顯現的一切。他在這裡爭論，以為問題在於留心文體上（style），不自然的分裂及偏斜，

把海德格的構想，拐離其表面上的目標。其閱讀方法，不能抗拒地屈從於「幾乎是內在自發的暴力需求。雖然沒有眞正地解體，……卻被逼開放給另一種拒絕在這裡被規限的閱讀方法」（德希達 1979，P.115）。尼采理論文本的顚覆力量，甚至使其超越海德格理想可及的範圍。海德格的哲學理想，是朝向眞理及意義的最終現存。相反地，德希達在其對尼采的閱讀中，顯現出奇特的技巧——比喻和意象的策略。詮釋活動不再回歸對本源及眞理的錯誤追尋。反而，假設了文字寫作本身令人目炫神惑的自由：一種與作品相投的文字寫作，本身並不承認任何規範意義的自由戲耍活動。

尼采的傘子

該笑謔或戲耍的層次，很大程度上是德希達拒絕把「文字寫作」從屬於「哲學」，或把風格從屬於把喻況語言當作邏輯思想表面上的瑕疵的那類壓抑機制。當推展至極端時，這意味著，把所有關於尼采可能的、或意圖的含義的問題懸宕，而承認其理論文本存在於開放而充滿潛能的領域，超越任何得到意義「詮釋」還原的希望。在他獻給尼采摘記的眉批上，德希達踏在令人目炫神惑的荒謬邊緣：「我忘了自己的傘子。」他以這片斷的潛在「意義」（possible meanings）作出了靈巧的戲耍，只爲了論證——再一次把以海德格及「詮釋者」（hermeneuts）爲對象——脈絡是不可被尋回的，所以意義是整個的啞謎。佛洛依德式的閱讀暗示被簡略地採用後，便被摒棄，因爲其暴露出同樣根深蒂固的渴望，要尋求意義——發現某些潛藏但「眞實」的重要性（true significance）——而成了詮釋大業的困惑。德希達作出結論，以爲上述句子的重要性，不亞於尼采寫作的其他段落。因爲該句子，像任何其他的一樣，是「結構性地解放」（structurally liberated）於本意或活生生的言語的。常常可能是

「沒有甚麼意義，或沒有可被斷定的意義的……詮釋者只有被該文本性的戲耍激怒，而窘困起來」（同上，P.132-2）。

德希達於是有效地扭轉劣勢，以海德格對尼采的閱讀，作為「最後的形上學者」（the last of the metaphysicians）。在德希達的敍述中，海德格為了其詮釋的目標，使用著真理及真實性的傳統規約，以理解尼采的理論文本。為了抗衡該詮釋哲學，德希達展現著各種可能的方法，以解放尼采風格上的動力，容許其理論文本「播散」其含義（to disseminate sense），以超越概念封閉的一切規限。該策略常常是與尼采的表面意義，狂亂地不一致的。於是德希達援引出某些奇特的比喻聯繫，介乎尼采女性的意象（image of woman）：「她誘惑迷人之處，在於若即若離，超凡脫俗，及其永遠地隱晦的許諾」，及文字寫作（writing）作為哲學的非真理形式，概念及範疇分類的溶解物之間（同上，P.89）。女權主義，在面對尼采惡名昭彰的憎惡女性時刻（「你在探訪女人嗎？別忘了帶你那條鞭子」）之際，無疑會覺得委屈受挫；正如一般的哲學家，面對德希達式的論辯風格之時一樣。

但正如德希達半開玩笑地，從尼采的理論文本的間接暗示中，所詳細說明的那樣。這只會誤解了「女性問題」（question of the woman）。德希達繼續訓斥海德格，以為其默默地把「性別問題」（the sexual question）納入「更為空泛的真理問題之下」（more general question of truth）。詮釋學恐怕早已經被有色慾含義的語言，及瓦解詮釋領導宣稱的反諷性歧異／延宕活動，自其對真理的追尋中分裂、或扭曲了。海德格的閱讀方法不過是「離題萬丈的虛言誑語」（idles offshore），漠視著女性在尼采連串繁衍增生的比喻中的破壞力。德希達可以極為到題地，援引自如《試觀此人》*Ecce Homo*般的理論文本。事實上這樣似乎會把尼采文字寫作風格上的多重性，

及其對女性的親密知識等同（「可能我是屬於永恆地女性的首個心理
學者」）。可是，他的論點是不去證明尼采色慾感性的一面，反而追
溯那些躲過任何正規理智邏輯的文本僞裝及暗示（textual feints and
suggestions）。當然，關於德希達奇特地把女子、性愛、及自邏輯
至喻況語言的轉移，互相等同，本身是沒有甚麼根據的。他所傳達
的，是一種閱讀效果，「反常地」（perversely）穿越滲透切題的正
常成規及詮釋技巧。

在巴爾特後期的寫作中（特別是《戀愛者的論述》A Lover's
Discourse，譯本見於 1979 年），亦有著類似把語言色慾化的欲求。
理智失去了控制，而屈從於意象及喻況措辭的誘惑項目。這是與巴爾
特對於結構主義的用途和吸引力，在太過嚴格的方法運作下，日漸增
長的疑慮相一致的。其色慾化的文本「理論」（eroticized theory of
the text）頻常而靈巧地躲避著，任何可能威脅閱讀時的戲耍玩樂
──雖然是高度的理性化戲耍的玩樂──的父權法規。巴爾特藉著對
意念印象式的一瞥，而達致該效果，不容許他們成爲方法或概念而安
頓下來。這與尼采在《戀愛者的論述》中，提供了大量可供思考的起點
及文本，絕非巧合。對於巴爾特來說，尼采瓦解分門別類的語言，本
身便是對色慾的渴求與放縱的代表。

同樣地，德希達展現出對尼采的色慾化閱讀，以解放及動搖詮釋
學的構想。尼采的「女性問題」，「懸宕了難以斷定的眞理與非眞理
的對立……風格的問題，亦立刻鬆解爲文字寫作的問題」（德希達
1979，P.57）。在巴爾特滿足於對文本任性而印象式的理解時，德希
達被逼從事於，遠爲費力的比喻方法，以奇特但嚴格地論辯式的閱讀
（rigorously argued reading），回應尼采的挑戰。尼采風格上的學
術性「問題」（scholarly problem），被開發爲更大的問題：哲學如
何可以長久以來，把其自身作爲文字寫作的地位，壓抑或忘掉？尼采

並不是「最後一個形上學者」（the last metaphysician），而是——
正如德希達的看法那樣——第一個自覺地改寫或解構形上學歷史的
人。和他差不多同時代的同志卡爾・馬克思 Karl Marx 一樣，他是
現代思想史上最偉大的解神話化的人物之一。他倆劃分了後結構批評
主要的可能性及對抗宣稱。

第五章　馬克思與尼采之間：
解構學的政治作用

在與德希達的訪問中（原文出版於書籍《位置》*Positions*，1981），提到了承諾的問題及——如果有的話——馬克思主義與解構學的聯繫。訪問員尚路易·侯達賓 Jean-Louis Houdebine 及歸依·史格柏特 Guy Scarpetta 皆代表著與巴黎學刊 *Tel Quel* 有關的馬克思主義文本符號學（Marxiant textual semiotics）的一派。他們的問題富於攻擊力，企圖逼使德希達界定，到底其「方法」（his methods）是否支持——或暗地裡對抗——馬克思主義對語言及意識型態的分析。德希達的回應是，實際上馬克思及列寧 Lenin，應該被更爲嚴格的方法*閱讀*（read），以提取他們的修辭及喻況的運作模式。他辯稱，他們不能僅被預先構思的方法所詮釋，而「找尋出在文本表面下既定的意指」。解構批評應該強調德希達喚作馬克思主義理論文本的「多重性」（heterogeneity）。它一方面與唯心主義傳統（特別是黑格爾）決裂，但在較深的層面上，仍顯示出被各種形上學主題所規範的迹象。

侯達賓及史格柏特把話題帶到某種技巧性的聯繫，可能介乎作爲馬克思式辯證法主流的"矛盾抵觸"（confradiction）概念，及德希達*歧異／延宕*活動的主題之間。其回應顯示出兩者如何極端地不同，有着獨立風格的唯物"文本科學"（self-styled mateialist science of the text）宣稱及那些把與意識型態全然決裂的觀念，視爲沒有前景的解構學。對德希達來說，辯證唯物論的語言被假裝作*概念*（cousepts）的*比喻*（metaphors）穿越滲透，附帶著整套不被承認的預定假設。德希達認爲，必須自此以後，把該語言作爲探查"所有被形上學歷史

所積存的沈澱軌跡"（見德希達 1981，P.39－91 ）。

　　該接觸，雖然簡短而沒有結論，卻指向德希達意念發展，及與其意念發展有關的主要論辯課題。解構學是否僅僅是──正如某些對立者所宣稱──顯現文本困惑特性的新近形式，因而有助於與歷史和政治保持距離？

　　在其對現存性主題，及從來並不顯示社會經濟變化的歧異／延宕活動的關注上，它是否「非辯證的」（ undialectical ）？簡單來說，德希達的解構學，與那些繼結構主義而出現的馬克思主義文學理論，有甚麼關係呢？要回答這些問題，最好是溯源於兩個對後結構主義思想大有影響的對立陣營，包括馬克思自己及其同胞菲迪斯・尼采。

　　尼采式的解構學，產生出極為要求嚴格的懷疑論述及修辭性的自我意識。馬克思的批判，一方面在發展其自身理論基礎上，曾經同樣有力地採用著某些結構主義的意念。另一方面卻拒斥被視為反馬克思思想的元素。介乎該後結構主義理論的兩大主要趨勢的，是複雜的敵對狀態的出現，帶來了解構批評極端的歧異／延宕活動。

德希達看黑格爾

　　德希達對於馬克思實質上的沈默，只可以被解釋為持續的延宕，拒絕被馬克思的思想，佔用其理論文本的篇幅。德希達可以（在《文字與歧異》*Writing and Difference*中）用整個章節形容黑格爾，及把黑格爾思想的唯物觀逆轉，而不提及馬克思主義的批判。其閱讀方法，努力地孤立黑格爾對歷史哲學及意識的論點，以為他們不但遠遠不能統一於理性意義的豐饒狀態，反而從屬於超出論辯掌握的脫節活動。黑格爾的邏輯，受困於修辭性的目標轉移，藉著不能駕馭的意義剩餘，暴露於自相抵觸的矛盾之中。黑格爾系統的「局限經濟」（ restricted economy ），被「一般經濟」（ general economy ）所移

置及入侵，德希達把這些視爲等同於文字寫作或文本性的作用。概念自其「合法的」（lawful）哲學位置中動搖，從屬於强烈的「意義轉變」（violent mutation of meaning），而反過來對抗理智的主權。「所以自此以後再沒有邏輯，規範著詮釋的意義。因爲邏輯本身仍然是詮釋，黑格爾自己的詮釋可被再詮釋——反過來對抗他自己」（德希達 1978，P.260）。在典型的德希達風格中，論文並不直接地研究黑格爾，反而透過其他人——喬治·白達爾 Georges Bataille——閱讀上的視點和盲點，給與解構式方法進一步的憑籍。黑格爾的論點，狡猾地陷入於文本互涉的表意網絡（a web of intertextual significations），使其遠遠超越任何單一、權威性的邏輯。

　　在《文字與歧異》的其他地方，德希達開始討論文本與政治的關係，簡略地建議解構學應該提供「哲學作爲意識型態的非馬克思主義閱讀前提」。肯定地，其對於黑格爾的閱讀，顯現出介乎解構學，及任何類似馬克思主義的文本意識型態理解方法的衝突。黑格爾的辯證法，成爲了不過是西方傳統的一個段落，提供了話語中心論述，被文字寫作的「一般經濟」所壓逼，而對抗其自身局限的例子。裏面不大有歷史上的淵源，或可以事實上作爲馬克思主義思想的對抗者、及前驅的角色等含義。歷史被簡化爲呈現戲耍活動（the play of representation），在黑格爾的敍述中，思想企圖控制其自身的理解，及使其如此的不同階段歷史意念。在意識反思的局限點中，歷史融進修辭喻況內，使一切知識宣稱皆被解構。只要抓緊比喻瓦解其自身論辯邏輯之處，黑格爾對權力及知識的辯證法，便可被迎頭痛擊。黑格爾的歷史觀，可被看作「從左至右或從右至左，作爲反動運作或作爲革命運動，或同時兩者兼而有之」（同上，P.276）。喻況修辭運作或文字寫作的「附加／補足性」（supplementarity of writing），使之不可能把意義從屬於解釋的預設系統。概念的「整

體性」（conceptual totality），是常常被表意活動策略所解體的。而解構批評則致力於顯現那些「論述上的滑行（slidings）及歧異活動。」

　　如前所述，是尼采首先把這些懷疑論的批判，加於黑格爾哲學的系統化構思的。對尼采來說，正如對德希達一樣，絕對知識的構想，本來就是虛假失實的，它忘掉了語言（language）如何創造、及反覆無常地誤導思想的過程。除了盲從附和，一錯再錯地以各種邏輯或抽象思維方式，企圖達致真理之外，尼采再看不出哲學還有點甚麼。哲學懵然不知地，把自己建基於連串被埋藏的比喻。這些比喻被平凡及常識性的用法所掩飾，卻依然充滿力量。尼采進行了解構活動的全面工作，攻擊每一處哲學真理及堅稱的剩餘痕迹。亞里士多德式邏輯的基本「規律」（fundamental laws），不但不能使人們擁有絕對的有效法則，反而局限了他們的思想，使其現時無力（inability）另闢蹊徑。邏輯是意欲的產品，企圖選擇性地組織思想習慣，從即時經驗中尋求理解含義。概念的形成，來自全無基礎的假設，使人們以為其對世上事物的知識（knowledge），是直接地來自他們感知這些事物的經驗（experience）。對尼采來說，體驗性的獨立自證，及概念性的真理聯繫，是比喻移置活動的一種，持續地以（不被承認的）換喻槓桿（leverage of tropes）把偶然的，轉化為必然的。

　　於是尼采代表著後結構思想行列的先驅。以修辭學解除困惑之名，質疑方法及「結構學」的概念本身。正如德希達在其關於黑格爾的論文所說明的一樣，只要知識宣稱，有著絕對理智的基礎。該質疑亦可伸展至歷史知識的領域，「歷史的意義（The meaning of history）及「意義的歷史」（the history of meaning）皆被西方思想念念不忘，與對獨立自證的真理的追尋，連繫在一起。德希達認為，在黑格爾所信奉的「方法及歷史的本體統一性」之處，可見其對

本源及自我現存性的反覆渴望。黑格爾把歷史和意識，視作匯聚朝向極度透徹明晰，及完善理解溝通的境界。而德希達——像前人尼采一樣——則著手解構該理想化的知識，及屬於該理想化知識的方法概念。

　　該做法使他正面地挑戰著歷史解釋的權威。這挑戰似乎不過是另一更爲複雜的爭論：「並時」（synchronic）及「歷時」（diachronic）的思想模式之爭，標示著早期結構主義的辯題。在其文章〈歷史與辯證〉"History and Dialectic"（見李維史陀 1966）中，李維史陀把該論辯項目，最爲清楚地表現了出來。他以答問的形式，回應某些人（包括沙特 Sartre 在內）的指責。他們把結構主義視爲抽象的方法學，躲避著歷史現實及生活體驗。在李維史陀看來，該指責僅僅是陳腐錯覺的結果，把歷史的重要性，附結於自我投射過程之中，個別思想所產生的意義之上。歷史還是應該被視爲，連串不斷轉移變易的排列組合。隨著時間的過去，這些組合的「意義」（meaning）變得愈來愈隱晦，「對某系統而言重要的事件，對另一系統而言未必如是」。他們擁有的意義，是完全視乎他們如何被同時代的人所接受和回應的。歷史性的理解，只可能採用並時的觀點，「每一個日期級別，皆提供著指涉參考的自主系統。」沙特的「全體化」意念（idea of totalization）——關於歷史透過其事後審度的詮釋領悟而顯現其重要性——被李維史陀排除爲，對人類經驗整體性及連貫性的期待信念。該信念把虛假的理解方式（spurious intelligibility），附結於僅僅有著變換不定、及暫時性地位的事件。以沙特的方式「把詮釋思辯社會化」，只會墮進黑格爾「個人主義」（individualism）及「經驗主義」（empiricism）的雙重陷阱之中。

馬克思主義，結構主義，及解構學

　　該論題被批評家如腓特烈・詹明信 Fredric Jameson 所繼續。他是馬克思主義者，卻有著廣義的結構主義者信念，覺得並時思想的宣稱必須在某程度上，與歷史性的理解協調。詹明信在把詮釋活動視作永恆不斷的譯解過程上，同意李維史陀的觀點。詮釋是一種修辭活動，自覺其本身的運作，永不止息於單一確定的「眞理」（truth）。詹明信辯稱，該方法可以導致批評論述新生的開放性，及超越令人望而生厭的「形式」（form）與「內容」（content）的對立局面。這論點明顯地缺乏動力之處，在於宣稱該系統開放的多重性，可以使批評家及文學作品，有效的參與著較深的歷史性運作（historical engagement）過程。在那麼多緊密關連的論點之後，詹明信這裡的措辭用語卻顯得鬆散及隱晦。藉著顯示出每一詮釋行動，於正反兩面運作著的各種類別，結構主義應允「重新開放文本及分析過程，給所有的歷史脈絡」（詹明信 1971，P.216）。

　　詹明信在修辭學與馬克思辯證法之間，胸有成足的融合調停（*rapprochement*）在後來的發展中看，似乎頗爲幼稚。其他如德里・伊果頓 Terry Eagleton 般，更爲清楚地承認，修辭譯解的開放式自由活動——與及意味無窮的「多重性」文本（infinitely plural text）——是以對抗馬克思主義批評爲目標的。詹明信把其理論限定在一個信念上，以爲甚至當歷史及意義，已被簡化爲不斷轉變的換喩交互活動之時，方法（method）仍可以保持一定程度的絕對有效性。換句話說，他與某些李維史陀的思想元素認同，努力保存「結構」（structure）作爲不被懷疑論攻擊的理解模式。

　　德希達在索緒、及李維史陀的理論文本中，巧妙地瓦解的便正是該「版本」（version）的結構主義模式。其目標不在於拒絕或使結

構主義設想無效，而是要顯示其最深入的啓示，如何引領至對其自身方法的質疑。該做法比這些思想家希望承認的，更爲極端及震撼。「結構」這概念本身，被顯現爲依附於比喻運作，在某範圍內，故意忘掉其自身的修辭地位。兩篇德希達最爲有力的文章——〈動力與表意〉"Force and Signification"及〈結構，符號，及戲耍活動〉"Structure, Sign and Play"——皆致力於該目的，提取「結構」極端的比喻性，作爲措辭及操作概念。否則，他爭論著，人們會繼續永恆地受困於論述的循環，不斷地企圖證實其自定的眞理。西方思想常常以之爲追尋理解的憑藉的「結構」，最終不過是視覺或空間比喻的反射意象。

不倚賴這些喻況基礎支持而思考，可能遠遠超越人類思考的能力。另一方面，接受他們而不解構他們的成效，便要冒「對個別喻況修辭本身產生無窮興味，甚至使內裡的比喻戲耍活動不能繼續運作」之險（德希達 1978，P.16）。德希達繼承著尼采對虛假意念的批判。這些意念產生於，在把意象比喻性地轉化至概念的同時，沒有把該轉化過程從屬於全面的修辭審核。在德希達的敍述中，結構主義最大的優點，在於把該需要，以最迫切的的措辭表達出來：「語言是不是只有藉著把一切空間化，才足以解釋及界定一切？而同樣地，語言是否必須把自己空間化，才足以標示及反思自己？（同上）。常常地反躬自問，這些關於自身方法及合法性的問題，對德希達來說，是唯一結構主義可以避免「結構性的自食其果」（the nemesis of structure）的方法。

如前所論，很難把解構批評納入該極端的、尼采式的裝扮。縱使再加上點狀似可行的，對文本及意識型態的馬克思主義敍述，而以馬克思後結構主義理論之名的融和合併形式出現，亦註定會墮進繁衍不休的抽象論述之中，其原因我將在這裡找尋出來。以尼采及德希達的

措辭解構文本，便是要到達意義的極限，或兩難困境（ *aporia* ）的死結狀態。解構學根本不可能爲馬克思主義歷史性的理解般，提供任何的理論基礎。德希達的閱讀所顯露的文本「意識型態」（textual ideology），是某種不自覺地，墮入比喩及喩況性迂迴策略的原生轉向。是語言把思想的錯失，包容在內的結果，不能被馬克思主義的措辭所解釋。

在《批評學與意識型態》*Criticism and Ideology*（1976）一書中，伊果頓 Eagleton 對尼采簡短的引述，已顯示出馬克思主義者，當面對這些全面的懷疑論時，所必然感到的不安。他即時的目標是巴黎學刊 *Tel Quel* 一類的「放任式」（libertarian）文本理論，把極端的政治作用，與不斷地複雜多重化的意義自由戲耍活動等同。該態度（在伊果頓的閱讀中）典型地逆轉自身，而「成爲了資產階級社會關係的反映」。把所有意義投資在遠離單一、權威性意義的自由——喚起然後又否認——亦不過是反抗無力的姿態。但伊果頓在這裡眞正的獵物，是尼采及尼采式對馬克思主義詮釋理論的挑戰。他指出，這裡有著另一類與傳統極端的決裂：

> 他們並不固定在解放的時刻，緊隨著意義最終提供者權位的瓦解——承認假使上帝已死，便不需要拯救尼采，因爲他們的指涉參考論據，是「理所當然」的馬克思後無神論（taken-for-granted post-atheism of Marx），而不是馬克思的德國同胞尼采，所常常有待合法證明的後無神論（the always-to-be-validated post-atheism of his compatriot）。（伊果頓 1976，P.43）

尼采式的懷疑論，在這裡成爲一種幼稚的混亂狀態，被確證成熟的馬

克思主義歷史思想，所對比而定義下來。解構學亦被同樣負面的措辭所界定，成為一種固執於瓦解話語中心思想，及「超越性意指」（transcendental signified）的方法，（像尼采般）自我封閉於永無止境的解除困惑工作。

　　但確切地說，伊果頓到底在甚麼基礎上，設置該更高水平的辯證思想？如其所述，（追隨著亞爾杜塞 Althusser）其辯證思想建基在以下的先設條件：批評必須「與其意識型態的先在歷史決裂，而處身於文本空間之外，在科學知識的另類地帶」（同上，P.43）。這裏的比喻，明顯地是視覺的和空間的。不僅為了在精神上要展示佔盡優勢的反常技巧，亦為了全面地追隨馬克思主義知識論的啓示，該宣稱必須被解構。伊果頓文本「空間」（textual space）及科學「地帶」（scientific terrain）的意象，源於經提煉淨化但無所不在的下層／上層結構比喻的變相。理論（或一般公認的「文本科學」（science of the text），被視為把自己放置於生活體驗的意識型態之外或之上。文學作品介乎兩者之間，作為豐富但混亂的知識泉源。在其與生活經驗的接觸上，比理論更為「迅即直接」（immediate），同時亦呈現及運使（working）該經驗，使其可及（可見）於理論。這便是伊果頓「文本科學」的基礎：「在把其建設性模式裡，被意識型態決定的常規慣則，從屬於批評活動之時，文本同時曲折地啓現出意識型態、與歷史本身的關係」（同上，P.101）。這裡所爭論的，完全是對其承托比喻的指控。該過程被設想為自生活體驗「生動但鬆散的偶發事故」中，垂直升上科學及理智的層面。文學作品所提供的「曲折啓示」（oblique illumination）是曲折的，只要其佔據著較為稠密的中間地帶；是有啓示性的，只要其屈從於知識的約束。光與暗的比喻與階級結構的互相合作，產生出伊果頓心目中文本科學的完美意象（image）或視覺的類似物。

　　德希達的文章〈白的神話〉"The White Mythology"（1974）內，有很多滲透在西方哲學文本中，關於光與暗的喻況暗示。理智，思想自然之光，典型地與隱晦不明的物質相對，後者不獨包括無生命的，亦包括文字作為外來闖入的中介。當然，這是話語中心論述的根本策略。德希達藉著推展其邏輯，至暗中倒置逆轉的地步，使該策略還擊自身。西方思想循環不息的夢想，便是意識可以在理智純淨之光下自我表現，而解放於隱晦不明的文本桎梏。該夢想甚至在理論被仔細地清除了粗疏的決定論思想之時，依然潛藏於馬克思主義理論，關於文本、意識型態、及呈現活動的部份之中。伊果頓，皮爾・馬切爾 Pierre Macherey 及其他阿爾杜塞式的馬克思主義者，所建議的「科學」，最後亦不能自決定其邏輯的視覺及空間比喻中，解放出來。文本被視作或多或少地是「稠密的」（dense）、「晦暗的」（opaque）、或「曲折地」（obliquely）半透明的文字，置於生活體驗的純淨原料，及知識透射之光兩者之間。「理論」（theory）及「視覺」（seeing）的字源連繫（希臘語 *thea*：景象），成為支持著科學確證，被遺忘或被昇華的比喻。

　　當其理論需要應付問題，如以唯物觀整合而非簡化的方式，界定語言的「呈現活動」（representation）時，伊果頓話裡的喻況本質，最為明顯可見。文本「呈現著」（represents）意識型態，「以特別強烈、緊密、及連貫的形式「產生呈現活動的階級類別」（伊果頓 1976，P.101）。這裡所爭論的，與比喻價值的循環交換有關，連繫著所使用語言的空間及視覺引伸義。「階級類別」（categories）這抽象的措辭，有著嚴格及解釋性的含義，但它仍然沒有在上文下理中，被具體的界定下來。它所欠缺的特定性，被如「強烈」及「緊密」等詞語所暗示的靈活直接性，所虛言巧語地掩飾著。「形式」及「呈現」的視覺投射比喻，完成了概念化（conceptualizing）該緊密

組織的意象團（cluster of images）的工作。從該喻況的觀點看來
（viewed），文學作品所顯示的，正是其自身理解溝通的狀態。

伊果頓實際上以符合其身份，但依然極有問題的語言指出：

> 「顯示」（Reveals）一語在這裡可能頗為誤導，並不是所
> 有文本，皆在表面上展現其意識型態的階級類別的：這些類別倚
> 賴著文本確切的運作模式，及其本身的性質。（同上，P.85）

在這裡，比喻的運作，甚至更為持續。無論怎樣深藏於其特定表面之
下，透過產生於同樣抽象的「階級類別」，或多或少地「可見的」
（visible）運作模式，意識型態仍可被文本所展現。伊果頓再精巧的
論辯，亦難以掩藏其對這些基本而豐富的思想比喻的依賴。反諷地，
他應該在別的地方批評亞爾杜塞及馬切爾，因為他們退隱於「含混喻
況的」論述（nebulously figurative discourse），使他們的爭論，成
為「不過是修辭性的」（merely rhetorical quality）巧語虛言。雖然
他有對於墮進比喻時的警覺，伊果頓依然顯示出同樣的修辭傾向。實
際上，該傾向最常見於當其闡釋與這些意識型態論述，截然不同的新
馬克思「科學」之時。馬克思主義的語言呈現模式，無論在理論上如
何精巧，其邏輯依然完全被換喻及意象的修辭所支配。

尼采挑戰馬克思？

伊果頓對於馬克思與尼采的綜合對比，有著非常不同的偏頗。歷
史唯物論「理所當然」的基礎（The taken-for-granted basis），被
「常常有待合法證明的」（always-to-be-validated）尼采式批判所挑
戰著。解構批評不利於馬克思主義思想，因為它質疑任何建基於與文
本意義戲要活動，有著堅定分野的科學或方法學的合法性。詹明信和

伊果頓代表著共同困境的兩個對立面。詹明信把歷史與意義融合進開放的自由活動，這樣一來，如前所述，歷史方法不過成為了承諾的選擇性姿態。伊果頓抗拒著該多重性的外觀，而機智地為可以與修辭雙重性及錯誤的效果，保持一定距離的文本知識而爭論。但要批評學在不使用喻況措辭（in other than figurative terms）之下，躍出文本的領域而達致這種知識，不啻緣木求魚。正如德希達所堅持的，解構式思想的目標，便是要承認文本與文本之間的質疑答辯活動，是沒有終結的。所以它永遠不能有著最終的定論，因為其見解是不可避免地以修辭活動作表達，而使其自身開放於進一步的解構式閱讀的。批評學宣稱能夠（如伊果頓所言）運作於「文本空間之外」，而達致科學知識的層面，只可以是自欺欺人的，因為根本就沒有後設語言！

　　亞爾杜塞式的馬克思主義是解構批評的一種，但卻努力把該自由活動過程中止，使科學可以提取潛藏的意識型態信息。德希達在其文章〈動力與表意〉"Force and Signification"中，所努力瓦解的，便正是這些以決定性系統、或結構為名的中止策略。該策略必然地對修辭元素視而不見──正如在伊果頓的案例那樣──故此可以解構式的閱讀方法，顯現他們喻況的遁詞。當其以後結構主義的理論觀點為假定時，馬克思主義批評學是鼓勵著這種閱讀方法的。詹明信及伊果頓分享著該假定，只要它繼續把文本當作是修辭的建設物，把意識型態「製造」（works）成新的、有問題的樣子，開放給科學化的閱讀。他們接受著結構主義式文本與現實的分離，把「真相」（the real）視作某些被文化優惠的呈現系統所產生的成效（effect）。對詹明信來說，實際上，很難把馬克思對「生產的」文本性（productive textuality）的看法，自巴爾特式的解放意義狂想中區別開來。伊果頓亦不完全放棄修辭活動，只不過把其文本規限起來，漠視這些可以質疑其方法的活動而已。他的比喻把文本、意識型態、及科學的關係

實在化。該對曲折比喻的倚賴，自然會顯著地開放於解構式的閱讀之下。

批評學一旦進入了解構活動的迷宮之後，便受制於知識的懷疑論，而回到尼采，而非以追尋方法為目標的馬克斯。尼采的「方法」（method），可能不再是一錯再錯的教訓，而是比後結構馬克斯主義妥協式的保證，更為嚴格及徹底的訓練。皮爾・馬切爾 Pierre Macherey 努力保存批評活動的科學地位，對抗各種文本上的欺騙及迷惑性的修辭活動。但該努力仍然有著同樣重大的盲點。「真相形成於與作品相關的論述。它常常是專斷的，因為它完全地倚賴該論述之顯示」（馬切爾 1978，P.37）。解構學的閱讀方法，採用同樣的論辯途徑，顯示敘事論述如何典型地產生某種矛盾的邏輯，弱化其參考性或真實性的假裝。馬切爾繼續堅持「自文學作品中即時抽取的主題，不能擁有任何初步的概念價值」（同上，P.21）。該論點似乎符合著尼采懷疑論的禁令，反對太輕率地從意象過渡至概念。但馬切爾繼續把批評「科學」（critical science）看作可以完全地不受文本局限拘束的論述，它甚至能獨具慧眼，看透作品而找出文學潛藏的意識型態矛盾。（要對馬切爾的思想，有更為全面的描述及批判，可參閱貝絲 Belsey 1980）。他心目中以為理所當然的，是批評學可與整個文本表現的虛假修辭決裂。這裏所壓抑的，是批評學同樣地把自己建設為換喻及比喻論述的事實。其科學化的宣稱，不過使之更為自欺欺人而已。

傅柯及薩依德：權力的修辭

該詮釋之矛盾，是現時後結構主義論爭的重心。米素・傅柯 Michel Foucault 甚至把尼采對於馬克思構想、及歷史詮釋方法的思想暗示明言出來。在以下的段落裡，他描述著該兩個爭持著的知識序

列：

> 在表面上，或者更為恰當地根據其佩戴的假面具，歷史性的
> 意識是中性的，排除了感情，而僅僅從屬於真理。但如果它驗證
> 自身，及如果，更為概括地，它質疑在其歷史中，各種成形的科
> 學意識，它會發現，所有這些形式及變化，不過是某方面的知識
> 意欲：本能、情慾、研究者的獻身、殘酷深沈、充滿惡意。（傅
> 柯 1977，P.162）

尼采對馬克思的挑戰（一個傅柯策略性地避過的課題），與該把歷史
策略，視為極端地文本性、或喻況性的理解形式相隨。它分裂所有直
達真理的比喻，這些比喻使「科學」方法，維持其不受質疑的地位。
傅柯，像尼采般，採用他喚作歷史意義的「分離性見解」
（dissociating view of historical meaning），粉碎「人類存在的統
一整體，滿以為可以把主權領域伸展至過去的事蹟」。（同上，
P.154）
　　傅柯的尼采式修辭學，積極地改寫了德希達論黑格爾的理論文
本。它努力給交換的魔法圈子（the charmed circle of exchange），
製造出最大的騷擾。在該圈子裡，歷史、意識、及意義互相配合，而
掌握控制著知識。傅柯的批判可以同樣地應用於馬克思主義的「科
學」，雖然該「科學」自稱有力量躲開語言的喻況性，而超越所有意
義矛盾的視域。他爭論，這不再是「以我們只可以在現在擁有的真理
之名判斷過去的問題。」尼采式的歷史寫作，要求放棄牽涉主權意識
曾一度享有的、對知識的優惠宣稱。以傅柯的話來說，這成爲了「主
體冒著被摧毀之險，自知識意欲的不斷展現中找尋知識。」（同上，
P.164）。這便是把尼采或解構式換喻修辭，應用於馬克思結構主義

思想的影響。

　　馬克思及尼采兩套文本理論延遲了的接觸，可能帶來甚麼結果呢？傑弗利・梅勒文 Jeffrey Mehlmen 的《革命與循環》*Revolution and Repetition* 提供了簡單但有力的例子，顯示解構批評如何對馬克思的論述策略，窮追猛打，伸展其文本錯亂之處。梅勒文技巧地把爭論集中在〈路易・般拿柏的第十八個霧月〉"The Eighteenth Brumaire of Louis Bonaparte"。①這可以說是馬克思最奇特及反常的理論文本（馬克思，1968）。拿破崙姪兒的共和國，被視為荒誕不經的、乖離所有辯證法則的、歷史大事小丑似的重覆，完全破壞了馬克思主義的階段類別。歷史以鬧劇的形式重覆自己；理智的力量被極度愚昧的形象消解。梅勒文顯示該挫折，如何對馬克思的文章產生壞影響，爆發為比喻及沒含義但有色彩的幻想細節行列。般拿柏主義是馬克思思想的「謠傳」，（自梅勒文看來）是任何企圖把歷史事件與呈現邏輯（a logic of representation）聯繫的理論的「系統化消亡」（sytematic dispersion）。馬克思文本純描述性的興味——其列舉的荒謬及不能融合的細節——違反意願地運作著，破壞了論辯的理智。小拿破崙 *Napoleon le Petit* 不僅成為其叔父的反諷，亦成為「一般性寄生論」（generalised parasitism）的例子，消蝕著馬克思歷史思想的基礎。「革命」（Revolution）作為辯證的措辭，被荒誕的「循環」活動（repetition）所取代，失去了歷史的重要性。

　　傅柯在其論紀勒・德略茲 Gilles Deleuze 的文章中，曾經描述過該文本循環的影響。他們帶來的，是混然不分、上下無序的意義剩餘，諷刺及破壞思想的公認法則。辯證法倚賴著階級類別，以「組織

---

①路易・般拿柏是拿破崙・般拿柏的侄兒。在位之時被稱為拿破崙三世。霧月為
　1793 年頒行的革命曆法中的二月。相當於西曆的十月廿二日至十一月二十
　日。

肯定和否定的戲耍活動，建立語言呈現的合法性，而保證概念的客觀性和運作」（傅柯 1977，P.186）。可是循環反覆卻破壞了所有這些倚賴著邏輯上相同無異的知識的解釋系統。（正如梅勒文對馬克思的閱讀）它成功運作於「初生的念頭回想自身之處……當其持續地回歸到原來的位置，而不是在有限固定元素的系統內，分配對立關係之時」（同上）。該意義失控的衝擊活動，正是文本顯現自身，對抗任何絕對方法規限的形式。

　　這並不是正如某些人會假設的那樣，把批評理論指摘為自我陶醉於永恆的文本抽象活動，而是像傅柯般承認文本及詮釋性的策略，在沒有單一有效方法秩序的領域內，互相爭奪支配性的地位。傅柯追隨著尼采，解構那些以客觀知識，掩飾無窮無盡的權力慾的思想系統。他對各種「論述實踐」（discursive practices）的分析，常常指向他們所牽涉的政治作用。該作用有著千頭萬緒的文本特色，卻仍然真確實在。愛德華·薩依德 Edward Said，②在其書籍《東方主義》Orientalism（1978）中，提供了非常實用的例子，證明解構學可以在其自身文本基礎上，參與文化史，而駁斥其客觀性的宣稱。被一代又一代的學者、詩人、及歷史學家所建立的「東方」形象（image of the Orient），被顯示為受制於安享高尚智慧權力的種族中心論述。東方人懶惰、奸詐、及「異乎尋常的」非理性主義（exotic irrationalism）神話，在西方的思想觀念中，得到確認。要藉著顯現比喻的策略而對抗該論述，並不在於建立可以顯現意識型態的混亂的「科學」（science），而在於挑戰行動，把自身放置於修辭的基礎，面對及回歸錯誤的客觀性宣稱。

②愛德華·薩伊德為後殖民論述的主要理論家。中文讀者可參閱朱耀偉的《後東方主義》（台北：駱駝出版社，1994），以一窺其新近的理論，對另類（中國）詮釋學的影響。

　　薩依德在其最近的論文《文本，世界，批評者》"The Text, the World, the Critic"（1979）中，為該方法爭論。文本是不能避免地指向「世界的」（worldly）。他們以實際環境為依歸，而引領出變動不居的後世意義，更有著正面開放於公眾領域的用途（uses）。文本是不能存在於薩依德稱為「密封的、亞歷山大帝式的文本宇宙（Alexandrian textual universe）之內，而與現實毫不相干的」。文本在世間亦關於世間，因為他們委身於閱讀的策略，其目的常常是詮釋權力的爭奪戰。對薩依德來說，類似的推動力，誘使小說家把強調敍述真實性的環境及脈絡，編寫進小說之中，小說常常「不願意把控制權交給文本……而自人類存在的論述天職中解放出來」（薩依德1979，P.177）。控制權可能實際上是虛假的，不過是作者權力意欲的投射。但它亦覺察到文本從一開始，便是各種自我促進的知識策略所爭持之地。

　　薩依德所選的例子，是馬克思曾被梅勒文挑選，作解構處理的同一篇論文（〈第十八個霧月〉），這亦並非偶然。薩依德的觀點同樣頗有見地，覺察到「天命循環」的破壞力。文本把路易・般拿柏「嵌入」（inserts）於一系列非理性的駭人角色及相似性之中。可是薩依德卻達到了，與梅勒文頗為不同的結論。該結論支持著他辯稱的，把文本理解為指向「世界的」（worldly）、實際的意義負載物。梅勒文把〈第十八個霧月〉詮釋為某種對歷史的修辭侮辱，一種怪異衍生的論述，顯示出其自身荒謬的敍述能力。薩依德眼見一切，但卻更為關注該異常的文本，作為歷史事件規律的奇特相應（Strange correspondence）。像小說家一樣——但有著甚至更為困擾的調子——馬克思填補著每一個境況的細節，以強調姪兒的角色，不過是叔叔「鬧劇性的循環」。文本純證明性的密度，被一套敍述連繫奇特地增強著，成為某種反常的驗證邏輯。文本策略矛盾地成為一種方法，

以解釋歷史事件的荒謬偶發性。該解釋以模仿諷刺、或「循環再現」的形式運作，這亦正是其說服力之所在。

在薩依德的眼中，真正挑戰著理解的是文本「藉著身為文本，藉著堅持使用文本的策略，在循環再現之中揚名立萬，歷史化亦問題化所有選擇路易・般拿柏作為代表而風光短暫的例子」（同上，P.178）。這裡再沒有篇幅，讓我為把「世界」及「文本」過度簡化對立，而被薩依德看作解構思想的誤解作澄清。他處理這些問題的方法極具說服力，把嚴格的文本意識閱讀，與政治作用上的實際參與，融和在一起。這並不是像很多後亞爾杜塞馬克思主義理論般，受困於論述的問題，固守在自身的陳述，而不能認識其喻況的本質那樣。只有藉著追隨解構活動的邏輯，而不是在半途迎接其挑戰，才能在其僵化的論述裡，顯現暗藏的比喻，使思想脫困。尼采自始至終，繼續是對馬克思理論所「理所當然地」視而不見的修辭運作（taken-for-granted rhetoric）的困擾性威脅。

第六章　美國的聯繫

在過去的十多年裡，德希達把時間分配在巴黎與美國之間，主要是透過其在耶魯大學及霍浦金斯大學 Yale and Johns Hopkins University 的探訪教授資格。追隨他的美國批評家迅速增長。現在說，他比任何法國後結構主義的同僚，有著更大的影響力，亦不為過。不管公開地承認，或（更通常地）被某些論點或片語的反常轉折現出原形，單憑今天有著解構學標記的批評文章的冊數，已可證明德希達已經迅速直接地，進入各種在其文章取得靈感的討論之中。無論是敵是友，他都回應以大量冗長、而令翻譯者大傷腦筋的理論文本，巧妙地開發著文字潛伏的隱晦性。在有些文章裡，其戲耍玩藝的傾向——在他關於尼采的文章中，已有極佳的先例可援——似乎已超越了任何嚴肅論辯的內容。自然，把這些評核價值的常規法則，應用在明顯地質疑法則的理論文本之時，我們得加倍小心。可能德希達的文字最極端的影響，便正是改變了所謂「嚴肅認真」的批評思想（serious critical thought）的本來意念。

個別的批評家，對於德希達的理論文本的反應，不盡相同。單是稱之為解構學「運動」（deconstructionist movement），已經混淆了一些重點和風格上的主要分別。在第五章裡，我指出其中一處這樣的分歧，在於純解構者及那些（像愛德華・薩依德 Edward Said 般）希望把文本，回歸到指向「世界的」（worldly）、或者政治的意義層面的批評者之間。在廣闊的學院性措辭之中，耶魯大學及霍浦金斯大學，把德希達的理論在其純文本的——大部份非政治性的——形式下播散開去，貢獻良多。馬克思學派或政治運動活躍人士的挑戰，起先自外而來。但現在，隨著任教於耶魯大學的腓特烈・詹明信

Fredric Jameson 的出現，論辯開始在內部醞釀。但縱使在與德希達的思想緊密認同的批評者——如傑弗瑞·赫特曼 Geoffrey Hartman、保羅·德曼 Paul de Man、及希力士·米勒 J. Hillis Miller 之間，分歧依然存在，顯示出對於解構學的目的和優先次序，有著一定程度的隱晦曖昧性。該曖昧性在德希達順應他的美國同僚的要求（或激勵）下，而寫作的理論文本中，更為明顯。

　　從《論文字寫作學》中略引一般，或可有助於把這裡正在討論的分歧集中起來。德希達寫出，解構學：

> 　　常常在某些方式下自食其果。所有曾經從事過類似工作的人，縱使地域有異，但處境相同，應該都會有同感。今日沒有任何其他的理論實踐，比解構活動更為廣泛流傳，而人們應該可以把規則嚴格訂明。（德希達 1977 a，P.24）

該「理論實踐」（exercise）現時比起德希達寫作上文時，已更為廣泛地流傳了。另一方面，解構學的發展熱潮，並不常常符合德希達在這裡提出的那類嚴格的論辯要求。實際上，對一些批評者來說，解構批評的吸引力，大部份在於其應許了一種風格開放的自由活動，及不受任何「規則」（rules）羈絆的思想推理。該看法成為了頗多較為普遍的，所謂美國解構批評學的特色。除了保羅·德·曼較為例外——其理論文本，展現著早期德希達式的敏銳力及嚴謹性——耶魯的批評家，大部份都選擇著解構學，較為令人暈頭轉向、但力量充沛的一面。這裡並不是說兩者能被明晰地區分，或者，其中之一較少「嚴肅認真」的關注力（serious attention）。反而，這顯示出對於德希達的理論文本，有著介乎嚴謹性及自由度之間的選擇，而可以作出極為不同的發展。

解構學狂野的一面：
傑弗瑞・赫特曼及希力士・米勒

我們已經看過解構批評學如何適逢其會，「到達」美國，吸引著像傑弗瑞・赫特曼一類的批評家。他們正好對於新批評學方法的各項規限，頗不耐煩。解構批評提供了極爲吸引的前景，讓批評學可以自由地探討任供選擇的可行風格，用不著恪守一切介乎「創作的」（creative）及（不過是）「批評的」（critical）文字寫作之間的明確分野。赫特曼在其文章〈詮釋者：自我的分析〉"The Interpreter: A Self-Analysis"（見赫特曼 1975，P.3-19）中，至爲精采地提出其論點。論文以坦率的自我剖白作爲開端：「相對於其他的批評家，我感到自豪，而相對於藝術家，卻感自卑。」之後他繼續瓦解這些桎梏思想的規限，以邏輯矛盾的論辯風格，把「詮釋者」（the interpreter）帶到與其詮釋的作品的同樣水平（包括創造力、巧妙性、修辭能力）。一切規限，皆被其玩弄於股掌。像德希達一樣，他辯稱本源論是虛假的。在其處身的傳統裡，文本是常常被「延誤」（belated）了的。正如批評家感到自己，被屈辱地局限於僅僅作爲解釋者的次要位置一樣。對赫特曼來說，唯一的出路，是批評家能拋去「自卑感」（inferiority complex）的負累，而全心全意地進入——有點尼采式的架子——意義的舞蹈活動之中：

> 我想這便是我們現在的位置了。我們已經進入了甚至可以挑戰文學及文學批評文本的優先性的時代。朗吉納斯 Longinus 本人的論述，與他曾經評論過的雄渾作品一樣，被嚴肅認真地閱讀著；薩克・德希達關於盧梭的理論，與盧梭自己的理論，差不多同樣有趣。（同上，P.18）

或者，就此引申，赫特曼關於德希達關於盧梭⋯⋯論題並不著力掩飾其自得其樂的特色。對赫特曼來說，非常簡單，「文字寫作生存在次要的位置，亦自知這是次要的位置。算是懲罰，亦算是恩賜。」

赫特曼常常以他精湛的技巧風格，加重讀者的忍耐負擔。他更使用詮釋上的課題，作為他自我奮鬥的宣傳手法。然而，他的文字洋溢著使人振奮的精神，及對新境界的仰望，這些都是拜德希達所賜。希力士・米勒與他皆準備追隨著德希達的意念，闖進詮釋的自由領域。米勒在文章中發表自辯，巧妙地解構「當家之主」（host）及「寄生之客」（parasite）的對立性文義（〈批評家作主〉"The Critic as Host"，1977）。他追溯出兩者語源上曲折的途徑，顯示他們的意義互相交錯複疊，直至兩者皆似乎分擔著隱晦難辨，幾為共生的關係。「當家作主的」（作品）最低限度，與「寄生作客的」（批評者），同樣託附為奴，仰人鼻息。米勒的語源程序，與他逆轉傳統比喻的巧妙策略，皆借自德希達的有力技法，帶出了以下的結論：批評者並不比他們所詮釋的文學作品，更為「寄生」。因為兩者皆寄寓於當家作主的預設語言之中，在主人家慷慨接待之下，得到滋養。該論點明顯地可運作於各種各樣的策略性用途。米勒伸展其語義的把戲，至質疑解構式閱讀，是否（正如阿伯拉姆斯 M.H.Abrams 所言）「寄生」於正常或主流的歷史性詮釋活動之內。再一次地，他成功地展示出，標準的模式不但假定、而且在某程度上包含著（contains）它企圖排斥的一切偏離。

米勒這些策略的運用，雖不完全與德希達的嚴謹論辯方式吻合無間，卻在風格上可與其一較高下。像赫特曼一樣，他所最終關注的，是如何找尋出適合其邏輯矛盾目的之措辭及意義的轉折，為新近發現的詮釋自由正名。米勒對解構批評的接受，可以溯源於其被早期批評學所引發的、僅僅可以被局部地解答的問題上。在六十年代及七十年

代早期，他的思想深受某學派的批評家影響——所謂「日內瓦學派」Geneva School——把詮釋活動，視作掌握體現文學作品的感知狀態（states of awareness）的努力。該學派最為著名的批評家，包括尚・史德洛賓斯基 Jean Starobinski、尚彼爾・歷蘇 Jean-Pierre Richard）、喬治・普勒 Georges Poulet、及尚・盧西 Jean Rousset。米勒在其論文（〈日內瓦學派〉"The Geneva School"，1966）中，提供了頗為有用的引言，把他們的一般方法學，介紹給大部份英語讀者。普勒及其同僚，把批評學想像為「肇始及終結於批評者及作者思想相遇之時」。他們的目的，常常是「盡可能精確地再創造出，完全相同於某指定作者，在其各種作品中持續的語調。」

對米勒來說，這明顯地代表著，跟美國形式主義教條令人愉快的決裂。這同時在各種——佛洛伊德、馬克思、及其他——不太成功地挑戰著新批評教學統治的競爭理論之外，提供了大有可為的選擇。藉著排斥該等方法，而集中於被文學作品喚起的意識形式（forms of consciousness），日內瓦批評者有助於，把詮釋從批評的抽象死結中，解放出來。對米勒至為重要的，是他們並不需要使用，一直掌握著美國批評學的空間化（spatialized）形式結構概念。文學不用簡化為「寄寓於詩或小說文字的客觀意義結構」，或「作者潛意識不經意的表達」，事實上更不會是「整個社會融合的潛伏交流結構的顯現」。文學作品基本上現存於此，讓人體驗；在批評者方面，則透過理想的感通再現過程，把其意義「昭顯於世」。

該企盼思想完善而不受障礙的夢想，深殖於米勒信奉解構主義之前的寫作中，正如赫特曼及其他美國批評家般，他以浪漫主義詩歌為本性的依歸。浪漫主義堅持思想與物象融合的理想，感知狀態精巧地與經驗調和，使一切區別消失，主客交融。華茨華斯 Wordsworth 的詩，持續地追尋著這些超然的利那，或「時間的片斷」（spots of time）。而柯爾雷基 Coleridge 則透過理想主義形上學的努力，追尋著類似的主題。該努力的潛在悲劇——思想永遠不能達到該完美的匯通——常常在赫特曼較爲成熟的文體中，顯現出來。在文章〈詮釋者：自我的分析〉中，他回想其批評學，如何最初企盼著與作品直接「無礙」（unmediated）的溝通；繼而，當理想的熱潮褪卻後，如何藉著思想自我意識的運作，開啓思考的旁道，而找到隱約的安慰（赫特曼 1975，P.3-19）。赫特曼告解式的敍述模式，明顯源自華茨華斯的《前奏曲》*Prelude*，在這裡詩人帶著遲暮，及幾乎不可渡越的距離，回顧其啓蒙的時刻。

　　對於赫特曼來說，這是所有浪漫主義及後浪漫主義思想所遇到的困境。「直觀無礙的視野」（unmediated vision）超越了語言的可及範圍，因爲語言伴隨著帶來感知的中介結構，永遠不能與物象純粹眞確的知識符合。這便是在赫特曼遇到德希達理論文本的有力構想之前，對批評學懷有的顧慮。儘管如此，仍然可以看到，對於一個已經傾向於思索本源的虛假性、獨立自存的神話、及語言的中介角色的批評家來說，這些理論文本可以帶來甚麼影響。

　　同樣的發展，可見於希力士・米勒 Hillis Miller。他自「意識的批評學」（criticism of consciousness）轉向解構學思想模式。日內瓦批評家的信念，在於他們假設人們的思想，總可以用意義及感知上純直覺的轉移，現存於他人的思想之內。在其 1966 年的文章裏，米勒（讚許地）援引喬治・普勒 Georges Poulet，指出語言在其最具表達性之時，是完善地透徹明朗的媒介（transparent medium），可以讓批評家完全地進入作者的思想狀態之中。後來在其書籍《湯瑪斯・哈代：距離與慾望》*Thomas Hardy:Distance and Desire*（1970）之中，該立場已經開始受壓動搖。米勒使用自作者文本就地取材的意象（textual images），以取代自意識本身得來的比喻。批

評家的進入模式，米勒寫道：

> 是語言，他本來已經處身之媒介。他可以把自己安插在文學
> 作品，因為兩者皆已經被他們的共同語言所互相滲透。他詮釋的
> 方法，亦是語言，甚至在最為被動的閱讀行動中，他於作品所附
> 加的個人見解，仍然是他的字句⋯⋯（米勒 1970，P.36）

該段選文可被視為，符合於日內瓦學派的批評理想，透過語言理想化
的透明度，放任於思想與思想之間的相互交流。但不論他的意向何
在，現在米勒在措辭上所堅持的，是一切理解上永恆的文本播散特
性，在批評家開始詮釋之時，意義已經迅即被延宕及附加／補足。

　　事實上米勒自從在上段選文中，使用哈代的比喻之後，在作者原
文中提取比喻的做法，便成為慣例（idée fixe），屢見於他的解構批
評文字中。米勒放縱於對謎樣的字源的偏好，提醒人們「文本」
（text）、「質地」（texture）、及「肌理」（tissue）之間的相關
性，把文字寫作與編織及補綴活動聯繫起來：

> 批評家把自己的編綴，附加於珮內珞碧 Penelope 的文本網
> 織之內；或者把它鬆解開來，使其結構的絲線纖毫畢現；或者重
> 新編織；或者從文本的絲線回溯，顯示它刻劃的整體設計⋯⋯
> （同上）

這謎樣的意象及語言遊戲，是解構批評時期的希力士・米勒的典型方
式。正如赫特曼般，對他來說，這裡揉合了某種反常地嚴謹的解釋，
意想不到地帶來甚至更為吸引的奇特效果。它更企圖一勞永逸地，解
決困擾他早期批評學裡，意識相對於文本的問題。如果詮釋常常是牽

涉於一連串既不能停止、亦不能完全理解的、繁衍不休的含義的話，那麼批評家便大為受用，不需要負把自己想像力的戲耍活動，規限下來的責任。這意味著與米勒信奉的日內瓦大師們要求的忠於原著，規範感知的看法，完全決裂。以文本性的修辭取代意識的修辭，解構批評——最低限度在米勒的構想中——抹掉了文本及詮釋的區別界限。

在那時代，新批評學家把這類說法詆毀為「自我的異端邪說」（personalist heresy）的案例，把批評學錯誤地看作詮釋技藝的展示工具或場景。新批評學運動的準哲學家衞姆塞特 W.K.Wimsatt 堅守著該主題，作為新批評學構想的最後防線。他以為除非可以保存著，一些把詩歌視作獨立自主物象的含義——用黑格爾的話來說，有著「具體的共則」（a concrete universal）——詮釋活動將永遠地，傾向於被自己創造的遊戲帶領，而誤入歧途。這解釋了衞姆塞特的文章題目（〈粉碎物象〉"Battering the Object"），及其在眾批評家中選擇了希力士‧米勒為攻擊的對象，不讓其影響力稍作伸展的原因。

那時候，米勒的日內瓦聯繫及其主觀的做法，似乎對於衞姆塞特，是批評學不健康的發展的危險徵兆。在一定程度上，他的預感準確得很。正如米勒及赫特曼繼續證實的那樣。衞姆塞特的文章，竭盡所能，企圖對抗作品及批評之界限的瓦解威脅。「有機生命形式」（organic form）的意念，被視為（正如伊拉莫斯‧達爾文 Erasmus Darwin 的〈植物公園〉"Botanical Garden"般）「在變成美學知識及形式理論的純形上學之前」，是很物質性的主題（同上，P.63）。藉著這頗為奇特的比較，衞姆塞特明顯地有意捍衞新批評學的信念，把詩歌作為獨立自足的「有機生命」形式，抗衡著其他——如赫特曼及希力士‧米勒——忙於解構這類看法的批評家。他甚至準備接受某方面的結構主義思想，只要它有助於支持文本獨立性的意念。所以衞姆塞特讚許性地援引雅克愼 Jakobson 的名言，認為詩的語言，能夠

「把對等原則 the principle of equivalence 從選擇軸 paradigmatic axis 投向組合軸 syntagmatic axis 之上」（同上，P.78）。衛姆塞特企圖把注意力，集中在詩歌獨立自足的形式屬性之上，而非（像米勒般）企圖把他們融和進詮釋意識的戲耍活動之中。他把雅克慎列為同道中人，可以證明「本體論的方法」（the ontological approach）與新批評詩學及結構主義古典、保守的一面深切相關。

　　耶魯的解構者抗拒這本體的規限，而樂於闖進所有衛姆塞特奮力迴避的險境。赫特曼逆來順受，甚至上應天命，把自己的批評文體，推展至純自我放縱的邊緣。他在晚近的文章選集（《在曠野裡的批評》 Criticism in the Wilderness，1980）中，便要求批評家「站出來」（come out），佔據答辯性文體的陣地，自老牌新批評學圓通自制的常規慣則之中，解放出來。在赫特曼背後的，是美國式的對被他喚作「阿諾德協定」（the Arnoldian concordat）的強烈不滿，該協定把批評學，視為卑微地從屬於創作大業之下。他把該態度視為自艾略特至美國新批評學家一脈相承的傳統，強化著正統詮釋方法系統，反映出英式傳統在美國持續的支配作用。對赫特曼來說，批評文體風格的問題，是緊密地牽涉著文化角色的問題的。他的看法是，有必要建設批評學上與別不同的「美國」聲音。這些觀點到最後，與來自歐陸源頭──海德格 Heidegger、德希達 Derrida、華爾德・班雅明 Walter Benjamin 等──的理論的開放接受，同步並進。原因不在於他們的特定意念，而在於要公然反抗「英式傳統的」、及繼承自艾略特的一切。

　　赫特曼的理論工作竭盡所能，自德希達的本源與附加／補足，或者作品與批評之解構式融合中，得到鼓勵。批評學現在「跨越」（crossing over）而進侵文學範疇，抗拒其從屬的、阿諾德式的位置，而以無比的興味，放任於詮釋文體風格上的自由。在赫特曼的手

中，理論成爲有著尋釁意圖的策略性武器，對抗所有批評家一直恪守的自我約束。他雜亂地把哲學家的名字與哲學並列在一起，頗爲一新耳目。赫特曼甚至準備，爲湯瑪斯・卡洛爾 Thomas Carlyle 令人困惑的狂言辯護。他覺察到耶魯的修正主義者（特別是哈洛德・布朗明 Harold Bloom），同樣地渴望有一種不會歪曲見解啓示、及擁有比喻力量的語言。在其文章〈批評家作爲藝術家〉"The Critic as Artist"中，他便把文學家奧斯卡・王爾德 Oscar Wilde 的曲折矛盾，與哲學家尼采、海德格、及德希達的解構陳述並列。

　　赫特曼並不打算把這些思想家，安置編排於任何秩序化、或連貫性的哲學之中。事實上，批評家「安置式」的文體（accommodating style）——强調見識、理性、及秩序——是赫特曼大部份近期文章的主要解構目標。他以爲，現在這裡發展著：

　　　　以常識共則爲名的新孤立主義，把與之對立的，視爲空中煙霧文字。煙霧寫作者在空中，以黑格爾及歐洲大陸哲學的旗號前進。而常識共則學派，則自滿於以爲世上無哲學，除非是洛克 Locke 及自己學派的家當。（赫特曼 1978，P.409）

大公無私的假裝，在這裡被比喻選擇，有效地損害著。赫特曼自己是堅定的空中寫作者，自其背後同樣的流星軌迹中，找到了引證。

　　這便是解構學「狂野的一面」，自德希達的例子中，蓬勃發展起來，卻與其論辯的嚴謹性，不可同日而語。藉著喚起德希達對哲學文本强而有力的解構活動，赫特曼便可以爲其全面性的修辭活動，自圓其說。從這裡僅僅咫尺之微，便可以論證哲學不過是另一種文學理論，一種被文學修辭策略充斥的理論文本。赫特曼作出結論，說明與『認識』（knowing）德希達或海德格本人無關，而是把自己閱讀及浸

淫於，他倆所融和及修正的批評的、哲學的、及文學的作品集體之中」（同上，P.411）。於是赫特曼找到支持，企圖把批評學從其卑微命運中逆轉過來，而暴露於他所興起的破壞性哲學風暴內。赫特曼對解構活動嚴謹的工作，大部份視而不見，他以對風格莫大的熱誠，及對自己發展至決定性地「超越形式主義」（beyond formalism）的謝意，戲耍於風暴餘波之中。

可是疑慮依舊揮之不去，持續於赫特曼樂天的自信，以爲「認識」德希達或海德格，並沒有追隨他們任性的修辭軌迹般重要。他的策略，甚至比米勒更容易遇到阻滯，使人想起——反諷地——衞姆塞特在客觀性的問題上，原則性的堅持。赫特曼的文章〈詮釋者〉"The Interpreter"在以下典型地流麗奪目、但荒謬可笑的評論中作結：

> 萬事萬物在神經緊張的狀態下，混雜在一起。應該由詮釋者呈現作品。但書籍卻開始質疑詮釋者，其「誰生誰死」（qui vive）的問題挑戰著他，要他證明自己並非已死的幽靈。那麼說，到底他是甚麼？（赫特曼 1975，P.19）。

上文的出處，當然，來自《哈姆雷特》Hamlet，而赫特曼熱心地繼續改寫移置其對話：

> 詮釋者：誰在那裡？
> 文本：不，告訴我；站住，把你自己呈現出來。

赫特曼明顯地以這些困惑爲樂，更像在這裡一樣，把他們開發至邏輯矛盾的效果。另一方面，他們繼續被固定在自我佔據的修辭把戲的層次，從不眞正地，與舊日形式主義教規所締造的矛盾，衝突決裂。赫

特曼印象式的風格，陷入在姿態永恆的演習之中，把「自我的異端邪說」（personalist heresy），帶領至哲學法則的高峯。蓋棺定論，他的批評學並沒有太多地「超越形式主義」，始終在其隱晦模稜的邊際打轉。

保羅・德・曼：修辭學與理智

如果赫特曼代表著解構學荒謬或放縱的一面，保羅・德・曼便體現了高壓論辯及極度概念嚴謹的相反品質。在其總集《解構與批評》*Deconstruction and Criticism*（1979）的前言中，赫特曼把耶魯的修正主義者，劃分為「理性的」及「野性的」（canny and uncanny）兩大類批評家，①後者（包括保羅・德・曼在內）追尋解構批評至其終極、動搖的結論。事實上，人們可以爭論這些分類措辭，互相可以用正統德希達式的風格，跨越及對換含義。德・曼在某含義上，反而是「最為理性的」（the canniest），因為他發揮著緊密的論辯把握，甚至在最偏遠的邏輯矛盾範圍內，亦永不容許自己有著類似赫特曼的狂野哲學性風格。

我們已經看過德・曼的修辭策略，如何應用於「老牌」新批評學

---

①希力士・米勒及傑弗瑞・赫特曼等耶魯解構者，把批評家分為兩類：一類是「蘇格拉底式的、理論性的、或理性的批評家」；另一類則是「阿波羅式／狄奧尼修斯式、悲劇性的、或野性的批評家」。前者是那些「建基於與語言相關的科學知識的堅定進展，而承諾要把文學研究作理性重組的」批評家，如一眾結構主義者。後者則是那些如德希達及德・曼般「野性的」（uncanny）批評家。他們是「悲劇性的或狄奧尼修斯式的」，但並不等於說他們是「狂亂任性或不理智的」。他們的「邏輯理路」，只會「引領進不合邏輯的、荒謬不經之境」，而「到達兩難困境或死胡同」（aporia or impasse）。「邏輯失效之一刻」，反而是「其最為深入地滲透於文學語言（或語言）的真正本質的一刻。」（見希力士・米勒，〈史蒂文斯的石頭及批評學作為拯救學(二)〉"Stevens' Rock and Criticism as Cure, Ⅱ," *Georgia Review*，30（1976）：P.335-38）

及其有機生命整體比喻。與赫特曼不同，他對小規模的論辯不大滿意，認為這樣子的解構批評在雋語中打滾，不能提供理論之確證。德·曼的閱讀引發出理論文本最深入的邏輯，顯示出比喻語言張力，如何發展至使邏輯暗地裡被自己的啓示困擾的地步。對德·曼來說，理智及修辭之分裂是經常性的，不但所有文學作品如是，甚至每當批評學超越純理論及自覺方法的解釋時：「在其批評設想之中，批評家最大的盲點，亦是成就他們最佳的視點的時刻」（德·曼 1971，P.109）。這裡帶出另一個論點，辯稱文本常常引發「偏頗或『反常』閱讀」（aberrant readings）的歷史。類似的盲點可被解構，卻永不能完全地釐清，至把批評學導向完善明晰及眞確無疑的水平。「批評」（criticism）及「危機」（crisis）不單只在雙關諧語的字源上，亦在詮釋思想的眞正本質上聯繫起來。「危機的修辭活動，以謬誤的形式陳述其自身的眞理」（同上，P.16）。這無疑說出，批評學將在最終的兩難困境（aporia）中蓬勃發展起來。該事實可能不被承認，卻在四處顯現其運作。

德·曼最近之文章總集（《閱讀的諷喻》Allegories of Reading 1979）始於「歷史的研究」，而逐漸把自己轉變至循著「閱讀理論」（theory of reading）的方面發展。在關於普魯斯特 Proust 的一章中，這轉變至爲清楚可見。德·曼從《史文家旁》Du Coté de chez Swann 中，抽取一段明顯地處理閱讀樂趣的文章，發動了複雜的批評，顯示「內在沈思」（inward contemplation）的比喻（把文學視作規避），如何巧妙地纏結著那些指涉性（或「眞實生活」）的經驗。其結果是摧毀了慣常把私人及公衆活動、思想世界及外在世界堅定區分的假設。不管普魯斯特本來的意圖爲何，他自得其樂的意象，仍得讓步於明顯地屬於外界感官印象（external sense-impressions）的擠擁人羣。感知及想像奇妙地混作一團，再加上企圖把兩者繼續分

隔的標準化邏輯。該「靜態的兩極化」（static polarities），正如德·曼所解釋的那樣，是「或多或少地被潛藏之替換系統，放置入循環運作之內的。該系統使物質屬性，進入替代、交換、及互疊，以協調內在及外在世界歧異之處」（德·曼 1979，P.60）。德·曼憑著論辯之嚴格要求，追隨著這些喻況性的迂迴發展。雖然終結於邏輯矛盾及兩難困境（*aporia*），論辯依舊合乎「邏輯」。他承認如此產生的閱讀方法，是不能以被「真理及謬誤」所支配的直接邏輯措辭所構想的。可是喻況語言的力量，甚至可以控制我們，對普魯斯特的比喻所創造的「總合性世界」（totalizing world），作暫時的認同。

德·曼總是「理性」（canny）之極的批評家，綽有裕餘地窺探在這些比喻背後的某種內殖的、甚至在修辭性偽裝行動中，宣示自身不詭企圖的文本鬆解活動。如其所言，雖然可能「換喻能夠不受限制地順利避過監察」，但所有這類喻況語言，皆多少有些自我解構的成份。在細意視察之中，普魯斯特的比喻顯現，常常融和進「字面」（literal）或旁喻的細節，損害著內在及外在感知世界可被統一的宣稱。

比喻（metaphor）及旁喻（metonymy）被羅曼·雅克慎及很多結構主義的批評家，視作兩種最為普遍及有力的修辭語言模式。比喻牽涉在兩處頗為不同的意義領域之間，覺察相同之處；於想像性的超越躍進行動中，保持著距離。縱使現在比喻如「變動之風」（the wind of change）因為常被襲用，而成為了陳腔濫調，但它依然繼續隱約帶有「詩意」的暗示（poetic suggestion）。因此之故，比喻被視作「創造性」語言的印記。藉此而與每天的慣常「字面」用法區別開來。另一方面，旁喻以部份替代全部，「以某種屬性或修飾……代表所意謂之物」（例如：所有「人手」（hand）都在甲板上，「人手」旁及指涉擁有及使用手臂的人類）。所以在葉慈 Yeats 的〈莉達

與天鵝〉"Leda and the Swan"詩句中——

> 纖腰抖顫，生滅於斯，
> 頹桓敗瓦，火浴樓臺，
> 亞格曼郎，葬身在此。

所牽涉的語言既有比喻，亦有旁喻，皆被上文下理充份顯示。「頹桓敗瓦」，「火浴樓臺」俱是心中想見特洛伊城 Troy 的形象，需要讀者提供一切，以完成全景。要詮釋「纖腰抖顫」，需要更大地伸展意識的想像性，把「字面」含意（莉達被強姦）聯繫著各種關於歷史災害、及猛烈的重生等葉慈式的主旨。旁喻在該含義上，更為接近我們想像為直接了當的指涉語言。正因如此，它被很多修辭者貶斥為並非從屬於比喻的，所以是用不著詳細解釋的技巧。雅克慎分類的重要性——正如大喬・盧達基 David Lodge 在其書籍《現代寫作模式》*The Modes of Modern Writing*（1977）中所辯稱的那樣——在於其把比喻及旁喻，看作同樣地變化莫測，但卻按照相反的創作體系而成的組織。所以盧達基提倡一種新的文學史，建基於雅克慎的兩極化模式，而溯源於時序性的重點轉移，自強烈地比喻性（現代主義的）至明顯地旁喻性（或「現實主義」realistic）的寫作。

　　盧達基完全地滿足於，在廣闊的結構主義規範中，應用理論及描述。他並不關注於解構其自身之運作概念、或提供驗證基礎及辯護的文本。德・曼對比喻及旁喻的反思，遵循著非常不同的途徑。在盧達基把該兩種模式，看作規劃現代寫作範疇之處——正如某種善意的競爭般——德・曼覺得他們在各方面，皆被封鎖於修辭的搏鬥。對他來說，把旁喻放置於比喻同等的位置，以挑戰傳統的偏見，是並不足夠的。兩者的關係需要完全逆轉。比喻不過展現著虛假，有時幾乎是鬼

鬼祟祟的企圖，以掩飾其自身的文本運作。所以正如普魯斯特一樣，德·曼在文本中找尋解除困惑的力量，以顯現虛假之本源。比喻的誘惑，到最後亦不能掩飾使其達致效果的喻況方法。充份的閱讀，常常可以顯示出，介乎本意及意義之間的結構空隙。在普魯斯特的描述內之實際運作，常常在底層處是旁喻性的，雖然「被假裝相反的傾向所引發。」

該介乎比喻及旁喻——或「象徵」（symbol）與「論述」（discourse）之間的語言懸宕，是德·曼詮釋理論的關鍵。在《盲點與視點》*Blindness and Insight* 中，它指引著朝向解構有機生命比喻、獨立自足的整體及形式意象的方法。同樣的對立亦可見於德·曼的各篇文章，關於浪漫主義者（主要是華茨華斯及柯爾雷基），在追尋統一的感知秩序時，所提出的比喻及象徵暗示（參閱德·曼 1969）。典型地，德·曼覺得這些概念，被質疑其總攬洞見力的比喻——主體及客體純粹、直覺的融合象徵——及在反思理解過程中，奠定他們位置的開放式思想「諷喻」（allegory of thought）。在他關於德國詩人利爾克 Rilke 的論文中（見德·曼 1979，P.20-56），德·曼開發著（他認為是）獻給「純喻況」（pure figuration）修辭的詩歌的極限。該典範的地位——拯救語言於指涉作用的每一最後迹象——其實是不能被達致的，該主題出現於利爾克被逼發展的意義策略和迂迴轉折之中，實際上瓦解了（暗示但不能達致的）「語言的語意作用及形式結構」完善的相應。「只有藉著犧牲它自己，墮入它必然墮入的詭計之中」，詩歌才能成功地維持該全盛的浪漫主義主題。

結果，人們唯有在天眞的或者解構的閱讀上作出選擇。解構批評爲了純喻況邏輯，而懸宕了語言的說服力（或意義的力量）。天眞的閱讀，或多或少自覺地屈從於德·曼喚作「規範性的情懷，或倫理上的壓抑」（a normative pathos or ethical coercion）。當他亦承認

後者的位置常常是不可或缺時，德・曼在該措詞的使用上，使解構式的閱讀，毫無疑問地成爲優先的選擇。毫不抗拒地屈從於「規範性的情懷」，或「倫理上的壓抑」，這明顯地並非德・曼所構思的批評方法，儘管實際上，在他指控象徵及比喩的奇思異想之熱情背後，似乎有著某種倫理的壓逼力。佛蘭克・蘭切斯亞 Frank Lentricchia 最近認爲（蘭切斯亞 1980）德・曼的批評學，有著揮之不去的沙特式影響印記。「缺乏誠意」（bad faith）的存在主義概念，被暗地裡譯寫爲文本修辭的說法。比喩及象徵於是相應於缺乏誠意（*mauvaise foi*）地，把人性接受爲某些固定不變、獨立、自主，而其意義是與生俱來的一切。相反地解構批評則致力證明，意義（像沙特的眞實性般）只在恆常的自我批判中產生，往往延宕（defers）旣定的身份含義。肯定地說，德・曼是耶魯解構者中最狂暴的，其嚴格之處非以倫理的措辭不能解釋。

　　但德・曼本身卻可能是最後一個，宣稱解構批評將繼續處於思想之高處，而排除一切勸說性、或倫理上的動機的批評家。他在對尼采的閱讀中，三令五申該論點。尼采可能會摒棄「修辭作爲雄辯」的傳統意念，而相反地集中於批判地鬆解換喩的工作，顯示出換喩所錯誤假定的眞理宣稱。但該工作本身便需要勸說性的表現風格，很難避過其自我批判意識所定下的陷阱。尼采的形上學批判，像其後人德希達般，必須以帶有概念性及勸說性元素的語言傳達。其修辭屬於「文學」的成份與屬於「哲學」的，不遑多讓，如果兩者的區別分野仍然存在的話。

　　事實上，這是德・曼的主要論點，以爲「文學」正是哲學缺乏以文本修辭的說法，透切反思（think through）其自身構想的能力的結果。尼采是風格學者，一個「文學」的作家。他甚至承認思想與修辭的最終相關性。他的哲學批判本身，便被「結構爲修辭學」。尼采

最後「重新恢復了勸說力」，藉著顯示語言履行性的一面，既滲透亦規範哲學構想。「履行性」（performative）一詞源於哲學家奧斯汀J.L.Austin②。他把該詞語應用於產生效用——如勸說、應允等——的說話形式（或「言語行為」speech-act），相對於純肯定的或「斷言性」（constative）的方式。根據德‧曼，尼采的修辭理所當然地欠缺連貫性，以追尋解構批評至知識遭逢絕對需要（need）履行性的表達。（參閱P.108，有更多關於奧斯汀及言語行為哲學詳盡的討論）

《閱讀的諷喻》*Allegories of Reading*於是可被視為協調——雖然並不僅僅是融合——哲學及文學互不相讓的知識宣稱的努力。在德‧曼看來，把兩者當作不同的學科訓練，而被習以為常地相信為存在於文學詮釋，只會「剝奪了哲學文本閱讀的基本修養。」但這並不僅僅是——赫特曼似乎認為如是的——批評學的技巧遊戲，以文學理論為名，而取得控制權的出價。德‧曼紀律性論辯的「理性」特質（canny qualities）可充份保證，能對抗解構批評有時似乎會鼓勵的那類自為明證的理智玩藝。他指出尼采——同樣的說法亦可套用於德‧曼自身的寫作——「提倡使用知識論的嚴謹方法，作為唯一可能的方法，以反思這些方法本身的局限」（德‧曼1979，P.115）。最後，只有藉著對抗該局限——藉著逼使分析進入兩難困境或自我矛盾的地步——才能使思想，可以處理其本身及反常的文本「邏輯」之間的空隙。

②周英雄於文章〈從語用談小說的意義〉（見《小說‧歷史‧心理‧人物》，台北：東大圖書，1989，P.3-29）中，對奧斯汀的言語行為理論，有簡明扼要的敘述。

解構學的局限？

伴隨著該對理智規儀的尊重，德‧曼不尋常地願意（不尋常，也就是，根據解構學的標準而言的不尋常）相信文本可以對其自身修辭策略，有著間接的理解。該信念首先顯現於其書籍《盲點與視點》裏，關於盧梭的章節中。在這裡與德希達相反，德‧曼有效地，辯稱文本必須在含意上，包含或預示（prefigure）其自身解構式的閱讀。可能正如約拿芬‧考勒曾（於 1972）爭論的那樣，德‧曼的閱讀本身，便是奇特地偏頗的閱讀，妄顧了某些章節。其中包括載有德希達堅持，文本及解構閱讀之間，緊密的相互交流的那幾章。但德‧曼有著眞實的案例，作為論辯的根據，而於《閱讀的諷喻》中，更為機智地把該案例重新提出，作為討論。

他的論點是認為勸說性（或履行性）的修辭模式，最終必能脫離解構批評的嚴格質疑。如其所言，「顯示不相信的句子，是既不是眞、亦不是假的：反而是不斷假定的性質。」解構學只有在以或多或少地屬於勸說性的措辭，為其見解爭論之時，才能維持其質疑者的角式。在這裡，正如尼采所察覺的，它常常逃避或否認其自身最為警惕性的懷疑論。詮釋亦面對著同樣的困境。一方面，他可以採納徹底的懷疑陣線，探測及扣除勸說修辭每一殘餘的痕迹——如果這樣的話（好像德‧曼自德希達處所顯示的那樣），其閱讀必須開放於連串無盡頭的進一步解構活動。每一組活動，皆堅守那些永遠不能被其自身表現，所抹掉的修辭層面。另一方面，批評者可以與德‧曼一起承認，這令人目炫神惑的回歸，必須有終止的時候。該時刻正是懷疑論，遇到超越進一步解構活動可及範圍的喻況權力意欲之時。

當然，這並不是那種被老牌新批評學——及其後的結構主義者——所堅定拒斥的「本意式」閱讀（intentionalist reading）。用不

著宣稱盧梭特意、或有心地掌握了任何這些潛伏的意義可能性，德‧曼以他的文本（texts）自身，提供了獨一無二的起點，作解構式的處理。在《閱讀的諷喻》中關於盧梭的章節裡，他仍然在劣勢中堅持該立場。是德‧曼自己放棄優勢的，以頗為顯著的篇幅，顯示介乎盧梭論述的表面論題——文化、政治、及其自身的生活史——及規範，與（最為常見地）瓦解這些表面論題的文本動力之間的空隙。再一次地，換喻接收了敍述或邏輯論辯的工作，取代了從屬於因果倒置法則的喻況語法遊戲。

德‧曼也有著其最「野性的」（uncanny）時刻，（舉例來說）他把《社會規約》Social Contract描述為並非指涉外在的（outside itself）某些真正的政治法規，而是完全地關於其自身的「構設」（constitution），作為修辭法則及策略的網絡。他曾經這樣說：

> 文學喻況的、及合乎文法的語言之間的張力，可見於國家作為定義整體（État），及國家作為主權運作（Souverain）或，用語言學的觀點來說，可見於語言斷言性、及履行性的分野之間。（德‧曼 1979，P.270）

正如規約（contract）本身，同時是「成文法定的及操作活用的」（statutory and operative），於是用以描述規約的語言，亦不斷地逡巡於斷言性的、及履行性的角色之間。這樣看來，「雙重觀點」（double perspective），關係著把盧梭的文本，理解為既解構其自身論辯，亦作自我拯救的某種——如尼采般——先發制人的修辭攻勢。文字寫作存在於亦超越於喻況的簡化過程。

德‧曼在論盧梭的《懺悔錄》Confessions 的最後一章裏，有同樣自我拯救式的論辯轉折。《懺悔錄》本質上是敍述性的「託詞」

（excuses）——僞裝作誠懇的自我審閱——爲解構式閱讀提供了把柄。「懺悔」不外乎放縱於連串自辯的言辭。宣稱是「誠懇」（sincere），或提供直接傳自作者的記憶及良心的途徑。可是懺悔常常在某含義中，被設計爲「寬恕」（excuse）懺悔者的策略。把其罪咎放置於作爲解釋的敍述脈絡，而卸除責任。該託詞冒著危險，「他們實際上會爲懺悔者文過飾非，於是使懺悔行爲（及懺悔的文本）一開始便累贅多餘」（同上，P.278－301）。

同樣地，這裡開展的空隙，介乎眞理的宣稱，及文本把該宣稱解構的方法之間，後者把前者作爲僅僅是修辭或事後（post hoc）的合理化活動。罪咎——包括文字寫作的「罪咎快感」（guilty pleasure）——常常可被視作文本技法的成品，再現於敍述的巧計，規避著、亦假裝顯示著，產生它的原因。一旦開始其敍述，盧梭便迅即受困於表意段落的鏈串，以自身反常的邏輯，取代著自傳式吐露眞相的優點。事實上，甚至「盧梭的理論文本，亦與作者的本意相違。它寧願被懷疑爲謊言及誹謗，亦不願單純地缺乏含義」（同上，P.293）。文字寫作的强制性征服了眞理或誠意，把《懺悔錄》Confessions——從解構批評的觀點看來——簡化爲「文本文法或激進創作的成品」。

這樣說來，其做法似乎是盡可能地推展至令作者本意大打折扣，或讓這些本意參與，不受任何自覺制約規限的文本表意活動。可是，對德‧曼來說，問題在於要承認，當解構活動隨心所欲地盡情運作時，這些基本的修辭動力，是無論如何也會在文本中繼續的。盧梭的「託詞」（excuses）可能不會照他明顯的意圖運作，但他們仍然會返回動機及邏輯的衝突上，使最睿智的批評者亦束手無策。用德‧曼的話來說，語言本身「把認知自行爲中抽離」。在最後的分析裡，文本所履行的（perform），可免除於進一步的懷疑論攻擊。解構學並

不僅僅是批評的技藝玩意，正因為它使用──亦只能使用──被文本自身所促進的喻況指引和技法。正如德・曼所堅持的那樣，在閱讀中，我們「只有企圖盡量成為要求嚴格的讀者，恰如作者亦應對自己要求嚴格，才能寫出要說的話一樣」。正是為了要拯救文本，德・曼才不得不小心地訂立解構批評的規範，及持續於換喻的簡化文法與文本的履行性修辭之中。

「一般語言」：奧斯汀的挑戰

這裡必須說明的是，德希達自己不大顯示會接受，任何該類對解構活動自由戲耍的「履行性」規範（performatives）。他的論文〈簽名・事件・語境〉"Signature Event Context"（德希達 1977b）中，對言語行為哲學的處理，直接導致他與美國哲學家約翰・施雅勒 John Searle 的對話。在對話中兩陣交鋒時，德希達明顯地表示其用意在於尋釁挫敵，而非要達致任何討論的一般基礎。論文本身（首先以法文出版）爭持激烈，更採用許多在《論文字寫作學》中，耳熟能詳的主題，與施雅勒答辯。又以不同的形式，拿施雅勒的嚴肅認真論點開玩笑，極盡反諷的能事。無疑，耶魯解構者對放任於類似的語言比拼有極大的興趣。從該對話中，明顯地德希達吸收了不少顯現於其美國信徒（保羅・德・曼除外）的荒謬傾向。他先與言語行為哲學碰頭，再與該哲學活生生的代表施雅勒較量，提供了這技術文化轉移的蛛絲馬迹。

〈簽名・事件・語境〉主要與奧斯汀的履行性言辭理論有關，以上已曾扼要描述。根據奧斯汀，語言有著各種各樣的目標，並不是所有都可被總結為事實的陳述，或邏輯的起承轉合的（見奧斯汀 1963）。它亦可被用作履行（perform）某種修辭行為，如應允、宣佈男女婚配、或儀式上為某些物件或其他一切命名。該履行性的作用

可被明顯地表示（「我在這裡宣佈……」），或倚賴語境以顯現特定的意義。把他們自事實的陳述分隔開來的，是伴隨著他們言辭的用意（intention），或以奧斯汀的話來說「語用性的動力」（illocutionary force）。③履行性言語與說話人的用意及承諾有關。他得準備履行自己的言辭，及承認（最少在其說話之時）一切相關的義務。

奧斯汀藉著解釋不同種類的語用性動力，介紹了各種改良及區別的例子。可是，常見於各項例子的，卻是履行性的言語行為，總是被說話人表示出來的誠意所保證及眞確化的。奧斯汀公開地刪除那些「失色變調」（etiolated）或「寄生衍化」（parasitic）的情況，例如在玩笑時的承諾，在舞台上的，或作爲套用自他人的引言。這些例子是沒有承諾的，僅僅模仿著常規，亦不擁有任何眞正的履行性地位。產生「適當的」言語行爲（felicitous speech-act）的條件——用奧斯汀的話來說——可被總括爲形式上的誠意與正確性，及語境的合宜規格。要是不能符合任何一個條件，便會墮進懶散無義的閒談，或其他潛伏的語言錯失之中。

德希達在奧斯汀「言語行爲」的觀念裡，找到典型的哲學立場的再現，優惠「言語說話」（speech）而犧牲「文字寫作」（writing）。奧斯汀履行性的完善條件，要求說話人「意及其所言謂的」，現存地參與其言辭及忠實地表白其含義。可是，奧斯汀卻辯

---

③周英雄把"illocutionary act"譯作「語式行爲」，意謂「說話人用語句行爲表達自己的願望，如下達命令、請求、質問或陳述，甚至警告、威嚇等等都屬此類」（同上，P.9）。「語式行爲」一詞，並不可解。我把"illocutionary"譯作「語用性」，與「履行性」一詞脈絡相通。但「語用性」一詞，易與"pragmatic"一字混淆，又與周英雄所列的第三項言語行爲，即「語成行爲」（perlocutionary act）詞義相近。但在羅利斯原文中並不產生混亂，所以姑且用之。

稱履行性言辭的眞正本質，可以繼續正常地運作於不同的場合及語境。在這些場合及語境中，被設想爲來自說話者本意的原來動力，已經不再存在。履行性言語行爲的運作意義，源於其包含的慣常形式（conventional forms）及言辭的信約。在說話者使用他們之前，這些形式及信約已然存在。該「複述的能力」（iterability），或從一個特定語境，轉移至另一語境的能力，證明了言語行爲不能被規範於特定意義的現存時刻。他們參與著歧異／延宕活動，或與本源保持著距離，使語言標示著超過、或先在於說話者本意的特色。奧斯汀對完善的言語行爲所要求的先決條件，因此與履行性言辭的實際運作，並不一致。他們顯示著對現存性及本源同樣的形上渴求，正如德希達在索緒或胡塞爾的理論文本中所察覺的那樣。履行性言辭可被「複述的能力」，意味著他們只能在非現存表意活動的較大系統內，被解釋及定位。他們屬於德希達所謂的文字寫作（writing）：一種歧異性的節約權宜活動，並不完全符合個別言語說話的現存意圖。

這使德希達得到支持，以解構別有用心的對立面。奧斯汀藉此區分「適當」及「不適當」（felicitous and infelicitous）的言語行爲。德希達反問，如果沒有了：

> 奧斯汀拒斥爲異例的，例外的，「非嚴肅的」，引言的（citation）（在舞台上、在詩中、或獨白裡），作爲一般援引的確定變格的——或甚至一般可被複述的種種——但沒有這一切，怎麼可能有「成功的」言語行爲？（德希達 1977b，P.191）

這同樣可被應用於簽名，包括德希達自己藝術地附設於其論文上的。簽名所授予的眞實性，偏偏維繫於其可被重複使用的循環能力

（repetition）──在於能離開簽署者（現存及單一的意圖）──因
而經常地備受質疑。舉例來說，支票能「適當」地簽署，全賴某些信
託上彼此同意的先在條件，主要是簽署者知道──或相信──銀行會
達到其要求。但正是該類交易的常規慣則，使他們不斷地被用作行騙
及欺詐，恰似語言常常不能「意及其所言謂的」那樣。

　　當然，德希達承認，人們正常地交往，並不鎮日質疑一切，反而
接受眞實的常規慣則，彷彿他們屬於眞理的自然規律。他們在日用言
語的「成效」（effects）不容置疑。但如奧斯汀般，在語言常規之
上，建設整套哲學（philosophy）的話，便需要更爲嚴格的審核──
把言語行爲的承諾，本質上的矛盾顯現出來。正如德希達所言，這些
「成效」不過是把知識壓抑的結果，是建基於空虛或錯謬的常規的。
與其相反對立的一切，亦可達到同樣的成效。奧斯汀的哲學，所隱藏
的比喻──「純粹的」（pure）相對於「攙雜的」（impure）言語
行爲，「寄生的」異例（parasitic variants）及其他──皆被解構學
大大質疑。

　　施雅勒爲德希達把課題混淆，作出回應。主要是德希達妄顧了，
使履行性語言獲得特定力量的基本溝通法則（施雅勒 1977）。施雅
勒的論辯，建基於喬姆斯基式的假設（Chomskian assumption），
認爲說話人擁有先天的語言能力，使他們能夠產生及理解無窮無盡潛
在的巧設言辭。這樣看來，言語行爲的常規慣則，正是他們被理解的
方法。儘管（despite）語境轉變不定，它仍能保持有效。於是，施
雅勒倒置了德希達的論點，認爲語言形式可被「複述的能力」，「成
爲了不可或缺的條件，亦簡化了顯示言語行爲的形式」（同上，
P.208）。他更反對德希達漠視基本理解溝通能力的「文字寫作」概
念。不管作者的「本意」是否可被參考，大部份的書寫文本皆可被理
解。溝通的勝任能力，在書寫的及口頭的語言中，擔任著同樣的角

式。讓讀者——如果他並不著意於故弄玄虛——可以應用標準的詮釋法則及達致其意謂的結論。施雅勒於是拒斥著德希達的宣稱，否認言語行為被「一般化的援引性」（generalized citationality）（或文字寫作）所入侵，而使之與奧斯汀所指摘的反常異例同樣地「寄生」（parasitic）。

明顯地，該對話不大能達致任何一方的同意或讓步。施雅勒預先假定德希達所拒絕開展的：語言是正規地適用於傳達意義的，而——自然而然地——任何阻礙溝通的，不是反常的，便是言不及義的。德希達藉著解構「溝通」這概念本身，開始其論述。以為該概念能被開拓進難以論定的領域。在那裡沒有任何訴諸語境、或常規的方式，可以阻止語言文本播散的自由戲耍活動。德希達及施雅勒思想的距離，可從後者為支持其關於溝通勝任能力的見解，所提供的例子中顯現出來：「在一七九三年的九月二十日，我從倫敦啓程往牛津郡」（同上，P.20）。施雅勒爭論，現時在這例子裡的，是直接平白的溝通，縱使其「本意」（intentions）已湮沒無聞，要理解亦容易不過。施雅勒把該例子作為無可反駁的案例，縱是德希達亦將難以置喙。

但該句子卻正好是解構批評所獨厚的「文本」。除了德希達，還有其他（如巴爾特般）分享該日常指涉性意義失誤的人。巴爾特援引最像電訊的稱謂：「星期一，明天回來，尚路易。」他接著玩弄著，所有隱藏於甚至是如此簡單而實用的語言片段的曖昧可能性。（那一個尚路易？在那麼多個星期一中，那一個才是寫下該訊息的星期一？）從該論點開始，巴爾特引申至一次議論奇特但精確的幻想旅程，成為他後期寫作的特色。他覺得社會企圖藉著堅持日期、地點、姓氏等特定的記錄，規限該奇思異想的愉快進程。但我們難道不可以如此推想：

　　自由及，這樣說來，情慾的流蕩…只會以代名詞及移置代詞
表示。人們從不說甚麼，而是我，明天，在這裡。沒有指涉任何
合法的東西，而莫非歧異的隱晦性（唯一尊重其深奧之處的方
式），便是語言最寶貴的價值？（巴爾特 1977，P.165-6）

　　巴爾特在這裡想像的，是德希達歧異／延宕活動烏托邦式的等同，純
粹的文本替代性，而沒有任何最終指涉意義的迹象。這是在施雅勒的
哲學裡，從未被想及的語言觀念，因爲它完全地拒斥有效溝通的規範
約束。在施雅勒正面地依賴著的，關於文字如何以日常實用性的措辭
運作的常識假設裡，德希達及巴爾特把語言視作在各處皆顯現其潛在
的誤差，而永不止息於意義的穩定秩序。

　　在其隨後的答辯論文〈有限公司 abc〉"Limited Inc abc"（德希達
1977C）中，德希達開發著在施雅勒論點背後，所有破壞邏輯及潛伏
假設的可能方法。他盡情地玩弄著版權的意念，又納入施雅勒幾大段
的理論文本——實際上，在其論辯之時，盡數援引下來！——更以多
樣的巧妙把戲，令其文本對抗著自身的本意。在甚麼含義裡，施雅勒
可以在宣稱建基於普遍潛伏於語言本質的眞理的文本中，獲得專利的
權令？德希達甚至把其對頭人施雅勒 Searle，改名爲莎雅勒"SARL"
（Société à responsabilité limitée），或「有限」公司（Limited
company 或Inc）的字母縮寫。這亦成爲了他的論文題目。施／莎雅
勒於是被構設成方便的靶子。德希達攻擊著，認爲文本可藉作者本源
之類的名義合法化、擁有、控制、「規限」（limited）或挪用的觀
念。對德希達來說，對話成爲了文本策略精巧的交互遊戲，而斷不是
兩種自成一格的哲學觀念的碰頭。他繼續在所有施雅勒接受爲「嚴肅
認眞」討論（serious discussions）基礎的那些論辯概念及法則上，
運使著巧妙的解構式槓桿。如果人們選擇質疑必須預先假設爲現存的

誠意，及認眞的說話原則的話，言語行爲哲學還有甚麼價值？施雅勒對「不嚴肅」言語令人懷疑的地位的過渡指涉，給予德希達於英美學術論述莊嚴常規之中，更爲盡情地玩耍的新機會。施雅勒採用著嚴肅獨斷的語調，指出德希達言語行爲哲學的「誤解」（misunderstandings）。他認爲德希達把牽涉著的課題竄改，「德希達的奧斯汀…差不多與原來的奧斯汀絕不相干。」該論點完全地與德希達所言吻合，假設著「奧斯汀並不僅僅是附加於某些文本的名字，而是奧斯汀——及其追隨者——的自我現存，繼續行使著主權力量，界定這些文本應如何被閱讀」。

　　德希達並無幻想，他確切地知道自己已經「對莎雅勒愼重考慮」，或在各方面皆合理地駁斥其論點。「有限公司」的目的，在於設置本來並不眞正地存在的一切。而避免（avoidance）抗衡本身，便是某種技術性的勝利。德希達自始至終的目的，是要引導施雅勒，至言語行爲常規遇到其在自身應用上，荒誕不經或無法開展的案例。正如他在某處所調皮地建議的：

　　　　言語行爲的理論者，只要稍爲與其自身理論一致的，都應該耐心地花點時間思考這類問題：〔〈簽名·事件·語境〉 "Signature Event Centext"〕的主要目的，是不是爲了要在敘述真相（truth）時，成爲真實的？或者看來是真實的（true）一切？
　　　　那麼如果 SEC 所幹的，是其他的好事？（德希達 1977 c，P.178）

這「其他的好事」便是解構學「野性」（uncanny）、或使人目炫神惑的一面。德希達主要以此招徠美國的讀者。其主旨肯定地與他早期

的理論文本一脈相承，但其策略卻被設立得更為技巧、更為迂迴、亦更為間接。

在德希達與施雅勒對話後，要假設這些荒謬的成份，背後完全沒有「嚴肅的」意圖，是明顯地極為魯莽的。另一方面，看看德希達的理論文本，如何在美國論壇的參與上，被提取及激發起來，亦饒有趣味。使人印象深刻的例子，是德希達替耶魯解構學家作為某種宣言而出版的書籍《解構與批評》*Deconstruction and Criticism* 所寫的論文（赫特曼 1979）。論題表面上以雪萊 Shelley 的詩〈生命之凱歌〉"The Triumph of Life"作為其他論文的焦點，但卻恰好能勉強地，一窺德希達理論文本千頭萬緒、及狡黠迂迴的手法。他並不假裝「詮釋」那首詩，反而以其題目及隨意聯想的暗示，作為躍進量頭轉向、難以論定的領域的跳板。在那裡，細節融合交疊，把所有正規的界限，隨心所欲地破壞殆盡。任何關於意義或結構的討論，皆不能避免地「被其不能控制的活動所衝擊著」。於德希達而言，這意味著那些把一個文本，自另一個文本區別開來，或企圖分隔詩歌與評論的界限的全面瓦解。〈生命之凱歌〉是諷謔地與布朗索特 Blanchot 的敘述體《死亡的終結》*L'Arret de Mort* 互相抗衡的，產生了一連串喻況的逾越，及狂野的替代活動，廢止了所有的文本獨立性。接著，德希達更把該活動，以指稱翻譯者的腳注推展至極限。在其整個理論文本中，他不時論及整個構思之不切實際——翻譯所顯示的「極端」失誤（abysmal slippages）及理解迂迴之處。

德希達在這裡的策略，與赫特曼或希力士·米勒比與「力求純正的」解構者（purist deconstructor）如德·曼更為接近。這是文字的技巧練習，假定著所有未被決定、或極度曖昧的語境，所容許的文本自由。像批評學一樣，翻譯達致必須放棄其可處理的「複義」修辭（rhetoric of polysemia）（或新批評學裡的多重意義），而接受文

本播散的「自由戲耍活動」（free play）。在他近期的作品中，德希達任情地使用各種方法，把該過程投射出來，加以戲劇化（dramatize）的處理。與《論文字寫作學》或《寫作與歧異》的那類嚴格論辯，截然不同。在衆耶魯批評者之中，德·曼貢獻最大，繼續著早期德希達式的堅持，在某程度上把解構學維繫於精密閱讀的訓練。赫特曼有著更爲典型的反應，僅僅把德希達的理論文本作爲啓示，掃除所有舊式、令人厭煩的方法及風格上的規限。在這裡要分別兩者雙向的「影響」，將徒勞無功，因爲他們的文字，皆自覺地開發著文本的相互滲透及交流。無論如何，現在顯而易見，解構學在美國並非單一的理論或思想學派，而是一個讓本來分散於衆多關於技巧及風格的主要問題上的批評家，集結在一起的凝聚點。正在「老牌」新批評學影響力日減的時代，它讓赫特曼及其同僚在耶魯大學建立抗衡和張力，更主持大局，盡領風騷。另一把最雄辯滔滔的不同聲音來自哈洛德·布朗明 Harold Bloom。他的策略在解構學來說，有著獨有的奇特氣概。

哈洛德·布朗明

我們已經看過，對形式主義教條的挑戰，如何伴隨著浪漫主義詩歌和研究的復興而出現。布朗明把他的第一本書，獻給雪萊 Shelley（《雪萊的神話創造》Shelley's Mythmaking，1959）。雪萊一直以來都是批評家（包括艾略特及艾倫·泰特）的對象。他們從雪萊浪漫主義化的政治學裡，間接地論說著，他們認爲是想像性神經緊張、及道德未臻成熟的錯失。雪萊成爲了標準的例子，看出詩人如何持續地逾越了答辯式文體的界限，而逞才獻技於隱晦的泛神論的超昇，或仿宗教的誘惑力。赫立姆 T.E.Hulme 實際上把浪漫主義詆毀作「潑濺的宗教」（spilt religion），更訂明詩歌必須最終不牽涉超越其正確範

圍及領域的課題。這樣一來，只差沒有讓新批評學家來爲該道德的禁令，訂立系統化的規則及約束而已。

　　布朗明爲雪萊辯白，這亦是對古典詩學及其蔓衍而來的一切，强烈的拒斥。他自猶太神學家馬田・貝巴 Martin Buber 處發展出另一種觀念，認爲人類經驗，可分成兩種或兩類品質——以「它」（it）及「你」（thou）的態度表達出來——在兩者之間訂立存有物的偉大道德選擇。布朗明以爲雪萊最優秀時期的詩歌，有著一再地反覆堅持人類關係的價值。以「你」的稱謂態度，創造了互相承認及同情的世界，不論是人與人之間，或人與生活世界之間。隨之而來方是美感哲學，與形式主義把詩作爲隔離思考的非人物象，或「語言的意象」（verbal icon）的觀念處處對立。在布朗明的想法中，這不過是在感情受挫的時刻——或諷刺性的苦楚中——雪萊才被逼返回這非個人的形式。他以新浪漫主義的信念，反駁雪萊現時的貶抑者。並以爲詩人，如華茨華斯所言，實際上是與普通人交談的普通人。批評家以形式主義的掩飾，把詩歌詆毀，不過是把他們的思想，拒斥於一切把世界拯救於慣性感知的「它性」（it-ness）之可能而已。

　　在布朗明較近期的寫作中，個人的異端邪說，甚至被推展至朝向更爲全盛的的浪漫主義創世神話的方向。《影響的憂慮》The Anxiety of Influence（1973）奠定了布朗明修正主義詩學的基礎。他辯稱在任何傳統裡的「優秀」詩人（strong poets）及他們的前輩之間，存在著錯綜複雜而令人驚歎的張力。前者有著保存自己角色的强烈衝動，必須在接受後者的影響之時，將力量轉化爲己用。詩人受困於獨特之苦楚，正像佛洛依德 Freud 在家庭關係的根源裡，察覺到對父親充滿罪咎的仇恨。其巧妙的移置形式，或防衛性的「換喻」修辭（tropes），既顯現其發表慾，亦同時掩飾及縷述其自我生成的意欲，以否認任何先在的權力及影響。優秀的詩人有勇氣面對傳統，而

自認遲來一步，亦有力量藉「置換」前人（troping his predecessors），而把傳統壓抑下去。其理論如何可以應用於女性詩人（woman poet）──由於其措辭皆是排他地伊迪柏斯式的──很大程度上繼續成爲其理論的破綻，亦是布朗明從不提及的。

　　自史賓沙 Speser，經彌爾頓 Milton，至布雷克 Blake、雪萊及現代作家如勞倫斯 Lawrence 與葉慈 Yeats──布朗明所訂立的傳統，與艾略特及新批評學家所議定的一脈，並不相同。布朗明的是異端的傳統，大部份可溯源至美國內戰時期的極端基督敎熱情，接著向前發展至年輕的浪漫主義者，及他們對法國大革命未遂的渴望。正如布朗明所示，該傳統被艾略特及其繼承者故意忽略，而把他們自己所議定的文學史──但恩 Donne、賀伯特 Herbert、龐比 Pope、約翰遜 Dr Johnson、霍布金斯 Hopkins、及艾略特自己──標示爲英式天主敎及保守價值體系的代表。布朗明肆無忌彈地訂立自己的優先選擇：「一個中流砥柱的傳統，是基督敎的，極端及彌爾頓浪漫主義式的；另一個是天主敎保守及宣稱爲古典主義的傳統。」後者有著十分明顯的共同守則，強調詩歌的自我規範及形式主義批評的運作方式。布朗明不獨努力地改寫整個對詩人如布雷克及雪萊的現代判斷，更重新指導批評家──作爲同一個傳統的化身──朝向他們最終必須回歸的一切。

　　批評學於布朗明而言，是詩歌的再現，而他對於溫和的批評慣則，頗不耐煩。《影響的憂慮》以外來的措辭，及「修正比例」（revisionary ratios）的系統，組織謎樣的想像性理智策略。在《克伯勒哈與批評》*Kabbalah and Criticism*（布朗明 1975）中，神祕論的語調（esoteric tonings）更爲持續，亦更爲反叛地訂定其宣稱。藉著提取自創世之謎的神祕論，及隱密評論的伴隨機制，布朗明爲戰戰競競、恪守正統艾略特觀點的批評學，建立了一套全新的進程。祕傳智慧的

啓悟之途，等同於布朗明視作為存在於所有偉大詩篇的創造性「誤解」（creative misprision），或自本源轉轍易轍的行為。到底布朗明這些牽強的比喻是否必要，視乎人們如何接受其對詩的拯救性想像力的非凡宣稱。

在《詩與壓抑》*Poetry and Repression*（1976）中，布朗明再次論及浪漫及後浪漫主義詩歌神聖化的修正基礎。「壓抑」（repression）於布朗明而言，是暗地裡橫及佛洛依德式的昇華動力（sublimated motive）的，卻在浪漫主義關於思想及自然，更為人所熟悉的，達致涉及壯偉崇高的哲學脈絡中，重拾天性純真的主旨。後世詩人們縈繞於自布雷克至華勒斯‧史蒂文斯 Wallace Stevens 等詩人的想像之中，有著「遲來一步」（遲來性 belatedness），不能生逢盛世之歎息，這正是布朗明所著手分析的。浪漫主義的崇高壯偉，涉及優秀詩人所努力追尋的失落本源。除了最奧妙的換喻及移置活動外，不可復見。壓抑是對於不斷地自感挫敗的自知，卻同時有著某種透過昇華影響的危機及矛盾，重獲崇高的力量。

在某程度上，布朗明的「修正比例」與解構批評的實踐，有著很多的共通點。兩者皆肇始於認為文學史只要有半點真誠，便必須透過不斷移置的過程，處理文本彼此之關係，而該過程亦只能以修辭術語作描述。兩者皆拒斥主體性的幻象（subjectivist illusion）——把詩人作為獨立自足的意義創造者，表達其自身確實視境真理的個別主體。要詮釋文本，便是要找出用以抗衡或規避前人文本的策略及防衛性喚喻。布朗明與德希達立場一致，堅持文本的源頭，常常不可被喚回。一系列艱苦的修辭比拼，形成了詩歌歷史的傳承發展。他倆的分別在於布朗明的平衡性論點，以為「優秀」詩人必須常常努力為其自身想像力，創造運作的空間。換句話說，布朗明依然希望可以在以其壓倒性的表達慾措辭，衡量詩人的創造性地位之時，停止解構活動的

進程。由於布朗明於浪漫主義詩歌的積極參與，及他自艾略特及其追
隨者的古典法則中拯救傳統的努力，使其很難再另闢蹊徑。

　　所以毫不爲奇地，布朗明在其近作中，似乎逡巡於繼承浪漫主義
及個人主義的精神，而爲詩歌辯護，及企圖瓦解類似的主題，而達致
換喻關係抽象系統的解構精神之間。更在兩者之間拉拉扯扯，難以論
定。可是最終，布朗明仍是常常願意喚起「聲音」、「現存性」、及
主體本源等德希達搜尋至找出其比喻本質的措辭。布朗明的論點，在
其書籍《華勒斯·史蒂文斯：屬於我們氣候的詩》*Wallace Stevens:
The Poems of Our Climate*（1977）的方法學「尾聲」（methodol-
ogical coda）中，集合起來。該書把史蒂文斯的詩，放在偉大的浪漫
主義傳承之一脈。布朗明希望把它宣稱爲現代美國詩歌的根源，因爲
艾略特已經爲了有力地認同現代主義的英國詩人，而與該傳統決裂。
在這重生的浪漫主義背後，是拉爾夫·華度·愛默生 Ralph Waldo
Emerson，一個和睦的哲學家及聖人。布朗明視之爲美國詩壇中一切
最強大和最有活力的先驅。愛默生成爲在理想主義形式下，冥想的現
存，把華茨華斯及雪萊的「崇高壯偉」，移植到遲來但新生的氣候之
中。愛默生靈巧地早於現代解構者，從一開始便接受了自我安慰的幻
象之匱乏──理想主義的破產──而以極端的想像性意欲，取而代
之。史蒂文斯以強烈的道德觀及「人道精神」（humanizing
pathos）登場。其與美國式崇高壯偉的關係，使其陷入連串急待拯救
支援的換喻及誤解的危機修辭之中。

　　布朗明在這裡，展開了複雜及多層次的論辯策略。他的位置使他
跟別的「解構學」同僚，如史蒂文斯跟愛默生的關係相若，或跟愛默
生希望把語言的表達性，簡化爲與生俱來的修辭換喻的一面相當。
「解構愛默生當然並不可能，因爲沒有任何論述，曾經如此明顯地察
覺到其自身修辭性的地位」（布朗明 1977，P.12）。面對此僵局，

史蒂文斯採用唯一可能充份的回應，一種力足以把愛默生式的簡化活動「移換」、或故意地變形的修辭。正如布朗明至爲精簡地設想如下：

> 在史蒂文斯，我們將看到愛默生式的命運，轉化成……第一理念。在史蒂文斯的筆下，超越性的自由成爲了拒絕容忍如此非人化的簡化活動。權力或意欲於史蒂文斯較爲成熟的詩篇中，不過是第一理念的重新想像。（同上，P.27）

布朗明顯然視自己於現今批評學上所作的一切，與史蒂文斯在美國詩歌中的成就相若。他在最後的一章裡，與解構者抗衡，以一種透入（through）及超越（beyond）他們懷疑性知識論的敍述，把詩人重新定位爲，其自身強烈想像性眞理的追尋者。布朗明繼續承認解構活動的力量。他把這種力量喚作「高等的批判意識，是現今最爲嚴格及審愼的」。但他卻認爲除了重新承認表達意欲之外，並無方法可超越該簡化的外觀。該意欲不獨使詩人的喻詞，亦使批評家詮釋這些喻詞時的修辭，充滿生機動力。他旣知道所有詮釋活動，皆是後來附加的換喻網絡，又相信要爲現代人的想像力留下空間，卻頗難協調兩者。

　　這便是布朗明與德・曼及純解構者不同之處。他把後者視作已到達了懷疑論，必須讓步給自覺其不足的拯救式或重建式「換喻」之時。

> 解構批評的局限，只有在我們達到比解構者所容許的修辭視野，更爲廣泛全面之時，才能被超越。也就是說，當我們可以學懂把修辭學，視爲超越換喻的知識學，而重新進入勸諭意欲的空間之時。（同上，P.387）

該故意逆轉的行為，是布朗明詩學的要點，亦是他與赫特曼、米勒及其他批評家的主要分別。儘管他們的論點說服力强，仍然可能把其依次「移換」（to trose them in turn）。關鍵在於看出他們反面的立場，不過是在詮釋思維裡雙重活動的一個階段。布朗明把其閱讀方法，定位於「誤解的」概念（a concept of misprision），或企圖施行該尼采式價值轉移的精采換喻。如果「優秀」的詩人，便是創造性地誤讀及重新詮釋前人者，那麼批評學的威力，便同樣地來自以努力贏得的重要感，重新投入閱讀策略的力量。這把布朗明帶領回《克伯勒哈與批評》充滿危機的修辭之內。他在關於史蒂文斯的最後幾頁裡，重拾論題。神祕論的傳統，被搜尋為喻況策略的泉源，足以奇妙而有力地抗衡解構活動的簡化換喻。

　　人們很難盼望有比布朗明在處理史蒂文斯詩歌時，所引繫的「抵觸」修辭（the rhetoric of crossings）或防守式接觸，更為狂野及奇特的語言。這種語言，介乎後結構思想抽象的語彙，及布朗明既是大師亦（偶然地）是幾近滑稽的受害人，所使用的高度預言式語調之間。在橫跨理性思想與想像視野，概念與換喻，哲學與詩歌的領域上，他採用了最大的抗拒戰線。他辯稱這種怪異風格，正好回應詩歌奇特而重壓的修辭。他以為詩人是第一個，亦是最首要的「誤解大師」（masters of misprision），他們只會偶然地（或在很理論化的程度上）是解構學所謂的「概念性修辭者」（conceptual rhetoricians）。如果以更為「真確及奇特」的方式來閱讀他們的話，我們最終需要對換喻，訂下比現行解構者所能夠提供的，更為放任的定義。

　　布朗明辯稱其耶魯同僚，並不能了解詩人與傳統「遲來」的接觸（belated encounter）所產生的矛盾及敵意。新批評學家所創立的各種方法，把詩學封存於意義及結構互相纏結，且不與時日遷移，而獨立自足的領域。在這裡（反諷、矛盾等）內在「張力」（tension）

使批評技巧，有效地成爲了知識紀律性及獨立性的形式。當其言及組成寫作歷史的「文本互涉性」（intertextuality），或不斷地往反援引的修辭之時，解構學放棄了該劃地自封的批評陣地。對布朗明來說，這概念過於一般化及中性化，不能傳達詩人與詩人之間，複雜的競爭局面。如果說新批評學企圖把這種種張力，包容於詩即是物象的人爲局限的話，解構學便企圖以純喻況的開放式修辭，把一切消解淨盡。

布朗明訴諸神祕論的法則，抗衡兩者的簡化活動。其詩學核心的引導假設，是「神祕論及靈知論的修辭理論（Kabbalistic or Gnostic theong of rhetoric），必須拒斥語言裡有任何特定語意張力的可能性，因爲在神祕論的視野裡，語言亦不外乎是提升至預意性語調（apocalyptic pitch）的語意張力而已」（同上，P.394）。布朗明在這裡所提及的「特定張力」（particular tension）可被解釋爲那種被「老牌」新批評學家，所設想爲專門內置的詩歌修辭。同一時間，他的論辯巧妙地藉著堅持，在文本相互接觸背後表達意欲所呈現的矛盾，而破壞解構批評的立場。他強調，該鬥爭必須依然關注德希達式解構學，所設想的渾化交融（undifferentiated merging）或「自由戲耍活動」（free play）。

德希達及布朗明論佛洛依德

布朗明在使用佛洛依德的母題和比喻上，同樣地與德希達大相逕庭。德希達對佛洛依德的閱讀（〈佛洛依德及寫作場景〉"Freud and the Scene of Writing"，見德希達 1978，P.196–231），不過是另一個解構學的寓言，一種以引發寫作比喻，及佛洛依德在解釋的重要關頭作爲最後憑藉的心理「銘刻」（psychic inscription）爲目標的閱讀方法。雖然佛洛依德常常以類比、或描述上的權宜暫作應用，更認

爲這些「比喻」（metaphors）事實上與潛意識並不類同。可是他們卻深陷於其文本內，提供了最具說服力的、及關於潛意識運作上，始終不能避免的敍述（inescapable account）。「心理內容，將被本質上不能再加以簡省的圖象化文本呈現出來」（同上，P.199）。當佛洛依德把潛意識，設想爲在某程度上如語言般結構著之時，他用以描述的措辭，仍然是借自文字寫作的節約權宜呈現模式，而非言語說話。如德希達所示，整個佛洛依德的潛意識意義術語，建基於意念如「軌跡」（trace）、「騰空」（spacing）、「歧異」（difference）及其他只能在圖象呈現系統裡，才能找到位置的一切。佛洛依德相信，這些不過是比喻而已，朝向日趨完備的神經科學，人們最終將可棄置這類喻況的撐材。相反地，德希達辯稱，佛洛依德不能抹掉的書寫比喻，是其對潛意識知識的主要貢獻，而其成效，相較於其「神經學的寓言」（neurological fable），必須被視爲昇華比喻的一類。佛洛依德於是與胡塞爾及索緒，同被視爲確立西方形上學傳統的思想家。但在解構學閱讀之下，亦同時產生了批評的母題，與該傳統相悖。儘管佛洛依德企圖把文字，規限於喻況及次要的位置，它依然自我顯現其優勝之處。如德希達所預言，「它關連著尙待發展的圖象元素學（graphematics），而非心理分析視爲註定與之合作的，被古舊語音學（phonologism）所控制的語言學（linguistics）」（同上，P.220）。

德希達對佛洛依德的閱讀，使人們對布朗明最爲反對的解構學實踐，有了初步的概念。這種閱讀完全妄顧心理戲劇，與及被布朗明以比喻類同，採納作詩人意志與慾念的衝突。對布朗明而言，佛洛依德本身是現代詮釋的大師級靈魂。他把潛意識意義的組合模式，投射進強力新穎的解釋神話之中，是「優秀」的角力者（strong wrestler）。假如說布朗明像德希達般，不大運用佛洛依德理論「科學

化」的一面（scientific side）的話，那麼他亦同樣地抗拒，會把心理分析溶和進混然不分的文本意義活動之中的解構式閱讀。「解構學的理論家實際上說，『太初有換喻』，而不是『太初有換喻者』」（布朗明1977，P.393）。如果換喻的概念本身是比喻的一類，作為「喻況中的喻況」（a figure of figures），那麼這便取決於意志頑強的詮釋者（詩人或批評家），在本來是全無意義的簡化鏈串中，假定意義的可能性。布朗明的佛洛依德是優秀的先驅，拒斥這種閱讀方法，更使其轉化作自身想像性的目標。

布朗明的解構學同僚，對他所感知的危機與誘惑，亦非毫無所見。甚至當赫特曼想到，被純換喻修辭及文本交互指涉所開發的、令人暈頭轉向的景象時，亦發出相應的警告。他為提供予詮釋文體的自由，感到興奮之同時，亦對德希達哲學所帶來的「文本」與「評論」界限的模糊，懷有相當的疑慮。問題在於要「超越形式主義」（beyond formalism），便得同時消解「書本」的權力（the authority of the book）：

> 藉著減弱文字論述裡，以書本為中心的特性，你使其更接近哲學論述，而干冒把其一體化的危險。是的，你可能仍然擁有「文本」（texts）而不是「書本」（books）——但構成文本的，卻是難以界定的不可靠之物…（赫特曼 1975，P.13）

在德希達處，赫特曼發現了，「高度重複及支離破碎的準則」，一種把文本及引證混淆的習慣，最後產生了「極之令人沮喪的光暗面」（a highly frustrating clair-obscur）。

赫特曼的疑慮，並不嚴重至阻礙他以自覺地尼采式的架子及神態，而提昇至德希達式的挑戰。布朗明和德‧曼，各自以不同的方

式，爲向外擴散的解構力量，提供著更爲有力的內在審核。布朗明明
確地以修辭召喚，阻止及逆改他視爲「平靜的語言失控」活動（a
movement of serene linguistic nihilism），這朝向不斷的簡化策略
（endless reductive ploys）的傾向。他的文體嚴陣以待，而他論述
的語調，亦定在間或不顧一切的嚴急呼籲水平。德·曼從相反的立場
下筆，完全地沈迷於解構學的嚴格性。他是目前爲止，最爲堅決的那
類「概念性修辭者」（conceptual rhetoricians），其思想及影響，
皆被布朗明奮力抗衡。可是，如前所述，他的閱讀方法，最常在解構
批評必須避過其最爲深奧精微的工作，而承認其「履行性」元素
（performative element），或意義的意欲之時，顯現出來。可以
說，布朗明及德·曼自極端地不同的前提假設，達到了類似的結論。
兩人——布朗明頗爲明顯，而德·曼較爲含蓄地——皆遠離於他們所
視作解構學理論的簡化濫用。

第七章 結論：不同的聲音

布朗明 Bloom 自稱爲內部的對頭人，與解構者在他們自選的修辭陣地上，逐一交鋒。他覺得要全面答覆徹底的懷疑論，是不大可能的，只有大無畏地採用其準則，然後回應以同類但相反的意念，以彼之矛，攻彼之盾。其他人或許會把布朗明的策略，看作全然錯誤的構想。彷彿在直接了當的攻擊，便是使敵人就範的最適當方法時，自願把人質釋放。還有其他人，像摩雷・克伊格爾 Murray Krieger，企圖好言哄誘，辯稱解構學的「方法」（methods）到頭來並不與老牌新批評學，有很大區別（見克伊格爾 1979）。大部份該類的爭辯，都是短促而沒有結果的，實際上重覆地縈繞著，結構主義思想，首次闖入美國批評界場景時的爭論。

另一方面，有些批評者，曾經極爲努力地，以另類的哲學基礎對抗解構學。他們多半以爲（甚至布朗明亦似乎被逼承認），懷疑論並非不可以被自己的論辯措辭所駁斥的。事實上懷疑論是可以很輕易地顯現爲自相矛盾的，只要反問懷疑論者，憑甚麼特別的優惠，使其自身論點，不受懷疑或誤信（參閱阿伯拉姆斯 1978）。解構者明顯地期望他們的理論文本，可被小心及細意地閱讀，並以體面負責的態度，評估及探討他們的論點及結論。可是這如何可以符合他們自己公開承認的，對意義、邏輯、真理及溝通之真實可能性的懷疑論？他們的案例似乎開放於哲學家約根・哈伯瑪斯 Jürgen Habermas 在稍爲不同的脈絡中，喚作「超越性反詰」（transcendental *tu quoque*）的。也就是說，他們要求自己的理論文本，被適當地理解——或最少被理智地閱讀——但表面上否認語言包含著可以被適當地理解的本質。

該駁斥於批評家如德‧曼的影響不大，其極端的懷疑論反諷地對其所詮釋的文本，產生了審慎的關注。他的方法可被指摘爲反常的技巧——爲思想製造障礙——但它卻始終論辯嚴密，亦從不讓步予相對性的意義放縱。德希達同樣地是極謹愼的懷疑論者，其文本論辯不易被駁斥。其至當依照施雅勒的意願「扮演老哈利」（playing old Harry）之時（正如譯本所示），他仍能辯稱其對手漠視了他（德希達）的原文文字（the letter），而把其自身開放於使人暈頭轉向的反駁。他不管詮釋的成規，對細節異常關注，對作品文字頑固堅持，更拒絕以任何便捷的方法作辯護。德希達的懷疑論，並不是如他的某些詮釋者所言，是無限制的詮釋玩藝，任人隨意設計的護照。這甚至可被應用於其最近被翻譯的文本之內。在這裡自由戲耍活動及文本交互指涉的意念，被推展至煽動性的極端。重要的是，與其某些信徒不同，德希達是經過長時期費力的解構過程，才達致該立場的。說他「贏得」該專利，可能似乎頗爲奇特地名符其實。實際上，他的理論文本曾經經受透徹思考（thinking through），而不是像那些他的追隨者般，僅僅拾人牙慧。但這已經是德希達在《論文字寫作學》*Of Grammatology* 中的論點：思想只有恆常地及主動地重演該決裂，才可以與其虛假誤導的先在歷史分離。否則，解構批評繼續是沒有成效的姿態，成爲被其努力推翻的一切所規範的理論。就在這裡，德希達警告：「解構的概念及最重要的工作，其『文體』，繼續在本質上，易受誤解及不被承認」（德希達 1977a，P.28）。

換句話說，德希達的解構批評，並非一面倒的懷疑論，可輕易地達致，亦同樣輕易地被反駁。這是艱苦努力贏得的成果，需要像德希達在最佳狀態時的閱讀般，把論辯維繫於精密的文本審核（textual scrutiny）之中。另一方面，有些對語言、眞理、及意義的不同看法，不能被排除爲僅僅是單純無知，或哲學上破產倒閉的例子。德希

達在其關於奧斯汀的理論文本上，亦間接地承認了他們的力量。解構批評學既不拒斥也不真正地企圖改變，一般把語言看作爲了傳達意義而存在的觀念。它懸宕（suspends）該觀念，特別爲了看看當常規慣則不再運作時，有甚麼結果。

哲學上的懷疑論，常常與「自然而然的」（natural）或常識性的態度，有著曖昧不明的關係。其建議者從不妄稱，如果人們持續地抱著懷疑的態度的話，生活如何可以實際地繼續下去。事實上，假使人們盡皆否認理智及邏輯連貫性的本身基礎，該「持續性」又有甚麼效用呢？這並不是說，懷疑論者的問題是無關痛癢的，或完全誤設的。這是──正如我企圖在德希達處顯示的那樣──一旦放棄常識性的立場，便迅即被逼（compulsively）顯現出來的問題。但儘管懷疑論思想找出各種的問題，青山依舊，語言仍然會繼續被用作溝通工具。

理察·羅迪 Richard Rorty 在其文章〈哲學作爲一種文字寫作〉"Philosophy as a Kind of Writing"中，細緻明晰地論及該課題（羅迪 1978）。他爭論著，以爲有兩種哲學「傳統」（traditions of philosophy），存在於不斷競爭的狀態，卻由於彼此的目標及辭彙皆格格不入，故永不能正式地*對敵交鋒*。一方面，有些思想家相信哲學是思想理性的對話，世世代代追尋著與真理溝通的方法。在該哲學傳統中，懷疑論能佔一席位，但卻局限於解除疑難困惑及有助於更爲穩固地建立不容置疑的真理基礎之上。與此相對的另一傳統，思想上不盡相同，對「主流」哲學（mainstream philosophy）展開著周期性的侵襲及突擊。這些思想者拒斥理智的共識觀念，而茁長於矛盾文體的動力。羅迪言下之意，哲學作爲「文字寫作」，並不是把語言使用作理性交流的有效方法，而是作爲鬥爭的場景，以進行其主要的推廣活動。哲學文體（philosophic style）的自覺實踐，與對於最終真理

及方法根深蒂固的懷疑論並存。藉著各種歷史的形勢及僞裝，兩個傳統同時發展起來。在通行的英美觀念中，區別之處似乎在於常識性的理智，及「歐洲大陸」派系，上承黑格爾，中起尼采，下及現代法國式的「放佚」思想（French excesses）之間。但由另一角度來看，情形卻可能不大相同，從德希達對奧斯汀及施雅勒的揶揄中，可見一斑。

　　根據羅迪的觀點，而把這些哲學視作封存於論爭駁辯，或以爲兩者皆爲同樣的目標而競爭，都是錯誤的理解。他們零星的小衝突，實際上不過是偶然相遇的小結果。德希達在其與施雅勒對談的最後反思中，顯示出兩者的距離：

　　　我問我自己究竟我們可否擺脫這次衝突。它會不會已經發生了呢，這一次？可能嗎？（德希達 1977c，P.251）

該兩不相干、互無牽涉的含義，便是羅迪視作共識性的理性哲學，及那些超越實話實說理智界限的動力，兩者之間的鴻溝。「文字寫作」在這層含義上，是極端的文字懷疑論的病徵與同謀。

維根斯坦：語言與懷疑論

　　解構學的對立面，於是往往被設想爲常識性的，或屬於「一般語言」（ordinary language）基礎的。哲學家盧迪維吉・維根斯坦 Ludwig Wittgenstein（1989-1951）把該語言的懷疑論哲學，視爲建基於錯誤的知識論。該知識論努力（而不能避免地失敗）於發現某些介乎語言及外在世界的邏輯相應（logical correspondence）。維根斯坦自己從該立場開始，但卻反而發展至，相信語言有著很多不同的用法，及合理化的「文法」（legitimating grammars），沒有一

種是可被簡化為清晰明確的解釋性概念邏輯的。他後期的哲學，拒斥把意義視作包含某些逐一相應的連繫或詞語，及指涉的「圖象」關係（picturing relationship）或組成常規的項目之中，本質上與他們的作用同樣五花八門（維根斯坦 1953）。維根斯坦的想法是，哲學使人困擾的問題，最常歸因於不能認出該語言遊戲的多重性。哲學家們為問題找尋邏輯的解答方式。但這些問題卻偏偏首先產生於狹隘而自相矛盾的邏輯概念。他爭論著，以為懷疑論不過是在抗拒邏輯敘述的意義及詮釋的前提下，錯誤追尋肯定確證的結果。

維根斯坦的語言哲學，明顯地有著反解構學的作用。如果我們言及外在世界的方法，不過是心照不宣的常規慣則，那麼懷疑論便顯得文不對題，成為產生於錯誤知識論的假小心。維根斯坦把哲學思想史，視作既困惑於亦大大地維繫於這類自我產生的迷宮。他這樣的回應，對那些抗拒解構學，而找尋意義的哲學以資取代的人們，相當吸引。自維根斯坦的觀點看來，後索緒的文本理論有著基本而持續的思想謬誤，做成了「意符」（signifier）及「意指」（signified）令人震驚的分裂現象。把這些視作問題或矛盾，只會重蹈傳統的覆轍，期望語言可直接與物件或意念相關。根據維根斯坦及其信徒，這是一切懷疑論哲學的根源。不能察覺語言、邏輯、及現實的各種可能「組合」（possible fits），而陷入困惑與矛盾之中。

該爭論似乎提供了對後結構文本理論，另類的、縱使不是全面的反駁。訴諸「一般語言」所暗示的限制與常規的做法，被視為與符號專斷本質，較為理智地達成和解的方式。結構主義——可以這樣辯稱——執著於由來以久的假象。這些假象，從一種形式到另一種，常常佔據著哲學，引來了對「現實主義」小說（realist fiction）的攻擊（巴爾特為其中一人）。因為這類小說似乎假設，作者與讀者，皆不能區別直接的記錄體與敘述性的幻覺。符號與指涉對象之間的縫隙，

成爲極端理論的高潮。人們忘記了小說的虛幻性。縱使其破綻不如某些後現代的文本般，常在表面顯現出來。維根斯坦式的方法學，將（像巴爾特的書籍《二元對立》*S/Z* 般）拒斥這類邏輯矛盾的「閱讀」方法（paradoxical readings）。更視之爲反常及短視的觀念，不能明白語言實際上可以彈性地適應敍述常規的方式。

其他的反對者，採用直截了當的道德陣線。其中吉拉爾德‧格拉夫 Gerald Graff，把解構學指摘爲自現代社會問題上的規避。仿似城池失火，尙獨個兒拘泥於小處（見格拉夫 1979）。格拉夫認爲新一代的修辭者，不得不相信他們與「老牌」新批評學家有著極多類同之處。他辯稱兩者皆淪落爲完備的逃避主義，否認文學有任何參與著「眞實」經驗（real experience）的力量。現代主義（在艾略特 Eliot、喬哀思 Joyce 及其他同期的作家手裡）本來肇始於對舊式現實主義常規的簡化壟斷手法的衷心抗議。現在卻落實爲一種建制上的逃避方法，完全離棄了一切形式的社會參與。

格拉夫在作家如湯瑪斯‧皮納津 Thomas Pynchon 及唐納德‧巴費爾明 Donald Barthelme 所實踐的「後現代」小說風格（Post-modernist style）裡，看到同樣的衰敗之風。如果現實主義僅僅是主流常規那麼一回事，並不比其他更爲自覺的寫作模式，有著更多的眞理宣稱，那樣前路便明顯地開放給，只承認文本銘刻這永恆活動的全面懷疑論。格拉夫的死硬立場，缺點是不能以任何眞正的論辯方式，與其對立者共事。他把他們堆在一起，批評家也有，小說家也有，彷彿自絕於理智的敵人，看不見──或不容許自己看見──自己的優點何在。所以佛蘭克‧克爾慕德 Frank Kermode 爲其（《結束的感覺》*The Sense of an Ending* 中的論點而爭論。克爾慕德認爲我們始終可從人類眼中看來極爲滿意的方式，詮釋文本，儘管我們意識到這些意義是暫時性的，與實際眞理不容混淆。格拉夫把該論點當作批評策

略底線的另一案例，企圖不顧一切地開拓斷不能放棄的重要領域。可是當他訴諸維根斯坦在語言及小說，關於常規慣則（conventions）在公用的意義生產中的角色時，格拉夫自己所爭辯的，卻與克爾慕德有著同樣的成效。他所訴諸的比克爾慕德的更為肯定——不在修飾上閃爍其辭——反而表現了類似的防守技巧陣線。

維根斯坦常常準備著，以銳不可當的論點對抗全面的懷疑論：「縱使你準備懷疑一切，你依然不能甚麼都懷疑。懷疑的遊戲本身已預先假設了肯定」（引自格拉夫 1979，P.195）。但這，再一次地，是把整個爭論投進明顯常識堅稱的底線，很難抵禦解構式的挑戰。在罔顧漠視——而不是思慮透徹——解構學所提出的項目上，格拉夫的論辯邏輯陷入困境。其錯誤是相信藉著追溯他們歷史上的本源，和解釋他們繼續擁有著該影響力的原因，這些問題可被完全解決。在該案例上，根據格拉夫，透過從新批評學家反溯康德及其浪漫主義的信徒在思想上的困惑及與「客觀」現實的關係，傳統可被遵從。但困惑依然，實際更提供予批評家如德·曼等的解構論述，豐富的先在歷史。

格拉夫對後現代主義小說家如皮納津 Pynchon 及巴費爾明 Barthelme 的半救贖式閱讀，亦有著類似的困境。一方面，格拉夫（據其假設）痛斥他們認可現代社會裡的無助感、「無序感」（anomie）、及失敗主義的懷疑論，因而缺乏理性的鬥爭。另一方面，他卻企圖藉著暗示某些另類的、「敵對的」閱讀方法（adversary reading），把他們自該集體的失望之中，搶救出來。所以巴費爾明的故事，「對於他們自身無力克服語言的虛張技法，及脫離意識唯我論的幽禁等課題，喚起關注，卻忘記了該策略本身已經作出了論述」（格拉夫，P.236-7）。兩者任擇其一，卻肯定不同時是兩者，除非——正如格拉夫在別的地方似乎不願意承認的那樣——文本的「意義」（the meaning of a text）是開放給各種策略性的（錯

誤）詮釋的。在這裡，恰如其反解構的抨擊般，格拉夫似乎並不大能提供完備的批判，作爲某種孤注一擲的道德訓令。敍述起來洋洋灑灑，卻依舊不可以超越常識假設的膠著點。

維根斯坦的論點，用於批評某些近期反覆因襲的解構理論版本時，更爲有力。在通行的美國學刊中隨意一瞥，已可顯示解構學如何已不獨據守著新近的出版物如 *Glyph* 及 *Diacritics*，甚至在 *PMLA* 令人心生敬畏的篇幅上。出版速度之快，早晚會使所有經典的詩歌和小說，都有著解構式的閱讀，與新批評學、馬克思主義及其他競爭性的方法並駕齊驅。阿伯拉姆斯把這繁盛的景象——並非無因地——視爲標誌著，解構批評學已成爲不過是機巧的心思，及學術爭勝技法的獵物。

眞相是，解構批評理論只能與使之運作的思想，同樣地有用和具啓發性。而在某些通行的應用方式，特別是敍述分析的領域上，帶著某種例行的機巧。他們大部份採用著矛盾的「雙重閱讀」（double readings）形式，企圖顯示小說如何甚至在開發現實主義的模式上，展現他們自身的技巧。敍述的特定邏輯，甚至使「因果關係」（causes and effects），不再以事件展現順序而直接地聯繫起來。相反，小說形式的本質——對情節及結構的要求——以某種邏輯扭轉的形式運作，漠視常識性的理智。小說裡的「因」，是相應著某些解決方案或（明顯地）是可解釋、及解開複雜情節的先在事實的需求而出現的。這樣看來，種種原因其實是結果（effects），由於他們來自產生他們的既定事件集體，搜尋著自身的連貫性。種種結果亦同樣地可以轉化爲原因，遵循著類似的奇特邏輯扭轉（約拿芬・考勒，〈故事及論述在敍述上的分析〉"Story and Discourse in the Analysis of Narrative"，見考勒 1981，P.169－87）。

喬治・艾略特 George Eliot 的《丹尼爾・德朗達》*Daniel*

Deronda，是得天獨厚的例子，有著各種因素，接納該種分析處理方式。第一，它設置了眞實的抗衡，介乎〈廣杜倫‧哈勒斯〉"Gwendolen Harleth"的現實主義模式章節（李維士曾擊節讚賞的那部分），及環繞德朗達的猶太身份及使命感的想像性奧祕。這樣看來，所「解構的」是連繫著十九世紀現實主義意識型態，及如李維士般現代保守批評家判斷上的常識性假設。此外，它積極從事於急劇地減除解構學所決意顯現的因果矛盾。小說中的德朗達，透過連串似乎往回指向某些神祕的先在意義事件，及「偶然」的接觸（chance encounters），尋找其種族本源的眞相。可是，以敍述學的措辭來說，欠奉的「原因」（the absent cause）本身，便被其最終用作解釋的事件及徵兆所引發出來。莘喜雅‧蔡斯 Cynthia Chase 在該小說中偶然發現了一封信（漢斯‧美力克 Hans Meyrick 寄給德朗達的），把當中的邏輯矛盾頗爲簡潔地顯現了出來。「在這裡」，他寫道：

> 關於現在種下的因，在將來結出的果，最爲明智的見解是「時間將證明一切」。對於以前結出的果，在現在所種下的因，則可以近日一封帶著欺騙性的電信爲證。該電訊解釋去年牛隻的疫症，駁斥一種誤稱的哲學，而使對農民的賠償合理化。（引自蔡斯 1978，P.225）

表面上，這是美力克淘氣的幽默感的一個例子，而該篇章明顯地適用於解構式的閱讀。所謂結果，其實「引發」其因（cause causes），而原因亦可作「結果」的結果（effects of effects），此爲尼采式的邏輯矛盾，頗爲貼切地橫越常規的邏輯。

但這些關於敍述的觀念，雖然以令人驚異的方式組構出來，事實

上亦不是那麼特出。小說是以某種形式構設出來的（constructed in a certain way）──而在一定程度上，得重新組織偶發事件的「邏輯」（the logic of contingent events）。這是任何讀者都會間中想及的。但該兩種敍述「邏輯」（narrative logics），其實是先天地不能諧協的，這卻不是如此顯而易見。而這亦暗示了某種尋求獨立自足的困惑及邏輯矛盾的努力。事實上，這形成了哲學上稱為「類別錯誤」（category mistake）的課題，把邏輯領域或論述程序混淆。結構主義的理論充份明確地把「故事」（story）與「情節安排」（plot）兩者基本地區別開來。前者是暗示性「及想像性地真實」的連串事件，後者則是被敍述形式需求所規範的模式。他們代表著兩種不同的閱讀方式：後者留心於結構及技法，而前者則建基於──雖然不一定是單純地──延宕懷疑不信的意欲。把他們視作封鎖於衝突或矛盾之中，便等於誤使敍述常規當作嚴格的邏輯論述。「雙重閱讀」（double-reading）的策略，自然而然地產生了某種他們企圖尋找的兩難矛盾困境。正如結構主義對「古典現實主義文本」（classic realist text）這無所不在的怪物的攻擊，該策略漠視了介乎語言、文本、及現實、各種可能的關係組合。

　　但這不過是解構學簡易的偽裝，與德希達或德‧曼最佳狀態時的嚴謹度及純論辯性的力量，相去甚遠。當然，要預料解構學在批評及哲學寫作，更廣闊的實踐上所帶來的影響，現在尚是言之過早。對德‧曼來說，解構學的開展，是不能漠視的呼聲：批評學，他認為，將在未來的日子裡，刪減其工作，假如它希望測度其可以抗衡該新起而要求嚴格的文本覺醒的力量。有些人可能會摒除該類宣稱，或以明顯驚懼之神色而視之。已然確見的是，與解構學大有同感的批評者，皆顯示受其影響，而覺得有需要以審慎周詳的態度，為其辯題爭論。例如鄧尼斯‧唐奴貴 Dennis Donoghue 便在其書籍《主權的幽靈》

The Sovereign Ghost（1976）中，爲此而爭辯。如大家所料，唐奴貴站在拯救詩歌現存性力量——或「想像力」（imagination）——的一面，抵抗著德希達對該意念的堅定攻擊。摩雷‧克伊格爾 Murray Krieger 同樣地，作爲老牌新批評學的後防，亦認爲詩歌或多或少可以避過無窮無盡的文本換喻活動。在認爲詩歌能參與引發生機現存性的基礎上，向德希達宣戰（克伊格爾 1979）。

　　他們旣不能使其思想活動出現障礙，亦不能影響解構活動的移置進程。兩者皆不能算是對德希達的恰切「回應」（an answer to Derrida），他們只能證明了德希達理論文本的顚覆動搖力量。解構學爲「文學」（literature）與「哲學」（philosophy）由在已久的爭論，標顯著論辯的新領域。分析的宣稱，從不曾受過如德‧曼般概念性的修辭者所施加的壓力。批評學亦從來沒有，在理智上及風格上表現出如此的氣魄，把其宣稱設想爲自重自敬的思想訓練。解構批評學並不僅僅是有著短暫生命的批評形式的時髦玩意。漠視其宣稱，只徒然把自己的思想封閉起來而已。

後　話

再論解構學、後現代主義、及理論的政治作用

在我寫完這本書之後的十多年裡，「解構批評學」已經躍出了少數精英學術建構的特定領域，而在評論者之間，關於後現代主義文化場景的討論裡，成為了泛泛之言。該名詞亦常被小說家、政治家、傳媒學者、雜誌撰稿人、電視講述員、報紙專欄作者（高檔或低檔市場），及其他關注文化潮流，或有著反虛飾術語品味的人所使用。他們大多在腦中想著的（盡我所知而言）不過是一些空泛的意念，把「解構學」看作，當學者質疑習以為常的共識性真理及價值時，所達致的那類東西。而當該詞語被應用於非嘲弄性的意圖之時——像左翼自由派系的作家或較為博學遠觀的人們——便傾向僅僅意謂「對成見的批評學」，或（略為改善的說法）「從懷疑的、持異議的、或對抗性的角度，有系統地挑戰公認的價值觀的思想」。可是這些用法有著一個共通點，便是認為像這樣的措辭，不論其根源如何神祕，必須可隨時不費吹灰之力地應用於——或適應於——非「特定」批評理解（specialized critical grasp）的目的和脈絡之中。可能只有這樣才能解釋，某些小說和電視連續劇大受歡迎之謎。他們大部份沈溺於文學知識分子的本行，「解構學」（伴隨著「後結構主義」post-structuralism，「後現代主義」postmodernism 等）擔任著每日慣常用語項目的角色。在恰當的處境中展示相關的知識，可以產生出各種利益，從學術機構的聘任，至情慾的激發。而我還是得承認——當這本書經過多次中途的重印而進入第二版時——同樣的因素亦可能在於，對像你現在手頭上閱讀著的「簡易可及」（accessible）的入門

書籍的廣泛需求。

　　同一時間，該詞語也在文學批評者，及那些在工作上必須知道文學批評者對最近期的知識及文化趨勢的看法的人們之間，享有相當的流行程度。很多時候，它在使用上帶有很强的負面意義；於是「解構」＝「把一切分裂解開（文學作品、哲學論辯、歷史敍述、眞理宣稱或任何形式的價值系統）。在遊樂嬉戲的虛無放縱精神裡，失去了建設另一更佳選擇的最基本欲求」。該看法不過是另一種深殖於文化的病徵，無疑肇始於「放任的」（permissive）1960 年代。其他的徵兆包括傳統道德價值的瓦解，橫跨各個學科的，時髦的相對主義思想模式的冒起，及文字批評者繼起的慾望，爲了推廣他們自己喜愛的意識型態議程，重修被認定爲偉大的「經典」作品（canon）。又或者，一定程度上，較少偏見地，認爲「解構」是模稜兩可或中性的動詞，盤據於積極性的含義，「以受過特定訓練的慧眼閱讀作品，找尋矛盾、盲點、或迄今未被搜尋過的複雜修辭」及另類的（非干擾式的）敍述，認爲文本作品自身（the texts themselves）常常削弱對其更爲傳統的、天眞的閱讀方法。所以批評學只有與該過程保持聯繫──也就是說，對內置文本抗衡動力的敍述符號，保持警覺──而藉此顯示其與（用德里・伊果頓 Terry Eagleton 的話來說），「從柏拉圖至北大西洋公約組織」（From Plato to Nato）以來，互古長存的西方「話語中心主義」（logocentrism）或「現存性的形上學」（metaphysics of presence）之謎，互不相干。顯而易見，當閱讀像德希達及保羅・德・曼等大師所寫作（或發現）的修辭複雜的理論文本時，是很難──或許不可能──在這兩類看法中，作出選擇而加以界定的。如果有甚麼是可以肯定的話，這便是他們的理論文本，是截然不同於普遍觀念中，把解構學理論，看作一種徹底的詮釋許可狀。作爲一個藉口，讓批評者可以放縱於各種偶發的奇思異想，無拘無束

地，或者「創造性地」任意作出評論（creative commentary）。

　　然而，現在我覺得的是——當帶著某程度上的批判性疏離，再回到這本書的討論時——我其實是可以更爲準確地解釋，我把要求「嚴格」的解構主義者（rigorous deconstructors），如德希達及德·曼，與其他包括傑弗瑞·赫特曼在內，對於更爲哲學性的啓示漠不關心，而被我形容爲「解構學狂野的一面」（deconstruction on the wild side）的實踐，區別開來之時，到底有甚麼用意。有些書評家循著這條理論路向爭辯，而我亦明白爲甚麼他們覺得不大滿意。首先，這把我置於笨拙的位置，建議——或者有時好像建議——德希達的作品可以被區分成兩個清楚的類別：一方面，（如《言語與現象》*Speech and Phenomena* 或在《哲學的邊緣》*Margins of Philosophy* 中的文章），以嚴謹自負的方法論辯；另一方面——主要寫給「文學的」讀者們——開發著各種風格上或表演性的效果，以解構「文學」及「哲學」，或者理智及修辭，概念及比喻，字面及非字面意義等等的角色分配界限爲目的。不用贅言，類似德希達的作品《喪鐘》*Glas*——他關於黑格爾及左奈 Genet 的論文內，出類拔萃的文本互涉特性的評論——是很難硬把「哲學性」的內容（philosophical content）（也就是說，那些認眞地關注著黑格爾的論辯、眞理的宣稱、倫理價值、歷史主題等等的段落），區別於其他虛飾浮誇的理論文本的。這些文本不管論辯的可行性，而運使著長遠以來被從柏拉圖至現代分析學派的哲學家，所嚴厲禁止的自由。我的批評者，相當正確地指出德希達的畢生大業，在於對抗哲學可以在某程度上達到眞理，包括與生俱來的意念，先驗的（*a priori*）概念，原始的直覺力，先於語言理解的結構，或者任何其他的一切——聲稱眞理不能存在於文學作品之中，只因爲他們模仿、比喻、或虛構性的特色。就在他的閱讀方法，達至嚴謹而深奧的論辯最高境界之時——在文章如

〈白的神話〉"White Mythology"、〈柏拉圖的靈／毒藥〉"Plato's Pharmacy"、及〈雙重議程〉"Double Session"──德希達最爲成功地提取異常的「附加／補足邏輯」(logic of the supplement)。該邏輯從一開始便寄寓於哲學論述,使其不可能以哲學的眞理宣稱,對抗修辭、文字、或文字寫作的虛飾詭計。無論如何,人們只有漠視大部份德希達最爲重要的作品,以便爭論,把他作爲_首先_及首要地 (first and foremost) 是「哲學家」的一類,而_其次_ (secondarily) 是作家或「文學的」技巧家。由此舞稱德希達於後者的天份──不管怎樣驚人或精采──亦不應喧賓奪主,隱沒其基本的哲學成就。

雖然我在前面,已經長篇大論地把話說過了,但我仍不厭其詳地希望宣稱,除非我們細意留心德希達的_論點_ (arguments),加上參照高水準的哲學解釋,否則我們甚至不能開始測度德希達的貢獻。在根深蒂固的偏見裏──而至今仍然常見於許多德希達的貶抑者之中──藝術的、暗示的、或者文學的風格練習,總是被看作與嚴肅認眞、探求眞理的思想格格不入。在像約根・哈伯瑪斯 Jurgen Habermas 的《現代性的哲學論述》*The Philosophical Discourse of Modernity* (1987年譯本)中,該類偏見以最淸晰及系統化的形式出現,德希達被看作──伴隨著其他各式各樣與理智爲敵的「後現代主義」者──不過是另一近代的詭辯家,技巧的修辭者,把文學的天份,置於大量批發尼采式非理性信念的服務中,出賣了「大業未成的現代性」(unfinished project of modernity)。哈伯瑪斯把現代性視爲在大衆傳媒扭曲的價值觀,及因循怠惰一致性的政治作用下,人們最後、亦是最佳的希望。哈伯瑪斯錯在把其論述,建基於對德希達理論文本(常常是二手的)偏頗的認識。而誤以爲──再一次受解構學入門書籍的影響,(很不幸地)包括我自己的在內──這些理論文本的要旨,是要把修辭凌駕理智,「文學」凌駕「哲學」,而風格的戲要

活動凌駕在知識、倫理、及社會政治批判領域的嚴肅、而有建設性的思想大業之上。由於與其所分析的現代「公共場境」（public sphere）概念裡的區別性眞理宣稱和論述實踐，與及論辯、批判、規範性的價值判斷、及美學表現等各項特定語言相關，哈伯瑪斯不能接受，哲學可以同時嚴肅地從事這些項目，又能把其論辯以屬於「文學」多於「哲學」的風格，傳達其論點。事實上，正如我在別處曾詳細爭論的那樣，哈伯瑪斯實際上是註定誤讀德希達的。他認爲批評學必須尊重論述範疇內的合法（ de jure ）分野，而不容許與詩歌的（或「彰顯現世的」world-disclosive）比喻或文學語言的作用，混淆在一起。這是哈伯瑪斯對啓明或解放性的思想的基本要求。（見羅利斯 1989a ）

　　在英美思想廣闊的分析傳統內，同樣的固有偏見亦可能在運作著。在對德希達近期的攻擊中，可見一斑。這裡包括約翰‧艾理斯 John Ellis 的《對抗解構學》Against Deconstruction。書內（頗合理地）要求解構者拿出有說服力、清楚明白、及邏輯上負責的理由，以支持他們較爲具爭論性的宣稱。但他自己同時（頗錯誤地）卻作好心理準備──基於對解構學的理論文本有限的認識──認爲解構者不可能拿出這樣的理據（見艾理斯 1989 ）。這些論戰特別令人煩厭之處，在於他們僅僅在德希達的個別篇幅之內斷章取義──或者得力於沒有德希達哲學才華的「文學」入門書籍的寫作者──然後以之爲基礎，全盤否定「解構批評學」，把它視作難登大雅之堂。所以我始終認爲首要的任務，便是要尊重德希達作品的優秀哲學價值，而不與假解構批評的、泛文本論的、或剷平主義的看法認同，這樣才能有效地避過批評家們的指責。上述看法，把哲學視作不過是另一類的文字寫作，使詮釋活動倒向一面，使概念不變地被證明爲改頭換面的比喻，使修辭學最後戰勝與其曠日持久論辯的哲學理性眞理宣稱。該看法只

會讓批評家如哈伯瑪斯及艾理斯有機可乘。他們把解構學視為「非理性的」（irrational），不能尊重邏輯、論辯連貫性、啓明性論述等基本的約定。而只能藉著閃爍其辭，以反啓明或非理性的立場（a counter-enlightenment or irrationalist standpoint），使批評學擅居其位。這種看法，是任何對德希達理論文本，有廣泛涉獵的人皆不以為然的。特別是在他早期及後期的文章裡，可見德希達運作於哲學家如柏拉圖、胡塞爾、奧斯汀等「未經細想的公理」（unthought axiomatics），而暴露他們意識型態的盲點，及他們常常——但願我已經顯現出來——在論辯細節及哲學解釋責任上小心翼翼，但想法幾近天眞，態度亦未經審度的時刻。

　　我以前應該在書裡強調該論點。比如說，把德希達的論點再向前推進——在其文章〈白的神話〉"White Mythology"——關於嚴格來說，在比喻（或廣義的喻況語言）及哲學宣稱之間，難以論定的（undecidable）優先關係。從柏拉圖及亞里士多德以降，哲學一直企圖限制或規範文學的語言成效，以之從屬於自己更為嚴謹的白描而獨立自證的眞理序列。一方面，德希達亦步亦趨，追隨尼采，認為所有西方哲學思想的最終概念及類別——包括「概念」（concept）和「類別」（category）兩個措辭——皆可以追溯至某些昇華了的比喻效果，或某些文學性的表達方法。哲學必須忘記或者壓抑這些源於喻況語言的一切，而保持其自己建立的自我形象。作為專門的學科訓練，裁定有關論辯性的根據，眞理及虛言，知識及信念，理智的相對於感官的，及——統攝涵蓋上述一切的——它宣稱可以斷定「可能性的條件本身」（the very conditions of possibility），更能把「清楚明晰」（clear and distinct）或哲學上有效的，與錯誤的意念區分開來。正如德希達所言，「單是訴諸於清晰明辨及隱晦模棱等準則，已足以證實……整個哲學強加於比喻的準則規限，本身已經是『比喻』的

建設運作。如果不是通過『比喻』，知識或語言怎麼可以涇渭分明呢？」（德希達 1982，P.252）。而同樣更爲廣泛地：「並沒有正確的哲學類別，可以形容某些比喻修辭。文學修辭規範著所謂『基本的』、『結構的』、『本源的』哲學分野。這些哲學類別不過是衆多『比喻』組成的修辭項目。『轉喻』（turn）或『換喻』（trope）或『比喻』（metaphor）等詞語本身亦不例外」（P.229）。

　　在衆多文學批評者中，上面引述的段落大部分被視作難以駁斥的論辯，以對抗哲學的眞理宣稱。或者——更爲諷刺地——作爲便捷的策略，把哲學家的重要性減低，顯示他們所談及的理智、眞理、先驗的（a priori）概念等，常常不過是自欺的修辭活動，漠視了從尼釆或德希達的閱讀中，所學習到的教訓。但該論點不幸地像回力鏢般反擲回來，因爲德希達於〈白的神話〉"White Mythology"中，正是要否認（deny）人們可以直接了當地，實現該優先次序的逆轉，把「哲學」（philosophy）或理智，以常常與比喻、修辭、或風格認同的「文學」（literature），先後倒置。頗爲簡單地，*不可能討論比喻*——或定義其屬性，其與「字面」用法（literal usage），或其於哲學文本中的問題角色——而不回到某些比喻的概念（concept）。而這些概念常常是已經「運作過」（worked），或預先被哲學理智的論述所描畫過的。所以「每次當修辭活動定義比喻之時，所暗示著的不但是哲學，亦包括組成哲學本身的概念網絡」（德希達 1982，P.230）。

　　所以最困難，或者實際上（正如德希達所見）嚴格地說難以論定的問題是：「這些能夠預設於所有哲學修辭的定義性換喻，及藉此產生出來的哲學元素，可否仍被喚作比喻？」（P.230）。一個肯定的答案，好像尼釆提供的那樣——最少在尼釆理論文本裏最受「文學」解構（literary deconstruction）專家歡迎的閱讀中——便可以應付進

一步關於甚麼組成「比喻」語言（metaphorical language）的問題。除了各種各樣的理論、定義、字面相對於喻況意義，產生於自亞里士多德至現在的哲學家，然後被詩人、修辭者、或文學理論家所採用。他們同樣必須運用這些無所不在的概念和類別。但這並不意味著「哲學」有著最終裁判權，或者任何有關這類世系的質詢，皆可以使某些比喻概念──或者修辭活動的概括哲學──自此以後得到統治地位。因爲正如德希達曾經顯示的那樣，「比喻整體的哲學規範，皆被『比喻』（metaphors）本身建設和使用著」（P.252）。而事實勝於雄辯（as a matter of demonstrable fact），從理論文本及哲學論述所優惠的主要措辭看來，該論點言之有理。儘管同樣地有力的論點，認爲人們不能在不喚起屬於哲學理智範疇的類別模式，對比喻的本質和運作提出任何命題。

　　現在，縱使從這簡短的敍述中，亦應該清楚明白，德希達在〈白的神話〉中的論辯模式，斷不是認同通俗的解構學看法，以爲「所有的概念皆最後回歸至比喻」，或者哲學只不過是另「一種文字寫作」（another kind of writing），與文學、修辭學、或一般的人文科學對立時，不享有任何特殊的地位。相反地，德希達該示範性的動力所帶出的，是最哲學性的準繩及謹愼，要求透徹地思考這些問題，甚至──在過激之處──產生矛盾衝突（或陷入兩難困境），不知何去何從。德希達在近期的〈後話〉"Afterword"（1989）中，最爲有力地提出該論點。其與約翰‧施雅勒 John Searle 廣爲人知的論辯，在哲學家和文學理論者之間，同樣引發出廣泛的誤解。該對話的標準看法──一種本書毫無疑問地鼓勵著的看法──是整件事情相當於溝通上略爲可笑（但有教育意味）的失控。雙方面的參與者，皆各持己見，互不相讓。施雅勒擔任著坦誠正直者，或認眞追尋「哲學性」（philosophical）眞理的人。而德希達（特別是在《有限公司》*Li-*

mited Inc 中，其近乎長篇大論的反駁中），則被選派作放任於各種
修辭戲要的角式，犧牲施雅勒，以顯示關於言語行爲的理論，就在企
圖區分嚴肅的（serious）或眞確的，及非嚴肅的（「越軌的」de-
viant 或「寄生的」parasitical）言語行爲案例時，自我解構。現在似
乎對我來說，該插曲的敍述害處頗大，因爲它支持著英美哲學家通行
的見解（也就是說，德希達是狡猾的修辭者，人們甚至不應該浪費時
間去認識他，因爲其理論文本，不過在蔑視一切「嚴肅」哲學論辯的
議定守則而已）。同時它亦鼓勵文學批評家不假思索地，把哲學視作
仍然與老問題糾纏不清的論述。現在德希達不過把這些問題「解構」
（deconstructed）至精采絕倫的地步，使他們不復再在人前顯現。
而該看法完全符合於德希達的作品，在北美學術圈子的接收歷史。顯
示出大部份哲學家對德希達的理論，皆漠不關心（或充滿敵意），而
相反地（雖然依然一知半解地）其理論卻在英文或比較文學系大受歡
迎。

　　在其〈後話：朝向討論的道德體系〉"Afterword：Toward an
Ethic of Discussion"中，德希達企圖釐清某些引起混亂的源頭，強
調四個要點：(1)他關於奧斯汀 Austin 的論文，顯示出在言語行爲理
論構想中，有某些重要而邏輯上不能避免（crucial and logically
inescapable）的困難；(2)施雅勒誤讀（misread）了德希達的論文，
而原因在於其受困於對奧斯汀作品的專利興趣；(3)是施雅勒，而不是
德希達，在反覆不斷地玩味著「哲學的」分類區別（philosophical
distinctions）；而(4)德希達本人對奧斯汀的閱讀，事實上更爲嚴
謹，更爲充滿哲學意味，而亦更爲關注於在奧斯汀理論文本中的言外
之意（包括其自己表白的困惑時刻）。這比任何施雅勒提供的自以爲
是的正統敍述，有過之而無不及。所以施雅勒以爲德希達論辯的主要
弱點，在於企圖採用嚴格的二元論（不是／便是）的推理模式。言語

行爲必須被構想爲不是（either）落入眞／假分類的窠臼，便是（or）完全地常規性的、虛構性的、或與眞理無關的語言假定形式；履行性語言不是本意如此、意向性、和眞心意謂的，便不過或多或少地是「可被複述」的言語行爲常規（iterable speech-act convention），排除了所有參考說話人意圖的機會；而再一次地，任何訴諸脈絡語境準則的——問題如「誰人說些甚麼，在甚麼情況下，及有甚麼訴訟程序或實際（*de facto*）保證？」——不是一勞永逸地把事情解決，便是把其完全地懸而不決，因爲人們可以創造出無數想像性、或假定性的語境，使這些準則不能運作。所以德希達文章的主要謬誤，如施雅勒所見：「在於兩者的區別，難以嚴格及準確地界定，所以不能算是有效的分類準則」（施雅勒 1977，P.205）。

德希達的回應，值得詳細加以援引，因爲其清晰有效地反駁，把解構學視作詭辯性的活動，甚至完全與正規理智活動、或邏輯保證課題無關的看法：

> 如果施雅勒明顯地、嚴肅地、字面上宣佈必須放棄，該不辯自明的分類定理（也就是說，眞／假的區別，及其各種言語行爲的相互關係）……不然的話，缺乏了解構活動實踐的某種連貫性，及把自身構想的規則及限制，明顯地重投再運作的準備，其整個關於言語行爲的哲學論述，將崩潰下來……每一個詞語都要在前面加上「少許」（a little），「或多或少」（more or less），「在某範圍內」（up to a certain point）。而儘管如此，字面的依然不會成爲比喻的，「提及的」（mention）不會不被「使用的」（use）敗壞，「意向性的」（intentional）不會不帶點「非意向性的」（unintentional），如此類推。施雅勒清楚知道，他既不能、亦不應朝這方向發展。他從沒給與自己可

以不墮入經驗性的混亂，而避過概念對立的理論方法。（1989，
P.124）

人們不能奢望有比德希達更爲有力的陳述。他無條件地效忠於論辯的
嚴格性、連貫性、及眞理的標準。凡此種種，皆標示著不能在放棄
——或意念上「解構」——在最佳狀態下的哲學論述的同時，又不捨
掉任何在哲學論辯範圍內勝任的宣稱。儘管如此，正如德希達所言：

> 自從有了哲學家、邏輯家、及理論家開始，這些不辯自明的
> 定理，便不曾被放棄過：在概念的序列裡（因為我們說的是概
> 念，而不是雲層的顏色，或某種口香糖的味道），不是嚴格而準
> 確的分類，便根本不是分類。（P.123-4）

該段文字很可能對讀者來說頗爲意外——肯定包括某些現在的解構學
批評伙伴——把解構學的設想目標，視作常常顛覆這些負有價値觀的
二元對立，如眞理及假象，理智及修辭，事實及虛構，哲學及文學
等。該看法亦不能說是完全錯誤的。因為無論如何——儘管有著上面
援引似是而非的否認聲明——德希達作品的其中最主要的目標，是要
顯示這些分類項目，常常帶來有問題的、不規則的、或邊緣的案例
（正如在奧斯汀的理論文本內），在極限時，這些類別被證實爲有所
不足。但其對抗施雅勒的論點依然有效：只有尊重哲學思想之嚴苛至
其極限時，我們才能覺察其構設之盲點、「兩難困境」（aporia）、
或難以論定的時刻，標示出哲學與其自身先在歷史、或「未經深思的
定理」（unthought axiomatics）的接觸。
　　在過去幾年內，這裡出現了可喜的徵兆，哲學家（或在哲學有著
足夠基礎的文學理論家）開始了久被延誤的工作；以思想家如康德

Kant、費茨特 Fichte、黑格爾 Hegel、維根斯坦 Wittgenstein 及奧
斯汀 Austin 等為比較，評核德希達的作品。我自己後來的幾本書
籍，亦大部份致力於同類的工作。特別是在今天分析哲學的領域裏，
儘管有著儀式性的敵意顯示（不幸地被對德希達／施雅勒「論辯」
（debate）的回應所典型化），人們仍自全面性的做法中，大為受
益，找尋出真正的接觸點，而同時避開各種簡化或未臻成熟的綜合。
同樣地，人們開始覺得——正如佛蘭克·克爾慕德 Frank Kermode
在稍為不同的脈絡中評論——好比人們冒險到達不毛之地，向土人提
供香煙作為善意的表示，但卻白費心機，更被暗算受傷。在這裡火頭
來自幾個角落：(1)分析哲學家拒絕相信，嚴肅正規的思想可被德希達
「奢華的」風格（extravagant style）所傳達，或者被這類狂野地反
直覺的結論所達致；(2)傳統的文學批評家沒有時間從事任何種類的哲
學（或「理論」theory）；(3)擁有全面的「文本主義者」（textua-
list）信念的文學解構者，抗拒把德希達在任何含義中，視作從事於
「哲學」課題（philosophical questions），或概念項目等，可被論
辯解釋及批判處理的形式；及(4)後現代主義者以為「解構學」仍算稱
心合意，只要它不在理論上作出有說服力及嚴格性的虛假宣稱。縱使
局部地對每一對抗性的觀點提出回應，亦遠遠超過我所能夠使用的篇
幅。在這裡我只能提供簡短的答問。論點(2)文不對題，因為德希達並
不致力於建立傳統（詮釋）的文學批評，而論點(1)和(3)則出發於錯誤
的假設，以為對德希達作品適當的文本（或「寫作性」writerly）方
面的關注，便必然會排除，使他的論點可及於理性分析及爭辯的努
力。簡單來說，這裡不同的觀點有著奇特的匯通，德希達「分析性」
的對手（analytical opponents），把他僅僅當作超常地深奧的修辭
者，沒有甚麼嚴肅的意義可供溝通；及純解構者，抗拒任何認為德希
達的理論文本，可能有著哲學的論點（philosophical arguments）及

眞理宣稱的意念。

　　人們的論點僵滯於傳統對立主義的分類組合——理智相對於
（versus）修辭，哲學相對於文學等等——並不爲奇，不過再一次地
顯現源遠流長的爭議結構，肇始於柏拉圖對抗著詩人、詭辯者、專業
的修辭學家、及其他同類的虛假（非哲學性）智慧的提供者。面對該
荒謬地兩極化的論爭，最需要強調的，是德希達既是（both）擁有非
凡力量的作家或文體家，亦是（and）有著作品（或某些他的作品：
好像《白的神話》"White Mythology"及關於柏拉圖、康德、胡塞爾、
及奧斯汀的論文）可與現代分析哲學最優秀成就媲美的思想家。當
然，這不過是粗疏的說法，因爲德希達有效地挑戰著傳統上，總把哲
學視爲屬於思想領域，理想地排除了修辭活動、文字寫作、或所謂文
學的「文體」（literary style）的見解。實際上，這便是其對施雅勒
意念的主要駁斥。施雅勒以爲人們可以自如奧斯汀的《如何以話語做
事》*How to Do Things With Words* 中那樣，提取個別言語行爲的一
般化理論（generalized theory）。該書籍常常藉著各種語言上，與
秩序井然的體制格格不入的證據——玩笑、引文、趣聞、文學典故、
比喩轉折、或成語用法等——瓦解其自身類別性或系統性的宣稱（見
菲勒文 Felman，1983）。但德希達的論點，絕對不是企圖辯稱，因
此人們應該在閱讀奧斯汀之時，延宕所有正常的（正規地哲學性
的）、與眞理及假象、邏輯嚴格性、因果論辯有關的準則。亦不能順
理成章地，把他的文字當作屬於一般化「難以論定」（generalized
undecidability）的領域，而使一切準則，不復有著絲毫切題或批判
的力量。相反地，奧斯汀理論文本的主要優點，在於其敏銳的洞察
力，源於願意追隨「一般語言」（ordinary language）的偶爾反常
之處，而同時（at the same time）對理性論辯的規儀，保持著審愼
的關注。奧斯汀與德希達最爲令人詫異的相似之處——而與施雅勒截

然不同之處——是不順從於系統化的意欲（或要求全功能解釋變格規定的欲望），而把個別言語行為分類為「正規」（proper）或「反常」（deviant）、「原生」（genuine）或「寄生」（parasitical）等，符合著預設的標準模式。凡此種種，同樣地可被應用於德希達的文字寫作，只是要同時在兩個層面上運作而已。也就是說，在常常質疑哲學真理宣稱的履行性（或「寫作性」writerly）層面，及同樣一絲不苟、毫不放鬆的嚴格論辯與批判的有效性層面。後者不能避免地常常提出了有效性的問題（或真理與假象），甚至當——正如時常發生的那樣——被視為有效的新興準則的複雜程度，超越任何直接訴諸於公認的品評標準的時候。（見史達頓 Staten 1984，參考維根斯坦 Wittgenstein 對「一般語言」哲學的看法。維根斯坦認為表面上任意而為的一般語言，實際上有者嚴密的因果邏輯。該看法給解構學提供了類似的案例。）

　　我曾經強調該點，主要是要駁斥流傳廣泛（但錯誤）的意念，以為解構批評，基本上不過是現時跨越流行思想領域的「後現代主義」轉向的另一替換形式。該信念的專家——以尚・波聚雅 Jean Baudrillard 為首——認為啓明運動是過去的事物，批評學（或理論）同樣地是已死、或正在死去的工作。而自此以後，再用不著強分真理及假象，知識及共同公認的信念，社會政治真相及意識型態的外觀，或其他曾被自柏拉圖至康德、黑格爾、馬克思、胡塞爾、及阿當諾的思想家，所推崇的區別分野。在其他的地方——好像在「後分析」哲學家（post-analytical philosophers）如理察・羅迪 Richard Rorty 的作品中——解構學成為了方便合用，泛稱一切指向超越理智、知識、及真理等舊式分配制度的總括性措辭。也就是說，長期受信奉、但可惜是虛假的意念，以為哲學在倫理學、知識學、美學、及政治學理論範疇的一系列定義明晰的問題上，可以提供充份的答案。所以德希達擔

任著揭露眞相者的角色，一個近代詭辯家或狡黠的修辭者，其特定的
天賦，是游離戲耍於那些最爲堅定尋求眞理的人——特別是屬於康德
或今日分析傳統的——那些依然使人相信這些問題存在，或他們的學
科最能完備地解決這些問題的人，那些所謂「建設性」的哲學思想家
（constructive philosophical thinkers）。

　　所以羅迪 Rorty 最廣爲人知、關於德希達的論文題目，是〈哲學
作爲一種文字寫作〉"Philosophy as a Kind of Writing"（1978）。論
文中，他敦促人們放棄把哲學想像爲思想的特定活動，（也就是說）
有著其自身論辯有效性及眞理的正規標準。人們更應把它想像爲，不
過是在人類持續進展著的文化「交談」（cultural conversation）中
的另一種聲音。該聲音常常傾向於支配整個交談——建立發展爲受優
惠的發放眞理論述——但亦可以最爲有效地，被簡短的提示，打回原
形。好像德希達所提供的，所有其最基本的概念和類別，事實上皆不
過是一些純屬意外的「最終詞彙」（final vocabulary）中的選擇性
項目。一些優先的用語，既沒有撥亂反正的實質宣稱，亦沒有（用柏
拉圖的話來說）「游刃於自然骨節間隙」（cut nature at the
joints）的技藝。這樣看來，德希達不過是最近一個（雖然可能是最
機智及最有才華的）繼承自「大修正主義的」懷疑論者（strong-
revisionist sceptics）及不同意見者的行列的批評家而已。該行列
——廣義來說——源自古希臘的詭辯家，經歷非理智的「謠傳」信徒
如尼采，到現時（後現代或新實用主義）的思想家，所有同樣地覺察
到一切類似的哲學眞理宣稱，不過是虛假自欺的人。啓明傳統依然爲
那些無用的價值觀，如理智、眞理、及批判找尋位置。沒有甚麼可以
比努力地，把德希達納入陳腐的傳統，更爲浪費時間——或較少地符
合於德希達作品的精神。

　　讀者們應該不會不發現，一個非常顯著的重點轉移（或評審語

調），從我在第七章基本上對羅迪文章讚許性的討論，到以上的段落裏，較少共鳴的總括性介紹。該重點的轉移，源於我逐漸增強的信念，認爲羅迪不單只*誤解了德希達*——在某些重要的方面誤讀了他——更提出了理性上不應該提出的問題（也就是關於詮釋有效性及眞實性的問題）：假如後現代實用主義的論爭得値，哲學發現自己被有效地降格至不過是另一種的寫作，而解構學則擔任著同樣大大地縮減了的角色，作爲犧牲哲學，以找尋修辭趣味及戲耍玩藝的泉源。當然，這把我放在不得不論辯的位置——哲學性的論辯——以支持我自己的看法，不像羅迪般繼續忠於其實用主義的見解，拒絕承認藉著喚起正常的理解、詮釋性的眞理、或忠於手上的文本等準則，可以解決這些會議。我曾在其他的地方，把這些爭論詳盡的表現出來（例如可見於羅利斯 1989），而羅迪亦循著意料之中的思路回應：爲何自尋煩惱於討論眞理宣稱、超越性的演繹、及其可能狀況等等的言論？德希達已經爲人們提供了，自陳腐古舊的康德式思想習慣中脫困之路（羅迪 1989）。我希望在這本書以上各章節的討論中，已經使答案昭然若揭，特別是在第五章（論〈解構學的政治作用〉），我把馬克思及尼采並置，作爲該流行的現代「懷疑論詮釋學」的兩大先驅，質疑所有既定的知識、價值、及信念的傳揚。但現在我對解構學論辯的主旨，更增疑慮——像我現時在這章節裡所顯現的——把修辭學的論點，駁倒某些各司其位的「理論」立場（theoretical position）（在這裡是亞爾杜塞式的結構性馬克思主義），又宣稱可以顯現其整套運作概念及類別，如何倚賴潛伏的換喻策略或一系列昇華的比喻。可是，直至目前爲止，卻依然沒有上佳的理由，可以證明一篇論辯性的文章所顯示的喻況元素，必須以不同的面目指摘其自身理論的充裕性，或貶抑其哲學性的眞理宣稱。

　　所以在第五章裡，我企圖作出最大的改動。根據我後期思想的發

展，大規模地修改本書。這裡我對自己在最後倒數第五行的句子所宣示的立場，還有些附帶聲明。該句子的原文是：「只有藉著追隨解構活動的邏輯，而不是在半途迎接其挑戰，才能在其僵化的論述裡，顯現暗藏的比喻，使思想脫困」。但結束時的豪語（「尼采自始至終，繼續是對馬克思主義理論所『理所當然地視而不見』的修辭運作（taken-for -granted rhetoric）的困擾性威脅」），現在對我來說，不僅是頗爲空洞的勝利者姿態，更是源於對德希達在〈白的神話〉及其他論文，錯誤──或非常偏頗──的閱讀。這正是他在那些論文裡的觀點。認爲如果人們把一切（無論是訴諸尼采或德希達權威的）概念，看作是一種僞裝了的比喻；或把所有哲學的眞理宣稱，貶抑爲沒有基礎的喻況修辭及置換遊戲的話，也就等於沒有對任何與比喻、文字寫作、或哲學有關的課題，作出絲毫貢獻。該看法所嚴重地忽略的，是德希達進一步（亦同樣有力）地證實，所有類似以比喻之名義及本質爲題的一切，皆是根據一系列嚴格的哲學性對立項目（philosophical oppositions）而構成的，其邏輯不能被掌握──更不能用後現代及實用主義的方法，把他們稱爲陳腐或多餘，而使其自我「解構」（deconstructed）。十年了，現在更爲容易看出本書的某些章節──包括精巧地設置著的馬克思與尼采之間的「衝突」（confrontation）──可能似乎適合於正在出現的反啓明（及特別是反馬克思主義）的思想流派。該流派近來更在政治上萎靡不振的「後現代」知識份子（postmodern intellectuals）之間，享有類似的即時成效。（參看史洛達迪克 Sloterdijk 1988，將有精采生動而證據充備的敍述，顯示該文化病疾，如何成形及播散。）

　　誠然──由於某些實際的局限──我只好讓那些篇幅保存下來，特別是那些關於德希達的《言語與現象》及德·曼《閱讀的諷喻》的部份。在這些部份，清楚可見，解構學絕對地不容許其標準（邏輯的堅

持，概念的嚴格性，眞理條件規限模式等），稍爲鬆懈或被擱置。該
標準可正確地決定，甚麼可被列爲眞正或有效的哲學論辯。在這裡，
主要混淆視聽的根源，來自認爲解構學常常訴諸某些其他的
（other）、完全陌生（雖然實際上無所不在）的文本「邏輯」
（textualist logic）。人們更以爲它核准了各種全無法度的詮釋遊
戲。這便是德希達所發現於盧梭理論文本中，無處不在的「附加／補
足邏輯」（logic of supplementarity）。該邏輯似乎抗衡任何盧梭所
言及，關於自然、文化、公衆社會、兩性政治、語言根源等等的明確
意義。但實際上——正如德希達努力指出——其閱讀不但精確地忠於
各盧梭文本的細節（包括「邊緣的」細節 marginal details），更與
其文本邏輯的必然性（logical necessity）相符。該邏輯發展規限著
文本，使之比盧梭（或其主流的闡釋者）明文意謂的更多。可惜從前
沒有援引下文，因爲它可以防止對德希達所謂極端的反意圖立場的誤
解：

　　　　這喚起了對「附加／補足」（supplement）一詞的用途問
　　題的注意。盧梭在語言及邏輯之狀況上，皆證實了該詞語或概
　　念，有著使人吃驚的資源（surprising resources）。讓句子的假
　　定主語，常常可以透過「附加／補足」活動的運作，說出、或增
　　添、或減少其他不在作者本來意圖裡的東西……閱讀必須常常在
　　所使用的，受控制及不受控制的語言模式中，以某種作者亦未能
　　察覺的關係為目標。……要產生這種表意結構明顯地不能包括藉
　　著被抹掉的、及恭謹的評論複述，重建自覺的、自願的、及意圖
　　的關係。作者得力於語言元素，把該關係制定在其從屬的歷史之
　　中。該複述評論活動，無疑在批判性的閱讀裡，有一定的位置。
　　要承認及尊重所有這些古典的需求，並不容易，不得不引用整個

傳統批評學的一切。缺乏這種承認及尊重，批評學將冒既不能發展、亦無權發言之險。但該不可或缺的規限，卻常常只能保護（protected），而不能開放（opened）某種閱讀方法。（德希達 1977a，P.157-8）

這並不是自圓其說的論述，而是重複顯現於德希達的文本閱讀宣稱。我希望每一個閱讀本書至今的讀者，皆可明白。這同樣地可應用於德‧曼高壓的修辭註釋。德‧曼的方法實際上可能產生很多非正統、或反直覺的論述——其對盧梭、尼采、及普魯斯特的閱讀，可為明證——但依然*在各處*指涉回手中特定的文本細節。而從不推搪塞責，空泛地訴諸於批評學裡，並不存在的真理價值、已經破產的古典理智、或修辭意念，作為無所不在的語言規範，使嚴格及持續的論辯標準，失去效用。簡而言之，德‧曼的寫作，絕不相同於那些新實用主義者——思想家如羅迪 Rorty 及史坦利‧費殊 Stanley Fish——的觀點，把「修辭」認作語言純勸說性或履行性的一面，而阻截任何與其他修辭範疇有關的批評工作（德‧曼喚作「換喻的知識論」epistemology of tropes），使閱讀不能有效地對抗支配性的詮釋共識（參閱德‧曼 1986 及羅利斯 1988）。

在這裡順帶援引另一重要的段落。這次來自德‧曼，同時可以掃除把解構學視作未經驗證的藉口，大開方便之門，讓詮釋者可以對作品任意妄為，這錯誤的觀念。這正是費殊的論點——續見於多篇精采的文章中——如果詮釋者可以任意妄為的話，理論將成為無的放矢（或「先後不符」inconsequential）的活動，而閱讀上的對錯問題，則只能在勸說修辭的基礎上解決（費殊 1989）。相反地，對德‧曼來說：

> 閱讀是一種論辯……因為它必須對抗人們以必然如此之名，
> 而掩飾其盼其如此的意欲；這無異於說閱讀是知識論的事情，先
> 於倫理或美學價值。這並不意味著，可以有真正的閱讀。但如果
> 真假對錯的問題，不基本上牽涉在內，閱讀簡直不能想像。（前
> 言，傑科卜斯 Jacobs 1978，P.xiii）

把德希達對約翰‧施雅勒的答辯並置——再加上他與德‧曼的理論文
本——（但願）可以使這些批評宣稱顯現出來。這些段落，把解構學
與其他所謂「後現代處境」（postmodern condition）更為折衷調和
的類別，分隔開來。在現今關於馬克思主義（或一般的社會政治學）
的通行討論中，該區別表現了最大的力量。人們把馬克思主義視作
「啟明」構想（enlightenment thinking）困屈受挫的另一章。該構
想進程跟意識型態批判（*Ideologiekritik*）一類的陳腐價值觀，纏結
在一起。藉著批判性理智的練習，使人們得到解放，又把社會進步認
同為「一切質疑之後的最終真理」（truth at the end of enquiry）。
本書藉著建立尼采對馬克思之最終解構式疏離——或有時藉著（如羅
迪般）暗示該課題，將達致僅僅成為修辭策略的選擇，或「最終的用
語」——冒險鼓勵這種對話。這亦是把該後話附錄於本書以為鑑戒的
主要原因。

這些態度上的保留，一定程度上與英國及北美過去十年來的政治
氣候轉變有關。該十年間，不但看到在政府政策的形成及公開討論的
層面上，主流的右翼共識性意識型態的出現，亦看到左傾思想的廣泛
失敗。該想法最為清楚地顯現於各種繼起的「後馬克思」（post-
Marxist）理論，宣稱自己是唯一可以擺脫社會主義價值的當前「危
機」（current crisis）的理論模式。東歐事態，與本土投票趨勢的發
展，皆引發類似的危機。本書成書之時，這些改變尚未能逆料，當時

左翼思想——雖然在實際政治的措辭上，經歷了相當粗疏的綴補——仍然能在高水平的知識及文化論辯中，佔一席位。現在時移勢易，論文發表於學刊如《今日馬克思主義》*Marxism Today* 的主要「左翼」評論家，爭先恐後地把舊有的概念包袱放棄（「下層／上層結構」 "base／superstructure"，「生產力及生產關係」"forces and relations of production"，「科學／意識型態」"science／ideology"，「理論實踐」"theoretical practice"，等等）。而熱烈地採納另類的「新時期」修辭（New Times rhetoric），興高采烈地承認馬克思思想的陳腐積習，認為任何批判當前通行共識性價值的理論構想，皆不切實際。於是（排眾而出的）現時大受歡迎的後現代權威如波聚雅，宣稱已「解構」了所有馬克思主義的概念類別。他表示這些概念類別，不過是舊有啟明模式的本地變易，一組想像性的分類項目——例如「使用價值」（use-value）與「交換價值」（exchange-value）——已經不再有任何意義。現時所有價值，皆裡裡外外決定於狂亂波動的回饋機制（feedback mechanism）：廣告修辭、大眾媒介傳真、民意測驗、消費市場調查等等。在這裡，波聚雅繼續援引現時耳熟能詳的尼采式教訓，也就是整個西方哲學思想的先在歷史——肇始於柏拉圖的對立性研討，一般見識（doxa）與真知灼見（episteme），意見與知識，藝術模仿與（哲學）真理秩序——必須自此以後，被視為不過是連串自我推廣的策略，假裝作純粹無私的理智批判，為主導權力意欲服務而已。（波聚雅 1988）

　　所以波聚雅率先建設這些論點的書籍（《生產的鏡子》*The Mirror of Production*，1975），有著非常類似羅迪《哲學與自然的鏡子》 *Philosophy and the Mirror of Nature* 的標題，亦並非偶然。因為兩者皆有著同樣的目標，企圖瓦解所有顯示啟明思想遺跡的批判資源。不論是康德（知識及倫理）模式，或各種形式的馬克思主義意識型態

批判（ *Ideologiekritik* ）。只要該意識型態批判，承認啓明思想宣稱可以自意識型態、共識價值、或習以爲常的「普遍」信念（ commonsense belief ）中，區分社會及政治生活的「眞實狀況」（ real conditions ）。當然——正如德希達會立即地承認——要列明措辭如「解構」一詞用法上的法定範圍，而與思想家如羅迪、波聚雅及其他有著全面反啓明信念的承辦者，鬆散無序的應用實踐區別開來，並不困難。但人們必須最少注意像以下的段落。該段落再一次地，來自其對施雅勒的第二輪回應。在這裡德希達明確地宣佈：

> 真理（及所有與之相關）的價值，是永遠不會在我的文字中被拒斥或毀滅的，而只會再嵌入於更爲有力、龐大及更爲細分層次的脈絡裏……在頗爲穩定，有時明顯地幾乎是不可動搖的〔那些〕脈絡中（也就是常常是歧異性的動力關係——例如，社會政治建制——甚至超越這些的決定性因素），應該可以喚起稱職的規則，討論上及共識性的標準，無論在批評或教學上，皆眞誠清晰而嚴謹。（德希達 1989，P.146 ）

而人們亦應該回到論文如〈白的神話〉，以看出人們是如何大錯特錯地——或如何肯定地偏頗及片面地——把德希達（如羅迪般）閱讀爲蓋平一切分野區別：包括概念與比喻，哲學與文學，或遵守上述準則的論辯與大部份源自簡化了的「修辭」意念，因而等同於純勸說或履行性語言的虛假論辯。（有關論述可參閱德‧曼的《閱讀的諷喻》 *Allegories of Reading* 及《抗衡理論》 *The Resistance to Theory* 等文本。這些文本編寫出一系列的論點，對抗該修辭的簡化式處理。他們更極爲準確地解釋修辭活動，如何被設想爲「換喻的知識論」（ epistemology of tropes ），建立了對以共識爲基礎的文本理解模

式，高度有效的抗衡。）簡而言之，解構學並不僅僅是後現代實用主義精神特質的旁枝，要躍出所有陳舊的「哲學」概念及範疇。

　　此外，這有助於釐清，把馬克思主義與解構學，視作積怨的敵對理論，這錯誤的觀念。該對立產生於──正如本書企圖顯示的──解構的意欲，企圖使一切形式的上層／下層結構的爭論（或經濟作爲「最終」in the last instance 決定論的意念），簡化爲大量昇華的換喻或比喻。宣稱有著「理論」解釋的力量（a power of theoretical explanation）的喻辭，實際上完全建基於──正如「理論」本身──可以依次追溯回某些被抹掉了的視覺或空間感知的比喻的概念。任何對〈白的神話〉留心的讀者，皆會發現該論文不斷地引發爭論，不但與整個企圖跟比喻協調的（後亞里士多德）哲學傳統，亦與馬克思（及列寧）主義者，論辯有關語言、理論、呈現模式、知識類別及辯證唯物思想，相對於「經驗性批評」（empirio-criticism）及其對科學充裕性宣稱的地位等課題。還有的是，這些關注，在每處皆回歸到德希達所言及的比喻，及這些比喻在傳自亞里士多德本體論主題及決定論，這「偉大而不變的鏈串」（great immobile chain）中所扮演的角色。人們要是不滿足於僅僅複製他們暗藏的宇宙目的論（teleology），及內置的自我定值邏輯（self-valorizing logic），便需要極度的分析性戒備。波聚雅把哲學及馬克思主義直接了當地（tout court），摒棄爲不過是思想史內，一段自我欺騙的插曲。該思想史最後的一章爲啓明之認識。了解到所有概念、眞理宣稱、價値類別等，不過是老掉大牙的（最終爲柏拉圖式的）知識偉論的萬千隨機變化之一。

　　到現在，有些讀者無疑理解到本「後話」已經引領至自《解構批評：理論與應用》Deconstruction：Theory and Practice 首次成書以後，一直盤據於我的寫作中的各論點的總結解釋。保羅・德・曼於戰

時的新聞寫作及繼起的論辯──記載於本書最新之附加／補足書目
──使政治問題在最近獲得更爲尖銳及緊逼的焦點。究竟是不是存在
著一些可以被描述爲「解構批評學的政治作用」的東西？而，如果有
的話，怎樣才能最完善地理解該作用，在那些早期及（正如我所爭論
的）完全沒有代表性的文本的方向本位呢？但除了解構學如何關連著
啓明批判的長遠構想，批評理論在人們廣泛失望下的前景，及左翼知
識份子的「後現代」姿態（postmodern posturing）之外，這同樣是
不能充份地處理的問題。在這裡首先是我們不輕信解構批評學不過僅
僅是更爲專門化、修辭上更爲成熟的論辯模式。而類似的模式亦可見
於思想家如羅迪、波聚雅及費殊的作品中。很大程度上是由於這錯誤
的觀念，使施雅勒避過了把德希達胡亂看作愚昧的詭辯家，或於言語
行爲理論任意妄爲之人。另一方面──甚至更爲可惜地──哈伯瑪斯
可以不用與德希達的理論文本，有任何認眞的接觸，而把解構學融進
尼采式非理智教義的洪流，因而過渡至後現代及實用主義思想的論
述。

　　爲免在該論點上，再有任何疑問，讓我在德希達與施雅勒的答辯
中，再援引另一段落。「答案簡單得很」，德希達寫道：「該有關解
構者的定義是錯誤的（對：錯誤的，不對的）及無力的：它假定了對
各種理論文本差勁的（對：差勁的，不好的）及無力的閱讀，特別是
我的，所以最後必須被閱讀或被再閱讀」（德希達 1989，P.146）。
除此之外，我想不出對讀者可以提出甚麼更好的提議，以評審本書所
呈現的各項宣稱及反宣稱。

譯者跋

後話的後話：解構活動與文學教學

　　這不是後話，應該是前言，是給所有準備從事文學教學的準學者，或打算修讀文學課程的學生所看的前述文字。但也可以說是後話，是我在樹仁學院英文系，四年的教學生涯之後的肺腑之言；或後話的後話，作爲我在翻譯了克利斯托夫·羅利斯的《解構批評：理論與應用》，這作者自謂是遲來的參與之後的更遲來的參與。

　　做老師的每天躊躇滿志地拿著上下兩冊的 *Norton Anthology of English Literature*，及十二本 Arden edition 的莎士比亞，或四冊郭紹虞的《中國歷代文論選》，坐在課室內侃侃而談：籠天地於咫尺斗室，評今古於三寸舌底。桌上是十多部黑黝黝「滋滋」作響的錄音機，眼前是低頭辛勤地抄寫著筆記的一眾學生。他們妄想從老師的論述中，理解文學作品的原有意義；或滿心以爲老師的話語，便是作者的本來話語，卻其實只會是遲來地，參與著意符永恆不斷的播散活動而已。

　　沒有作品的原生意義，也沒有作者的本來話語。所謂文本的固有含義，或主體的現存性，不過是暫時的效應。課堂裡老師所言之鑿鑿的眞理，只能在既定教育建制之下，發生支配作用。老師執繩墨而定標準，握規矩以正方圓，把一己之見解，作爲定論；憑著歧異性的成績等級，強分優劣，壓倒一切另類的對立表意模式。所作所爲，已經隱伏了在文字寫作附加／補足邏輯下，被解構分析的潛能。

　　一切論述的視點，也就是其盲點。我們必須在上一代的沈默中，聽到自己的聲音；在別人的話語裡，重構自己的語言。而解構活動的

目標，便是要鬆解任何壟斷意義的權力架構，爲學術解放出重生的動力。使所有視而不見，或聽而不聞的，從論述的邊緣回到核心，被解釋，或再被解構。比較文學的中國學派，斷不能繼續恪守甚麼遠古的中庸之道，在當代西方學說的支配性宣稱之下，委曲求全。而應該讓年輕的一代，走自己的路，唱自己的歌。

記得曾看過一齣電影《邊走邊唱》。故事裡彈琴的老師是瞎子，但瞎子老師的瞎子老師，卻在臨終時，言之鑿鑿的告訴他「千弦斷，天下白」的眞理。只要他肯痛下苦功，彈斷一千根弦，便能重見天日。於是他努力練琴，直至白髮蒼蒼，垂垂老去。無奈千弦斷，卻依舊看不見，反成了人們的笑柄。但幾十年來彈琴的過程裡，卻使瞎子老師，從街頭賣藝的乞丐，化身爲神。琴聲一響，可化干戈爲玉帛；歌聲乍現，已含遠古的智慧。瞎子老師終於領悟到，琴不得不彈，歌不可不唱。於是企圖在臨終之時，把「千弦斷，天下白」亙古相傳的眞理，言之鑿鑿地告訴瞎子徒兒石頭。可是年輕的一代，已不信這一套。瞎子徒兒兩眼不見，卻心裡明白，最後堅持走自己應走的路，唱自己要唱的歌。

也許敎學生涯，亦不外乎邊走邊唱。路不能不走，歌不可不唱。在斗室內被供奉爲神，總勝於在街頭賣藝行乞。古人有云：「詩者，志之所之也，在心爲志，發言爲詩。情動於中而形於言，言之不足故嗟歎之，嗟歎之不足故永歌之，永歌之不足，不知手之舞之，足之蹈之也。」開宗明義，已說明文化藝術的發展，源於一種不斷地有待附加／補足的欠缺匱乏感。所謂本源處的情志，是沒有甚麼意指的。只能在意符延宕播散之中，被移置替代。堂上解書，好比庖丁解牛，目中無牛，然而「手之所觸，肩之所倚，足之所履，膝之所踦，砉然響然，奏刀騞然，莫不中音：合於《桑林》之舞」，也就是一種視而不見的技藝。

　　第一個用外文唱歌，而被後世供奉為神的，正是瞎子荷馬。所以哲學的祖師爺柏拉圖，要把他逐出廟堂。但祖師爺的祖師爺蘇格拉底，卻是同性戀的瘋子，後來亦不得好死。在文學的歌聲與哲學的論辯之中，找尋眞理，好比在瞎子和瘋子之間，選一條較為好走的路，以便安享晚年。而戲內石頭的抉擇，也許便是年輕一代的抉擇了。但願比較文學中國學派年輕的一代，能夠在這一代的沉默中，聽到自己的聲音；在別人的話語裏，重構自己的語言。唯望在二十一世紀裏，中國能重建漢唐盛世，讓他們可以走自己要走的路，唱自己愛唱的歌。

　　在二十世紀的盡頭，九七大限將臨之日，耳畔忽然響起初唐詩人陳子昂的歌聲：

　　　前不見古人，後不見來者，
　　　念天地之悠悠，獨愴然而涕下。

兩眼雖不見，心內卻明白：路不能不走，歌不可不唱。

劉白荃
甲戌狗年春，於香港

參考書目

阿伯拉姆斯 Abrams, M.H.（1978）。〈如何以文本做事〉"How To Do Things with Texts"。*Partisan Review*。44：P.566-88。

奧斯汀 Austin, J.L.（1963）。《如何以話語做事》*How To Do Things with Words*。倫敦：牛津大學 Oxford University Press。

巴爾特 Barthes, Roland（1967）。《符號學元素》*Elements of Semiology*。拉威斯 Annette Lavers 及史密夫 Colin Smith 譯。倫敦：約拿芬角 Jonathan Cape。

同上（1975）。《二元對立》*S／Z*。米勒 Richard Miller 譯。倫敦：約拿芬角。

同上（1977）。《羅蘭·巴爾特論羅蘭·巴爾特》*Roland Barthes by Roland Barthes*。何活德 Richard Howard 譯。倫敦：麥米倫 Macmillan。

同上（1979）。《戀愛者的論述》*A Lover's Discourse*。何活德譯。倫敦：約拿芬角。

波聚雅 Baudrillard, Jean（1975）。《生產的鏡子》*The Mirror of Production*。龐斯特 Mark Poster 譯。聖路易：泰盧斯 Telos Press。

同上（1988）。《文選》*Selected Writings*。龐斯特編。劍橋：波勒提 Polity Press。

貝絲 Belsey, Catherine（1980）。《批評實習》*Critical Practice*。倫敦：麥索仁 Methuen。

布拉克黙爾 Blackmur, R.P.（1967）。《無知入門》*A Primer of Ignorance*。紐約：哈葛·卑拉斯 Harcouct Brace。

布朗明 Bloom, Harold（195　）。《雪萊的神話創造》*Shelley's Mythmaking*。新哈芬，康乃狄格州：耶魯大學 Yale University Press。

同上（1973）。《影響的憂慮：詩歌理論》*The Anxiety of Influence: A Theory of Poetry*。紐約及倫敦：牛津大學。

同上（1975）。《克伯勒哈與批評》*Kabbalah and Criticism*。紐約：施保利 Seabury。

同上（1976）。《詩與壓抑》*Poetry and Repression*。新哈芬，康乃狄格州：耶魯大學。

同上（1977）。《華勒斯・史蒂文斯：屬於我們氣候的詩》*Wallace Stevens : The Poems of Our Climate*。伊費卡，紐約及倫敦：康尼爾大學 Cornell University Press。

蔡斯 Chase, Cynthia（1978）。〈大象的解體：雙重閱讀丹尼爾・德朗達〉"The Decomposition of the Elephants: Double-Reading Daniel Deronda"。*PMLA*。93：P.215-27。

康福德 Cornford, F.M.（1932）。《蘇格拉底前後》*Before and After Socrates*。劍橋：劍橋大學 Cambridge University Press。

考勒 Culler, Jonathan（1972）。〈批評學的前線〉"Frontiers of Criticism"（保羅・德・曼《盲點與視點》的書評 review of Paul de Man's *Blindness and Insight*）。*The Yale Review*。（Winter 1972）：P.259-71。

同上（1975）。《結構主義的詩學》*Structuralist Poetics*。倫敦：盧特雷基及克根・保羅 Routledge and Kegan Paul。

同上（1981）。《符號的追尋：符號學，文學，解構學》*The Pursuit of Signs :Semiotics, Literature, Deconstruction*。倫敦：盧特雷基及克根・保羅 Routledge and Kegan Paul。

德‧曼 de Man, Paul（1969）。〈時間性的修辭〉"The Rhetoric of
Temporality"。見辛果頓 Charles S. Singleton 編。《詮釋：理論
與實踐》*Interpretation: Theory and Practice*。巴的摩爾，馬里蘭
州：霍浦金斯大學 Johns Hopkins University Press。
P.173-209。

同上（1971）。《盲點與視點：當代批評學修辭論文集》*Blindness
and Insight: Essays in the Rhetoric of Contemporary Criticism*。
倫敦及紐約：牛津大學。

同上（1979）。《閱讀的諷喻：盧梭，尼采，利爾克，及普魯斯特的
喻況語言》*Allegories of Reading: Figural Language in Rousseau,
Nietzsche, Rilke, and Proust*。新哈芬，康乃狄格州：耶魯大學。

同上（1986）。《抗衡理論》*The Resistance to Theory*。明尼亞波利
斯，明尼蘇達州：明尼蘇達大學 University of Minnesota Press。

德希達 Derrida, Jacques（1972）。《播散作用》*La Dissemination*。
巴黎：塞依勒 Seuil。

同上（1972 b）。《哲學的邊緣》*Marges de la philosophie*。巴黎：
曼奴意 Menuit。

同上（1973）。《言語與現象及胡塞爾符號理論論文集》*Speech and
Phenomena,and Other Essays on Husserl's Theory of Signs*。艾
力遜 David B. Allison 譯。艾凡斯頓，伊利諾州：西北大學。

同上（1974 a）《喪鐘》*Glas*。巴黎：嘉力亞 Galilee。

同上（1974 b）。〈白的神話：哲學文本中的比喻〉"The White
Mythology:Metaphor in the Text of Philosophy"。*New Literary
History*。6.1：P.7-74。

同上（1977 a）。《論文字寫作學》*Of Grammatology*。史碧韋克
Gayatri Chakravorty Spivak 譯。巴的摩爾，馬里蘭州：霍浦金斯

大學。

同上（1977 b）。〈簽名・事件・語境〉"Signature Event Context"。 *Glyph*。1：P.72-97。

同上（1977 c）。〈有限公司 abc〉"Limited Inc. abc"。*Glyph*。2：P.162-254。

同上（1978）。《文字與歧異》*Writing and Difference*。巴斯 Alan Bass 譯。倫敦：盧特雷基及克根・保羅 Routledge and Kegan Paul。

同上（1979）。《驅策：尼采的風格》*Spurs: Nietzsche's Styles*。哈露 Barbara Harlow 譯。芝加哥，伊利諾州：芝加哥大學 Chicago University Press。

同上（1981）。《位置》*Positions*。巴斯譯。倫敦：艾斯朗 Athlone Press。

同上（1982）。《哲學的邊緣》*Margins of Philosophy*。巴斯譯。芝加哥，伊利諾州：芝加哥大學。

同上（1989）。《有限公司》*Limited Inc*。第二版。格拉夫 Gerald Graff 編。附有德希達的〈後話：朝向討論的倫理〉"Afterword: Toward an Ethic of Discussion"。艾凡斯頓，伊利諾州：西北大學 Northwestern University Press。

唐奴貴 Donoghue, Denis（1976）。《主權的幽靈：想像力的研究》 *The Sovereign Ghost: Studies in Imagination*。柏克萊，加州：加州大學。

伊果頓 Eagleton, Terry（1976）。《批評學與意識型態》*Criticism and Ideology*。倫敦：新左派文庫 New Left Books。

艾理斯 Ellis, John M.（1989）。《對抗解構學》*Against Deconstruction*。普林斯頓，新澤西州：普林斯頓大學 Princeton

University Press。

燕比生 Empson, William（1961）。《七種隱晦模式》*Seven Types of Ambiguity*。第二版。哈蒙斯華夫：企鵝 Penguin。

菲勒文 Felman, Shoshana（1983）。《文學的言語行爲：唐璜及奧斯汀，或兩種語言的誘惑》*The Literary Speech-Act: Don Juan with J. L. Austin, or Seduction in Two Languages*。波忒 Catherine Porter 譯。伊費卡，紐約：康尼爾大學。

費殊 Fish, Stanley（1989）。《做自然而來的一切：轉變，修辭，及文學與法律研習的理論實踐》*Doing What Comes Naturally: Change, Rhetoric, and the Practice of Theory in Literary and Legal Studies*。紐約及倫敦：牛津大學。

傅柯 Foucault, Michel（1977）。《語言，反記憶，實踐》*Language, Counter-Memory, Practice*。布薩德 Donald F. Bouchard 及西門 Sherry Simon 譯。牛津：布拉克威爾 Blackwell。

格拉夫 Graff, Gerald（1979）。《文學對抗自身：現代社會中的文學理念》*Literature Against Itself: Literary Ideas in Modern Society*。芝加哥，伊利諾州，及倫敦：芝加哥大學。

哈伯瑪斯 Habermas, Jürgen（1987）。《現代性的哲學論述：共十二講》*The Philosophical Discourse of Modernity: Twelve Lectures*。勞倫斯 Frederick Lawrence 譯。劍橋：波勒提 Polity Press。

赫特曼 Hartman, Geoffery（1970）。《超越形式主義》*Beyond Formalism*。新哈芬，康乃狄格州，及倫敦：耶魯大學。

同上（1975）。《閱讀的命運及其他》*The Fate of Reading and Other Essays*。芝加哥，伊利諾州及倫敦：芝加哥大學。

同上（1978）。〈批評學的啓悟場景〉"The Recognition Scene of

Criticism"。*Critical Inquiry*。4：P.407-416。

赫特曼等 Hartman, Geoffrey, et. al.（1979）。《解構與批評》*Deconstruction and Criticism*。倫敦：盧特雷基及克根·保羅。

赫特曼（1980）。《在曠野裡的批評》*Criticism in the Wilderness*。新哈芬，康乃狄格州，及倫敦：耶魯大學。

賀克斯 Hawkes, Terence（1977）。《結構主義與符號學》*Structuralism and Semiotics*。倫敦：麥索仁 Methuen。

胡塞爾 Husserl, Edmund（1964）。《內在時間意識的現象學》*The Phenomenology of Internal Time-Coosciousness*。邱吉爾 James S. Churchill 譯。布魯明頓，印第安納州：印等安納大學。

同上（1970）。《歐陸科學及超越性現象學的危機》*The Crisis of the European Sciences and Transcendental Phenomenology*。卡爾 David Carr 譯。艾凡斯頓，伊利諾州：西北大學 Northwestern University Press。

傑科卜斯 Jacobs, Carol（1978）。《矯飾的和聲：尼采、利爾克及班雅明的詮釋意象》*The Dissimulating Harmony: Images of Interpretation in Nietzsche, Rilke and Benjamin*。巴的摩爾，馬里蘭州：霍浦金斯大學。

詹明信 Jameson, Fredric（1971）。《馬克斯主義與形式》*Marxism and Form*。普林斯頓，新澤西州：普林斯頓大學。

同上（1972）。《語言的牢房》*The Prison-House of Language*。普林斯頓，新澤西州：普林斯頓大學。

克伊格爾 Krieger, Murray（1979）。《詩的現存性及幻象》*Poetic Presence and Illusion*。巴的摩爾，馬里蘭州，及倫敦：霍浦金斯大學。

李維士 Leavis, F. R.（1937）。〈文學批評及哲學〉（回應韋力克）

"Literary Criticism and Philosophy" (reply to René Wellek)。 *Scrutiny*。6：P.59-70。

蘭切斯亞 Lentricia Frank（1980）。《新批評學之後》*After the New Criticism*。倫敦：艾斯朗 Athlone Press。

李維史陀 Lévi-Strauss, Claude（1961）。《憂郁的熱帶》*Tristes Tropiques*。羅素 John Russell 譯。倫敦：赫哲遜 Hutchinson。

同上（1966）。《蠻荒的思想》*The Savage Mind*。倫敦：維頓費德及尼高遜 Weidenfeld and Nicolson。

盧達基 Lodge, David（1977）。《現代寫作的模式：比喻，旁喻及現代文學的分類學》*The Modes of Modern Writing: Metaphor, Metonymy, and the Typolopy of Modern Literature*。倫敦：愛德華・阿諾德 Edward Arnold。

馬切爾 Macherey, Pierre（1978）。《文學生產的理論》*A Theory of Literary Production*。華勒 Geoffrey Wall 譯。倫敦：盧特雷基及克根・保羅。

馬克思 Marx, Karl（1968）。〈路易・般拿柏的第十八個霧月〉"The Eighteenth Brumaire of Louis Bonaparte"。見《馬克思及恩格斯：文選》*Marx and Engels: Selected Works*，P.96-179。倫敦：勞倫斯及威薩特 Lawrence and Wishart。

梅勒文 Mehlman, Jeffrey（1979）。《革命與循環》*Revolution and Repetition*。柏克萊及洛杉磯，加州：加州大學。

馬勞龐迪 Merleau-Ponty, Maurice（1962）。《感知的現象學》*The Phenomenology of Perception*。倫敦：盧特雷基及克根・保羅。

同上（1964）。《符號》*Signs*。麥克里利 McCleary 譯。艾凡斯頓，伊利諾州：西北大學。

米勒 Miller, J. Hillis（1966）。〈日內瓦學派〉"The Geneva

School"。*The Critical Quarterly*。7：P.305-21。

同上（1970）。《湯瑪斯‧哈代：距離與慾望》*Thomas Hardy: Distance and Desire*。劍橋，麻薩諸塞州：哈佛大學。

同上（1977）。〈多元主義的局限，第二冊：批評家作主〉。"The Limits of Pluralism, II：The Critic as Host"。*Critical Inquiry*。3：P.439-47。

尼采 Nietzsche, Friedrich（1954）。《簡明尼采》*The Portable Nietzsche*。卡夫曼 Walter Kaufmann 編譯。紐約：維京 Viking。

同上（1977）。《尼采選讀》*A Nietzsche Reader*。賀凌達爾 R. J.Hollingdale 選譯。哈蒙斯華夫：企鵝。

羅利斯 Norris, Christopher（1988）。《保羅‧德‧曼：解構學及美感意識型態的批判》*Paul de Man: Deconstruction and the Critique of Aesthetic Ideology*。紐約及倫敦：盧特雷基。

同上（1989 a）。〈解構學、後現代主義、及哲學：哈伯瑪斯論德希達〉"Deconstruction, Postmodernism and Philosophy: Habermas on Derrida"。*Praxis International*。8‧4（Jan）：P.426-46。

同上（1989 b）。〈解構學並不僅是一「種文字寫作」：德希達及理智宣稱〉"Deconstruction as *Not* just a 'Kind of Writing'：Derrida and the Claim of Reason"。見達生布克 R.W.Dasenbrock 編。《重劃界線：分析哲學，解構學，及文學理論》*Re-Drawing the Lines: Analytic Philosophy, Deconstruction, and Literery Theory*。明尼亞波利斯，明尼蘇達州：明尼蘇達大學。P.189-203。

安格 Ong, Walter J.（1962）。《內在的蠻人》*The Barbarian Within*。紐約：麥米倫 Macmillan。

柏拉圖 Plato（1960）。《哥治亞斯》*The Gorgias*。哈密爾敦 Walter Hamilton 引言及翻譯。哈蒙斯華夫：企鵝。

同上（1973）。《菲德拉斯及信件七和八》*The Phaedrus and Letters VII and VIII*。哈密爾敦引言及翻譯。哈蒙斯華夫：企鵝。

普西 Pirsig, Robert M.（1974）。《禪與摩托車的保養藝術》*Zen and the Art of Motorcycle Maintenance*。倫敦：布德尼‧赫德 The Bodley Head。

理察斯 Richards, I. A.（1924）。《文學批評的原則》*Principles of Literary Criticism*。倫敦：保羅‧特蘭希‧脫柏拿 Paul Trench Trubner。

同上（1936）。《修辭的哲學》*The Philosophy of Rhetoric*。倫敦及紐約：牛津大學。

羅迪 Rorty, Richard（1978）。〈哲學作為一種文字寫作〉"Philosophy as a Kind of Writing。"*New Literary History*。10: 141-60。

同上（1989 a）。《偶然性，反諷，及整體性》*Contingency, Irony, and Solidarity*。劍橋：劍橋大學。

同上（1989 b）。〈「話語中心主義」的兩種意義：答覆羅利斯〉"Two Meanings of 'Logocentrism': a Reply to Norris。"見達生布克編。《重劃界線：分析哲學，解構學，及文學理論》。明尼亞波利斯，明尼蘇達州：明尼蘇達大學。P.204-16。

羅素 Russell, Bertrand（1954）。《西方哲學史》*A History of Western Philosophy*。倫敦：艾倫及翁溫 Allen and Unwin。

薩依德 Said, Edward（1978）。《東方主義》*Orientalism*。紐約：班費昂 Pantheon。

同上（1979）。〈文本、世界、批評家〉"The Text, the World, the Critic"。見哈拉里 Josué V. Harari 編。《文本策略：後結構批評面面觀》*Textual Strategies: Perspectives in Post-Structuralist*

Criticism。P.161-88。倫敦：麥索仁 Methuen。

索緒 Saussure, Ferdinand de（1974）。《一般語言學教程》*Course in General Linguistics*。巴斯堅 Wade Baskin 譯。倫敦：方坦拿 Fontana。

施雅勒 Searle, John R.（1972）。《言語行為：論語言哲學》*Speech Acts: An Essay in the Philosophy of Language*。劍橋：劍橋大學。

同上（1977）。〈重申歧異之處〉"Reiterating the Differences"（回應德希達 reply to Derrida）。*Glyph*。Ⅰ：P.198-208。

史洛達迪克 Sloterdijk, Peter（1988）。《譏諷理智的批判》*Critique of Cynical Reason*。愛爾律德 Michael Eldred 譯。倫敦：凡爾素 Verso；明尼亞波利斯，明尼蘇達州：明尼蘇達大學。

史達頓 Staten, Henry（1984）。《維根斯坦與德希達》*Wittgenstein and Derrida*。林肯，內布拉斯加，及倫敦：內布拉斯加大學 University of Nebraska Press。

泰特 Tate, Allen（1953）。《被遺棄的惡魔》*The Forlorn Demon*。芝加哥，伊利諾州：利格尼力 Regnery。

索迪 Thody, Philip（1977）。《羅蘭‧巴爾特：保守的估計》*Roland Barthes: A Conservative Estimate*。倫敦：麥米倫 Macmillan。

衛姆塞特 Wimsatt, William K.（1954）。《文句的意象：詩歌意義的研究》*The Verbal Icon: Studies in the Meaning of Poetry*。勒星頓，肯塔基州：肯塔基大學 University of Kentucky Press。

同上（1970）。〈粉碎物象：本體論研究〉"Battering the Object: The Ontological Approach"。見布德博力及龐馬 Bradbury and Palmer 編。《當代批評學》*Contemporary Criticism*。倫敦：愛德華‧阿諾德，Edward Arnold。

維根斯坦 Wittgenstein, Ludwig（1953）。《哲學的探研》*Philo-
sophical Investigations*。安斯康伯 G. E. M. Anscombe 譯。牛
津：布拉克威爾 Blackwell。

深入進修書目及簡介：

　　這裡的書目和簡介企圖附加／補足參考書目部份。事實上在參考書目部份裡，讀者已可找到所有在書裡曾經引用過的作品詳情。明顯地是爲了節省篇幅，我避免把書目重覆。德希達及其他第一手的資料（德‧曼、赫特曼等）則不避重覆，以免產生不正常的偏頗效果。不用說這是高度選擇性的項目，只提供連串的標識，使讀者能一直依循，直至拐進自己特定的興趣範疇。書本條目以兩個主要標題編排：（甲）德希達，（乙）解構學在美國。後者更爲廣泛地遍佈於各後結構主義的論辯中。

甲、德希達

⑴英譯本

《言語與現象及胡塞爾符號理論論文集》*Speech and Phenomena, and Other Essays on Husserl's Theory of Signs*。艾力遜 David B. Allison 譯。艾凡斯頓，伊利諾州：西北大學，1973。以法文初版於 1967。（參閱正文，第三章）。

〈白的神話：哲學文本中的比喻〉"the White Mythology: Metaphor in the Text of Philosophy"。*New Literery History*。6.1（1974）：P.7–74。

《論文字寫作學》*Of Grammatology*。史碧韋克 Gayatri Chakravorty Spivak 譯。巴的摩爾，馬里蘭州：霍浦金斯大學，1977。以法文初版於 1967。內有關於盧梭、索緒、李維史陀及西方傳統裏文字寫作的懸疑地位，長篇但易曉的討論。更附有詳盡的譯者導論。這些論文組成了對德希達思想最佳的介紹文字。

〈簽名・事件・語境〉"Signature Event Context"。*Glyph*。1
（1977）：P.172-97。緊隨著該言語行為哲學的解構論述的，是
施雅勒 John Searle 的反駁，〈重申歧異之處〉"Reiterating the
Differences"，*Glyph*，1（1977）：P.198-208。該對陣卻不及德
希達的〈有限公司 abc〉"Limited Inc abc"。*Glyph*。2（1977）：
P.162-254 精采。

《胡塞爾的幾何學本源》*Edmund Husserl's Origin of Geometry*。李
維 Edward Leavey 譯。石溪 Stonybrook：海斯 Hays, 1978。以
法文初版於 1962。該書的論點，是文字寫作及其歧異／延宕
（*différance*）結構，是常常早已被預設假定的，甚至「理想的」
數學式真理（the ideal truths of mathematics）亦不例外。該書是
艱深而專門的著作，內容與《言語與現象》*Speech and Phenomena*
緊密相關。

《文字與歧異》*Writing and Difference*。巴斯 Alan Bass 譯。倫敦：
盧特雷基及克根・保羅，1978。以法文初版於 1967。收錄有關於
黑格爾、佛洛依德、傅柯、及李維史陀的重要論文。同時亦有德希
達對結構主義，及其不完善之處，最為顯白的反思。應被閱讀為
《論文字寫作學》的延續，雖然兩書皆寫於同一段時期，亦有著許多
相近的主旨。

〈探討──論佛洛依德〉"Speculations──on Freud"。麥理奧 Ian
Mcleod 譯。*The Oxford Literary Review*。3.2（1978）：
P.78-97。繼續論文〈佛洛依德與寫作場景〉"Freud and the Scene
of Writing"（見《文字與歧異》*Writing and Difference*）裡，對心
理分析的解構式處理手法。

《驅策：尼采的風格》*Spurs: Nietzsche's Styles*。哈露 Barbara Har-
low 譯。芝加哥，伊利諾州：芝加哥大學，1979。內文以英法對

照。德希達在其最爲閃爍其詞、宏麗博辯之時所作。內容遊竄往返於海德格到尼采的雨傘，至哲學裡的「女性問題」（Question of Woman）。最佳的閱讀方法，是先看《文字與歧異》中論尼采的章節。

〈繼續生存〉"Living On"。見赫特曼 Geoffrey Hartman 編，《解構與批評》*Deconstruction and Criticism*。倫敦：盧特雷基及克根・保羅，1979。德希達對耶魯批評家研討論壇的貢獻。表面上（如其他人般）以雪萊的詩〈生命之凱歌〉"The Triumph of Life"爲焦點，但卻迅速地開展其自己的探索路向。很大程度上是解構學「狂野的一面」（deconstruction on the wild side）的案例。

〈連繫詞的附加：語言學之前的哲學〉"The Supplement of Copula: Philosophy *Before* Linguistics"。見哈拉里 Josué V. Harari 編。《文本策略：後結構批評面面觀》*Textual Strategies: Perspectives in Post-Structuralist Criticism*。倫敦：麥索仁 Methuen, 1979。解構西方哲學（自亞里士多德至海德格）被敍述性語言結構所界定的「文法」（grammar）。艱深但重要的一本著作。

《位置》*Positions*。巴斯 Alan Bass 譯。倫敦：艾斯朗 Athlone, 1981。以法文初版於 1972。載有德希達與朗斯 Henri Ronse、克麗絲蒂娃 Julia Kristeva、侯達賓 Jean-Louis Houdebine、及史格柏特 Guy Scarpetta 訪問面談的文稿。並非引領往德希達意念的簡便捷徑，卻是對其某些含義有趣的闡釋。第一篇訪問文稿（與朗斯那篇）是最清楚明確，易於掌握的。而第三篇（侯達賓及史格柏特）則提出了關於德希達對馬克思文本理論的態度，這棘手的問題。

⑵法文版本

《播散作用》*La Dissèmination*。巴黎：塞依勒 Seuil, 1972。包括論柏

拉圖、馬拉美、及索里的重要文章。〈柏拉圖的靈／毒藥〉"La Pharmacie de Platon"一文，於理解德希達所論的希臘哲學，及該哲學對文字寫作隱隱的敵意，尤其重要。

《哲學的邊緣》*Marges de la philosophie*。巴黎：曼奴意 Minuit, 1972。載有論語言、哲學、及文字的文章，包括〈白的神話〉"The White Mythology" 及〈連繫詞的附加〉"The Supplement of Copula"（見上文）的原文。

《喪鐘》*Glas*。巴黎：嘉力亞 Galilee, 1974。德希達最為具體地展示，文本如何互相侵襲彼此的空間，而損害著意義的邏輯。黑格爾及左奈 Genet 在某種反常的交互線性註釋中碰頭，把哲學理智，暴露於化身為作家的同性戀竊賊的誘惑與固執之下。藉著雙關語及印刷技法的掩護，黑格爾的語言被扭奪出其脈絡，而轉化為想法迂迴曲折的自我反諷。雖然其精采的文字玩藝，對於不大熟悉德希達作品的讀者，似乎略嫌太過，但《喪鐘》依然是永遠地令人著迷的文本。

《畫幅的眞實性》*La Verité en peinture*。巴黎：法藍馬里昂 Flamma-rion, 1978。解構被大多數藝術批評與美學，普遍地預為假設的表達性、眞理、及眞實性等意念。顯現德希達的思想，及某些屬於德籍猶太裔批評家班雅明 Walter Benjamin 的見解相近之處，特別是其文化「氛圍」（cultural aura），在藝術集體生產的現代時期消失殆盡的主題。

《蘇格拉底給佛洛依德及其繼承者的明信片》*La Carte postale de So-crate à Freud et au-delà*。巴黎：奧碧亞──法藍馬里昂 Aubier-Flammarion, 1980。專論佛洛依德及拉康的文集。前言是一連串的「明信片」（postcards），上款並非實指特定之人，反而泛指一般把「眞理」（truth）推斷為訊息往返不定的交流，一種沒有源頭、沒有終點的文字寫作的推論。笑謔地駁斥拉康把心理分析，視

作語言的最終眞理的宣稱。該論辯承接自德希達對坡 Poe 的〈失竊
的信件〉"The Purloined Letter"（拉康理論中的經典章節）的再閱
讀。柏拉圖的「信件」（ Letters ）──可能是僞冒的──成爲德
希達反思文字「僞作」（ the forgery of writing ），及其引起疑慮
及使人受騙的無限潛能的起步點。

⑶論德希達的專文

　　以下是 1981 年之後出現的較爲重要的書籍及論文的選錄。目的
是盡可能呈現論辯的各個方面。而不是常見的兩極化見解，使得某
些文章明顯地對德希達充滿敵意，而其他的則企圖採用各種調和節
衷的姿態。讀者要找尋更爲詳細的書目的話，可查閱李維 John
Leavey 及艾力遜 David B. Allison 的〈德希達參考書目〉"A Der-
rida Bibliography"，*Research in Phenomenology,* 8（1978）：
P.145-60。該書目載有所有德希達在 1978 年初之前寫下的文章
（包括英譯本在內），更附有超過二百項二手資料。雖然很多是頗
牽強地被納入的，但由此亦顯示了德希達不比尋常的影響範圍和幅
度。

艾力遜 Allison, David B。〈德希達及維根斯坦：玩遊戲〉"Derrida
　　and Wittgenstein: Playing the Game"。*Research in
　　Phenomenology*。8（1978）：P.93-109。

愛提艾爾 Altieri, Charles。〈維根斯坦論意識與語言：向德希達的理
　　論挑戰〉"Wittgenstein on Consciousness and Language: A Chal-
　　lenge to Derridean Theory"。*Modern Language Notes*。91
　　（1976）：P.1397-423。（見正文，第七章）。

巴斯 Bass, Alan。〈「文學」／文學〉'"Literature"／Literature'。見
　　麥克斯 Richard Macksey 編。《轉變的速率》*Velocities of*

Change。巴的摩爾，馬里蘭州，及倫敦：霍浦金斯大學，1974。
P.341-53。

伯維兹德溫 Berezdivin, Ruben。〈反出手套〉"Gloves Inside-Out"。
Research in Phenomenology。8（1978）：P.111-26。主要是論
述德希達的《喪鐘》*Glas*。

布朗 Brown, P. L. 。〈知識論及方法學：亞爾杜塞，傅柯，德希達〉
"Epistemology and Method: Althusser, Foucault, Derrida"。*Re-
search in Phenomenology*。8（1978）：P.147-62。

考辛斯 Cousins, Mark。〈解構學的邏輯〉"The Logic of
Deconstruction"。*The Oxford Literary Review*。3（1978）：
P.70-7。

考勒 Culler, Jonathan。"Jacques Derrida"〈德希達〉。見《結構主義
及其後起思想：自李維史陀到德希達》*Structuralism and Since:
From Lévi-Strauss to Derrida*。倫敦：牛津大學，1979。
P.154-80。

同上。《論解構批評》*On Deconstruction*。倫敦：盧特雷基及克根·
保羅，1983。

康明 Cumming, Robert Denoon。〈奇特的一對：海德格與德希達〉
"The Odd Couple: Heidegger and Derrida"。*Review of
Metaphysics*。34（1981）：P.487-521。

德·曼 de Man, Paul。《盲點與視點：當代批評學修辭論文集》*Blind-
ness and Insight: Essays in the Rhetoric of Contemporary
Criticism*。紐約及倫敦：牛津大學，1971。最早顯現解構學影響的
美國著作之一，載有德·曼對德希達論盧梭的複雜批判。

艾勒曼 Ellman, Maud。〈保持距離：馬拉美的雙關意義〉"Spacing
Out: A Double Entendre on Mallarmé"。*The Oxford Literary*

Review。3（1978）：P.22-31。

嘉威 Garver, Newton。〈前言〉。德希達《言語與現象》英譯本 Preface to the English Translation of Derrida's *Speech and Phenomenon*。艾凡斯頓，伊利諾州：西北大學，1973。P.ix-xxix。頗爲有趣地論述德希達及維根斯坦的語言哲學的關係。

同上。〈德希達論盧梭的文字寫作概念〉"Derrida on Rousseau on Writing"。*Journal of Philosophy*。74（1977）：P.663-73。

格倫 Grene, Marjorie。〈生、死、及語言：對於德希達與維根斯坦的一些看法。"Life, Death and Language: Some Thoughts on Derrida and Wittgenstein"。見《歐洲內外的哲學》*Philosophy In and Out of Europe*。柏克萊及洛杉磯，加州：加州大學，1976。P.142-54。

赫特曼 Hartman, Geoffrey。〈文本先生：論德希達，他的《喪鐘》〉及〈文本先生二：艾祖倫的顯靈〉"Monsieur Texte: On Jacques Derrida, His *Glas*" and "Monsieur Texte Ⅱ： Epiphany in Echoland"。*Georgia Review*。29.4 及 30.1（1975-6）。

同上。〈僭越：文學評論作爲文學〉"Crossing Over: Literary Commentary as Literature"。*Comparative Literature*。28（1976）：P.257-76。把德希達的《喪鐘》，作爲赫特曼的批評學解放宣辯的藉口。

同上。《拯救文本：文學／德希達／哲學》*Saving the Text: Literature/ Derrida/Philosophy*。巴的摩爾，馬里蘭州：霍浦金斯大學，1981。

賀爾 Hoy, David Couzens。《批評的循環：當代詮釋學的文學與歷史》*The Critical Circle: Literature and History in Contemporary Hermeneutics*。柏克萊及洛杉磯，加州：加州大學，1978。論德

希達與海德格、葛達瑪及通行的詮釋學者的歧異的章節極爲有用。

約翰遜 Johnson, Barbara。〈指涉的框架：坡，拉康，德希達〉"The Frame of Reference: Poe, Lacan, Derrida"。*Literature and Psychoanalysis, Yale French Studies*。55-6（1977）：P.457-505。

拉卡柏拉 La Capra, Dominick。〈哈伯瑪斯及其批評理論的基礎〉"Habermas and the Grounding of Critical Theory"。*History and Theory*。16（1977）：P.237-64。比較德希達、傅柯及法蘭克福學派，對文本理論及歷史理解的關係之異同。

麥當奴 McDonald, C. V.。〈德希達解讀盧梭〉"Jacques Derrida's Reading of Rousseau"。*The Eighteenth Century*（Texas）。20（1979）：P.82-95。

梅力更 Mulligan, Kevin。〈銘刻與言談的位置：德希達與維根斯坦〉"Inscriptions and Speaking's Place: Derrida and Wittgenstein"。*The Oxford Literary Review*。8（1978）：P.62-7。

羅利斯 Norris, Christopher。〈德希達的文字寫作學〉"Jacques Derrida's Grammatology"。*Poetry Nation Review*。6.2（1978）：P.38-40。

同上。〈意義的邊緣：德希達的《驅策》〉"The Margins of Meaning: Derrida's *Spurs*"。*The Cambridge Quarterly*。9.3（1980）：P.280-4。

同上。〈複式比喻的信差〉"The Polymetaphorical Mailman"（德希達的《蘇格拉底給佛洛依德的明信片》書評 review of Derrida's *La Carte Postale de Socrate à Freud*）。*The Times Literary Supplement*。4（July 1980）：P.761。

里柯 Ricoeur, Paul。《比喻的守則》*The Rule of Metaphor*。倫敦：

盧特雷基及克根・保羅，1978。自廣義的「詮釋學」觀點論辯，對解構學不大認同，但卻載有論德希達文章〈白的神話〉"The White Mythology"的有趣章節。

羅迪 Rorty, Richard。〈德希達論語言、存有、及反常哲學〉"Derrida on Language, Being and Abnormal Philosophy"。*Journal of Philosophy*。74（1977）：P.673-81。

同上。〈哲學作爲一種文字寫作〉"Philosophy as a Kind of Writing"。*New Literary History*。10（1978）：P.141-60。論德希達與「正常」（即是共識性及理智性）哲學化模式的歧異的生動敍述。

薩依德 Said, Edward。〈文本性的問題：有代表性的兩大立場〉"The Problem of Textuality: Two Exemplary Positions"。*Critical Inquiry*。4（1978）：P.673-714。對比德希達的文本祕論（「没有甚麼是文本以外的」*il n'y a pas de hors-texte*）及傅柯對「指向世界的」論述實踐上的動感修辭的承諾。

蕭法曼 Silverman, Hugh J.〈自我離心活動：兼容德希達〉"Self-Decentering:Derrida Incorporated"。*Research in Phenomenology*。8（1978）：P.45-65。論德希達對超越性本我，或傳統心理學獨立自足主體的解構。

奧瑪 Ulmer. J. L.〈德希達及德・曼論／在盧梭的錯謬〉"Jacques Derrida and Paul de Man on/ in Rousseau's Faults"。*The Eighteenth Century*（Texas）。20（1979）：P.164-81。

烏德斯 Woods, D. C.〈德希達導言〉"An Introduction to Derrida"。*Radical Philosophy*。21（1979）：P.18-28。融合明晰的介紹與馬克斯激進者的批判觀點於一身。

華滋華斯 Wordsworth, Ann。〈德希達與批評學〉"Derrida and

Criticism"。*The Oxford Literary Review*。3（1978）：
P.47-52。

乙、解構學在美國

　　這部份主要涉及布朗明、德‧曼、赫特曼、及米勒，與那些攻擊他們的立場，或在論辯中，有某些重要的論點的批評家並列。除了（如赫特曼般）能提供某種滲透超越「老牌」新批評學的進展範例的批評家外，我不再羅列耶魯批評家於解構批評之前的著作詳情。

阿伯拉姆斯 Abrams, M. H.。〈如何以文本做事〉"How to Do Things With Texts"。*Partisan Review*。44（1978）：P.566-88。指斥解構者奉行雙重準則的欺騙性策略：既否認語言能擁有任何固定而可作溝通的意念，同時又企盼他們自己的寫作，可以被小心正確地詮釋。這決不會是壓倒性的論點——正如德希達與施雅勒之爭所證實的那樣——但卻是對解構學稍欠審慎的形式的良性諷刺。同時可參閱：

同上。〈多元主義的局限：解構的天使〉"The Limits of Pluralism: The Deconstructive Angel"。*Critical Inquiry*。3（1977）：P.425-38。

愛提艾爾 Altieri, Charles。〈文學作品中的現存性與指涉：以威廉斯的〈只爲了要説〉爲例〉"Presence and Reference in a Literary Text: The Example of Williams, 'This is Just to Say'"。*Critical Inquiry*。5（1979）：P.489-510。認爲詩可以建立其自身的「現存性」，而暫時不受文字寫作純歧異／延宕作用所影響。不大似對德希達理論的反駁，反而更似批評家自願獻身的信念見證。

布朗明 Bloom, Harold。《影響的憂慮：詩歌理論》*The Anxiety of Influence: A Theory of Poetry*。紐約及倫敦：牛津大學，1973。

（參閱正文，第六章，論布朗明。）

同上。《誤讀圖解》*A Map of Misreading*。紐約及倫敦：牛津大學，1975。

同上。《詩與壓抑》*Poetry and Repression*。新哈芬，康乃狄格州：耶魯大學，1976。

同上。《華勒斯・史蒂文斯：屬於我們氣候的詩》*Wallace Stevens: The Poems of Our Climate*。伊費卡，紐約：康尼爾大學，1977。載有布朗明，抗衡極端文本形式的解構批評時，最爲明確及力量充沛的論點。

蔡斯 Chase, Cynthia。〈伊狄柏斯的文本性：閱讀佛洛依德對伊狄柏斯的閱讀〉"Oedipal Textuality: Reading Freud's Reading of Oedipus"。*Diacritics*。9（1979）：P.54-71。

考勒 Culler, Jonathan。《結構主義的詩學》*Structuralist Poetics*。倫敦：盧特雷基及克根・保羅，1975。基本上是在解構學出現之前，對結構主義理論的處理。（在書內最後的一章裡）於當時德希達的威脅和影響，有著明顯的保留。

同上。《符號的追尋》*The Pursuit of Signs*。倫敦：盧特雷基及克根・保羅，1981。對解構學更表同情，儘管依然認爲它在各方面皆是《結構主義的詩學》所宣示的進程的加快版本。有專文論述敘事，比喻、及文類理論等，顯示思想如何不斷地遇到「不能想像」的矛盾轉折。

同上。《論解構批評》*On Deconstruction*。倫敦：盧特雷基及克根・保羅，1982。

德・曼 de Man, Paul。〈時間性的修辭〉"The Rhetoric of Temporality"。見辛果頓 Charles S. Singleton 編。《詮釋：理論與實踐》*Interpretation: Theory and Practice*。巴的摩爾，馬里蘭

州：霍浦金斯大學，1969。P.173-209。解構浪漫主義的象徵意識型態，顯現其意義，如何能被解拆爲連串獨立的喻況結構，是德·曼最爲雄辯滔滔之時的精采傑作。

同上。〈比喻的知識論〉"The Epistemology of Metaphor"。*Critical Inquiry*。5（1978.）：P.13-30。論哲學文本裡的比喻，主要以洛克 Locke 及康德 Kant 爲參考。應與德希達的〈白的神話〉"White Mythology"一起閱讀（請參閱上文）。

同上。《閱讀的諷喻：盧梭，尼采，利爾克，及普魯斯特的喻況語言》*Allegories of Reading: Figural Language in Rousseau, Nietzsche, Rilke, and Proust*。新哈芬，康乃狄格州：耶魯大學，1979。（正文第六章中有對該充滿野心及極具爭論性的作品的詳盡介紹。）

同上。〈自傳即是自損〉"Autobiography as Defacement"。*Modern Language Notes*。94（1979）：P.918-38。

菲勒文 Felman, Shoshana。〈加緊詮釋〉"Turning the Screw of Interpretation"。 *Yale French Studies*。 55-6 （1977）：P.94-207。

格拉夫 Graff, Gerald《文學對抗自身：現代社會中的文學理念》*Literature Against Itself: Literary Ideas in Modern Society*。芝加哥，伊利諾州，及倫敦：芝加哥大學，1979。不獨是對解構學及後現代文學，亦是對任何企圖在文本及「現實」之間，嵌進楔子的思想的爭議和攻擊。甚至淪爲道德義憤及直接的常識性堅持的攙合。

赫特曼 Hartman, Geoffrey。《超越形式主義》*Beyond Formalism*。新哈芬，康乃狄格州，及倫敦：耶魯大學，1970。（在正文的第一至第四章中，已有詳盡探討）。

同上。《閱讀的命運及其他》*The Fate of Reading and Other Essays*。芝加哥，伊利諾州，及倫敦：芝加哥大學，1975。

同上。〈批評學的啓悟場景〉"The Recognition Scene of Criticism"。 *Critical Inquiry*。6（1978）：P.407-160。

同上，編。《解構與批評》*Deconstruction and Criticism*。倫敦：盧特雷基及克根・保羅。

同上。《在曠野裡的批評》*Criticism in the Wilderness*。新哈芬，康乃狄格州，及倫敦：耶魯大學，1980。爲了一套新穎而進取，既能覺察其自身的風格資源，而又能開放給思想家如德希達、海德格、及班雅明等的解放影響的「詮釋」批評學而作辯。

傑科卜斯 Jacobs, Carol。《矯飾的和聲：尼采，利爾克，及班雅明的詮釋意象》*The Dissimulating Harmony: Images of Interpretation in Nietzsche, Rilke and Benjamin*。巴的摩爾，馬里蘭州：霍浦金斯大學，1978。在解構比喻和換喻可產生直接的文本可讀性這幻像時，緊隨德・曼。富啓發性，但其論點卻不易被掌握。

同上。〈（百）好士兵：〈真人真事〉〉。"The（Too）Good Soldier: 'A Real Story'"。*Glyph*。3（1978）：P.32-51。論福德 Ford Madox Ford 的《好士兵》*The Good Soldier* 的文本及歷史性銘刻寫作活動。

詹明信 Jameson, Fredric。《政治潛意識》*The Political Unconscious*。倫敦：麥索仁，1980。辯稱文本的間隙及不符，需要更爲政治化的解構研究。這些疏漏，被視作語言、形式、及意識形態，互相衝突而產生的「潛意識」（unconscious）。某些地方頗爲艱深，但其融合馬克斯及德希達文本理論的努力，卻常常極具說服力。

約翰遜 Johnson, Barbara。《解體詩的語言》*Defigurations du langage poetique*。巴黎：法藍馬里昂 Flammarion, 1979。

克伊格爾 Krieger, Murray。〈重構詩歌〉"Poetry Reconstructed"。

見於其《批評理論》*Theory of Criticism*。P.207-45。巴的摩爾，馬里蘭州，及倫敦：霍浦金斯大學，1976。

同上。《詩的現存性及幻象》*Poetic Presence and Illusion*。巴的摩爾，馬里蘭州，及倫敦：霍浦金斯大學，1979。以文藝復興的文學理論及詩人如西德尼 Sidney 的作品爲藍本，與解構者爭論文本「現存性」及「欠缺性」（textual presence and absence）等問題。認爲縱使在最爲强烈地，感到可知而不可及之時，詩歌依然可以喚起想像性的現存感覺（像寤寐以求的淑女）。克伊格爾的論點背後，隱伏著其對「老牌」新批評學的不斷懷戀，相信詩歌是獨立自足，不假外求的意義結構。

利特希 Leitch, Vincent B.。〈米勒的解構批評學〉"The Deconstructive Criticism of J. Hillis Miller"。*Critical Inquiry*。6（1980）：P.593-607。（同時請參閱米勒的回應，〈理論與實踐〉"Theory and Practice"。*Critical Inquiry*。6（1980）：P.609-14）。

蘭切斯亞 Lentricchia, Frank。《新批評學之後》*After the New Criticism*。倫敦：艾斯朗，1980。是對美國後結構批評及其主要的歐陸源頭頗具野心的敍述。大體而言認許「指向世界的」（worldly）或激進的修辭（傅柯，薩依德），對立於他視作德希達最爲忠實的信徒們，不食人間煙火的「純」文本性。發人深省且謹慎立論——是極具價值的入門作品。

米高斯 Michaels, Walter Benn。〈拯救文本：指涉與信念〉"Saving the Text:Reference and Belief"。*Modern Language Notes*。93（1978）：P.771-93。

米勒 Miller, J. Hillis。《湯瑪斯・哈代：距離與慾望》*Thomas Hardy:Distance and Desire*。劍橋，麻薩諸塞：哈佛大學，1970。

同上。〈現實主義的假象〉"The Fiction of Realism: Sketches by Boz,

Oliver Twist, and Cruikshank's Illustrations"。見尼斯伯特及尼費爾斯 Ada Nisbet and Blake Nevius 編,《狄更斯百年文集》 *Dickens Centennial Essays*。柏克萊,加州:加州大學,1971。

同上。〈湯瑪斯·哈代《極愛之人》的批判導言〉"Critical Introduction to Thomas Hardy, *The Well-Beloved*。"倫敦:麥米倫,1976。巧妙地理解這所有哈代的小說中,最爲奇特及最不「足信」(least credible)的作品裡的自我解構元素。

同上。〈亞里艾尼的絲織:重覆及敍述的線〉"Ariadne's Thread: Repetition and the Narrative Line"。*ritical Inquiry*。3(1976):P.57-77。

同上。〈多元主義的局限,第二冊:批評家作主〉"The Limits of Pluralism, II :The Critic as Host"。 *Critical Inquiry*。 3(1977):P.439-47。

羅利斯 Norris, Christopher。〈與解構者角力〉"Wrestling with Deconstructors"。*Critical Quarterly*。22(1980):P.57-62。

同上。〈德希達於耶魯大學:現代詩學的「解構時期」〉"Derrida at Yale: The 'Deconstructive Moment'in Modernist Poetics"。*Philosophy and Literature*。4(1980):P.242-56。

列德 Reed, Arden。〈不感關心的債:康德的音樂批判〉"The Debt of Disinterest: Kant's Critique of Music"。*Modern Language Notes*。95(1980):P.562-84。康德美學的解構式閱讀。靈感取自德希達(於《論文字寫作學》*Of Grammatology* 中)論盧梭及音樂旋律的首要性的段落。顯示歧異性的「和聲」(differential harmony)常常以其令人煩厭的泛音,强行闖入音樂旋律之內,正如文字進侵言語備受優惠的領域。

萊仁 Ryan, Michael。〈行動〉"The Act"。*Glyph*。2(1977):

P.64-87。論尼采《試觀此人》*Ecce Homo* 的解構修辭。

薩依德 Said, Edward。〈文本作爲實踐，亦作爲意念〉"The Text as Practice and as Idea"。*Modern Language Notes*。88（1973）：P.1071-101。

同上。《肇始：意向與方法》*Beginnings: Intention and Method*。巴的摩爾，馬里蘭州，及倫敦：霍浦金斯大學，1975。法國後結構主義對美國批評思想的影響，既雄辯滔滔，又頗爲冗長的見證。得力於傅柯，而非德希達。薩依德在後者覺察到「混沌無序的極端性」（nihilistic radicality）而加以貶抑。無論如何，對於理解美國對解構理論的回應，仍是極爲重要的作品。

索斯曼 Sussman, Henry。〈解構者作爲政客：梅威爾的《信用騙徒》〉"The Deconstructionist as Politician: Melville's *The Confidence-Man*"。*Glyph*。4（1978）：P.33-56。

韋伯 Weber, Samuel。〈索緒及語言的現身：批判性大觀〉"Saussure and the Apparition of Language: The Critical Perspective"。*Modern Language Notes*。91（1976）：P.912-38。

懷特 White, Hayden。《論述回歸線》*Tropics of Discourse*。巴的摩爾，馬里蘭州，及倫敦：霍浦金斯大學，1978。主要涉及歷史性的敍述，及各種使歷史發生意義的換喻及組合技法。尤其需參看論傅柯及德希達的章節。對懷特來説，後者代表了懷疑論哲學「荒謬」的一端（an absurdist extreme of sceptical philosophy）。

增訂書目（ 1986 年重印附加版 ）

愛提薩 Altizer, Thomas J，等。《解構學與神學》*Deconstruction and Theology*。紐約：交叉路 Crossroads, 1982。

亞拉克 Arac, Jonathan，等。《耶魯批評家：解構學在美國》*The Yale Critris: Deconstruction in America*。明利亞波利斯，明尼蘇達州：明尼蘇達大學，1983。

艾特堅斯 Atkins, G. Douglas。《歧異的追尋：閱讀龐比的詩》*Quest of Difference: Reading Pope's Poems*。勒星頓，肯塔基州：肯塔基大學，1986。

同上。《閱讀解構／解構閱讀》*Reading Deconstruction/ Deconstructive Reading*。勒星頓，肯塔基州：肯塔基大學，1984。

艾特堅斯及約翰遜 Atkins, G. Douglas, and Johnson, Michael L, 編。《不一樣地寫，不一樣地讀：解構學及寫作與文學教授》*Writing and Reading Differently:Deconstruction and the Teaching of Composition and Literature*。羅倫斯，堪薩斯州：堪薩斯大學 Uiversity Press of Kansas, 1985。

班寧頓 Bennington, Geoff。〈閱讀諷喻〉"Reading Allegory"（ 論德・曼的《閱讀的諷喻》on de Man's *Allegories of Reading* ）。*The Oxford literary Review*。4（ 1981 ）：P.83–93。

布朗明 Bloom, Harold。《爭鳴：朝向修正主義的理論》*Agon: Towards a Theory of Revisionism*。倫敦及紐約：牛津大學，1982。

同上。《打破容器》*The Breaking of the Vessels*。芝加哥，伊利諾州及倫敦：芝加哥大學，1982。

布魯絲 Bruss, Elizabeth。《美麗的理論：當代批評學的論述奇觀》
Beautiful Theories: The Spectacle of Discourse in Contemporary Criticism。巴的摩爾，馬里蘭州：霍浦金斯大學，1982。

畢特勒 Butler, Christopher。《詮釋，解構，及意識形態》*Interpretation, Deconstruction and Ideology*。倫敦：牛津大學，1984。

卡羅爾 Carroll, David。《所言之主體：理論的語言及小說之策略》
The Subject in Question: The Languages of Theory and the Strategies of Fiction。芝加哥，伊利諾州：芝加哥大學，1983。

卡斯卡迪 Cascardi, A. J.〈懷疑論與解構學〉"Scepticism and Deconstruction"。*Philosophy and Literature*。8（1984）：P.1-14。

蔡斯 Chase, Cynthia。〈譜成詩句：以波德萊爾閱讀黑格爾〉"Getting Versed: Reading Hegel with Baudelaire"。*Studies in Romanticism*。22（1983）：P.241-66。

康果德 Corngold, Stanley。《自我的命運：德國的作家，法國的理論》*The Fate of the Self: German Writers and French Theory*。紐約：哥倫比亞大學 Columbia University Press, 1986。

考勒 Culler, Jonathan。〈常規與意義：德希達與奧斯汀〉"Convention and Meaning: Derrida and Austin"。*New Literary History*。13（1981）：P.15-30。

同上。《論解構批評：結構主義的後起理論與批評》*On Deconstruction: Theory and Criticism after Structuralism*。倫敦：盧特雷基及克根・保羅，1983。

德略茲 Deleuze, Gilles。《尼采與哲學》*Nietzsche and Philosophy*。湯力遜 Hugh Tomlinson 譯。倫敦：艾斯朗，1983。

德・曼 de Man, Paul。〈巴斯高的勸說諷喻〉"Pascal's Allegory of

Persuasion"。見格林伯特 Stephen Greenblatt 編。《諷喻與呈現》
Allegory and Representation。巴的摩爾，馬里蘭州：霍浦金斯大
學，1981。P.1-25。

同上。〈抗衡理論〉"The Resistance to Theory"。*Yale French
Stuies*。63（1982）：P.3-20。

同上。〈藏字與銘刻：利法坦雅的詩學〉"Hypogram and Inscription:
Michael　Riffaterre's　Poetics"。 *Diacritics*。 11 〔1981〕：
P.17-35。

同上。〈導言〉。約斯的《朝向接受美學》Introduction to Hans Robert
Jauss's *Toward an Aesthetics of Reception*。巴提 Timothy Bahti
譯。明尼亞波利斯：明尼蘇達大學，1982。vii-xxv。

同上。〈黑格爾《美學》的符號與象徵〉"Sign and Symbol in Hegel's
Aesthetics"。*Critical Inquiry*。8（1982）：P.761-75。

同上。〈對話與對話主義〉"Dialogue and Dialogism"。*Poetics
Today*。4〔1983〕：P.99-107。

同上。〈黑格爾論崇高〉"Hegel on the Sublime"。見克魯柏力克
Mark Krupnick 編。《移置活動：德希達及其後起思想》*Displace-
ment: Derrida and After*。布魯明頓，印第安納州：印第安納大學
Indiana University Press，1983。P.139-53。

同上。〈康德的現象性與物質性〉"Phenomenality and Materiality in
Kant"。見莎比路及施卡 Gary Shapiro and Alan Sica 編。《詮釋
學：問題與前景》*Hermeneutics: Questions and Prospects*。阿肯
斯特，麻薩諸塞州：麻省大學 University of Massachusetts Press,
1984。P.121-44。

同上。《浪漫主義的修辭學》*The Rhetoric of Romanticism*。紐約：
哥倫比亞大學，1984。

同上。《盲點與視點：當代批評學修辭論文集》*Blindness and Insight: Essays in the Rhetoric of Contemporary Criticism*。第二版，增訂與修訂版。倫敦：麥索仁 Methuen，1983。

德希達 Derrida, Jacques。〈文體的律法〉"The Law of Genre"。*Giyph*。7（1980）：P.202-29。

同上。〈經濟模擬學〉"Economimesis"。*Diacritics*。11（1981）：P.3-25。

同上。《播散作用》*Dissemination*。約翰遜 Barbara Johnson 譯。倫敦：艾斯朗 Athlone Press, 1981。

同上。〈題目（待定）〉"Title（to be specified）"。*Substance*。31（1981）：P.5-22。

同上。〈羅蘭‧巴爾特的死人〉"Les Morts de Roland Barthes"。*Poetique*。47（1981）：P.269-92。

同上。《哲學的邊緣》*Margins of Philosophy*。巴斯 Alan Bass 譯。芝加哥，伊利諾州：芝加哥大學，1982。

同上。〈麥當奴的訪問〉Interview with Christie V. Macdonald。*Diacritics*。12（1982）：P.66-76。

同上。《他人的耳朵：耳之傳略，轉移，與翻譯：德希達之文本與論辯》L'Oreille de l'autre: otobiographies, transferts, traductions: textes et débats avec Jacques Derrida。利維克與麥當奴 Claude Lévesque and Christie V.MacDonald 編。巴黎：VLB，1982。

同上。〈立論之時〉"The Time of a Thesis"。見蒙特費柯Alan Montefiore 編。《今日法國哲學》*Philosophy in France Today*。劍橋：劍橋大學，1982。

同上。〈天賜良機：與某些享樂式的立體音響碰頭〉"Mes Chances: Au Rendez-vous de Quelques Stereophonies Epicuriennes"。*Ti-*

jdschrift Voor Filosofie。45（1983）：P.3-40。

同上。〈法律之前〉"Devant La Loi"。見格力費斯 A. Phillips Griffiths 編。《哲學與文學》*Philosophy and Literature*。劍橋：劍橋大學，1984。

同上。《符號綿》*Signeponge/ Signsponge*。蘭德 Richard Rand 譯。紐約：哥倫比亞大學，1984。

同上。〈哲學近來採用的天啓式語調〉"Of an Apocalyptic Tone Recently Adopted in Philosophy"。李維士 John P. Leavis 譯。*The Oxford Literary Review*。6（1984）：P.3-37。

同上。〈福樓拜之我見：〈柏拉圖的信〉〉"An Idea of Flaubert：〈Plato's Letter〉"。史達雅 Peter Starr 譯。*Modern Language Notes*。99（1984）：P.748-68。

同上。《死灰復燃》*Feu La Cendre*。艾果斯提 Stefano Agosti 譯。Firenze: Sansoni, 1984。

同上。〈沒有天啓，此非其時（七個導彈，七封書信）〉"No Apocalypse, Not Now（Seven Missiles, Seven Missives）"。波忒及路易士 Catherine Porter and Philip Lewis 譯。*Diacritics*。14（1984）：P.20-31。

達韋勒 Detweiler, Robert，編。《德希達與聖經研究》*Derrida and Biblical Studies*。芝加哥，加州：學者 Scholar's Press, 1982。

伊果頓 Eagleton, Terry。《文學理論：簡介》*Literary Theory: An Introduction*。牛津：布拉克威爾 Blackwell, 1983。

艾凡斯 Evans, Malcolm。《生無可戀：莎士比亞作品裡真理的真實內容》*Signifying Nothing: Truth's True Contents in Shakespeare's Text*。布來頓：收割者 The Harrester Press, 1986。

費克特 Fekete, John。《結構的諷喻：與新興法國思想的重構式聚會》

The Structural Allegory: Reconstructive Encounters with the New French Thought。曼徹斯特：曼徹斯特大學 Manchester University Press, 1984。

菲勒文 Felman, Shoshana，編。《文學與心理學：閱讀的課題及其他》*Literature and Psychoanalysis: The Question of Reading: Otherwise*。巴的摩爾，馬里蘭州：霍浦金斯大學，1982。

同上。《文學的言語行爲：唐璜及奧斯汀，或兩種語言的誘惑》*The Literary Speech-Act: Don Juan with J. L. Austin, or Seduction in Two Languages*。波忒 Catherine Porter 譯。伊費卡，紐約：康尼爾大學，1983。

費柏林 Felperin, Howard。《超越解構學：文學理論之使用與濫用》*Beyond Deconstruction: The Uses and Abuses of Literary Theory*。牛津：克拉文頓 Clarendon Press, 1985。

費雪 Fischer, Michael。《解構學是否帶來任何不同？現代批評學中的後結構主義及詩的防衛戰》*Does Deconstruction Make Any Difference? Post-structuralism and the Defence of Poetry in Modern Criticism*。布魯明頓，印第安納州：印第安納大學，1985。

費殊 Fish, Stanley E.。〈作者致意：反思奧斯汀及德希達〉"With the Compliments of the Author: Reflections on Austin and Derrida"。*Critical Inquiry*。8（1982）：P.693–72。

哥洛亞斯 Glores, Ralph。《可疑權威的修辭：自我疑慮敍述的解構式閱讀：從聖奧古斯汀到福克納》*The Rhetoric of Doubtful Authority: Deconstructive Readings of Self-Questioning Narratives: St Augustine to Faulkner*。伊費卡，紐約：康尼爾大學，1984。

佛林 Flynn, Bernard C.。〈文本性與肉慾：德希達與馬勞龐迪〉

"Textuality and the Flesh: Derrida and Merleau-Ponty"。*Journal of the British Society for Phenomenology*。15（1984）：P.164–79。

嘉雪 Gasché, Rodolphe。《鏡子的背面》*The Tain of the Mirror*。劍橋，麻薩諸塞州：哈佛大學，1986。論德希達的哲學背景，要求嚴格，爲極有價值之作。

格爾赫特 Gearhart, Suzanne。〈文學以前的哲學：解構學，歷史性及德・曼的作品〉"Philosophy *Before* Literature: Deconstruction, Historicity and the Work of Paul de Man"。*Diacritics*。13（Winter 1983）：P.63–81。

格來法史密夫 Gloversmith, Frank，編。《閱讀的理論》*The Theory of Reading*。布來頓：收割者 Harvester Press, 1984。

古德赫特 Goodheart, Eugene。《當代批評學的懷疑論傾向》*The Skeptic Disposition in Contemporary Criticism*。普林斯頓，新澤西州：普林斯頓大學 Princeton University Press, 1985。

格雷姆 Graham, Joseph F，編。《翻譯中的歧異》*Difference in Translation*。伊費卡，紐約：康尼爾大學 Cornell University Press, 1985。

霍力柏頓 Halliburton, David。《詩意的想像：海德格的研究》*Poetic Thinking: An Approach to Heidegger*。芝加哥，伊利諾州：芝加哥大學 University of Chicago Press, 1982。

韓道文 Handelman, Susan。《摩西的謀殺者：現代文學理論中拉賓式詮釋的出現》*The Slayers of Moses: The Emergence of Rabbinic Interpretation in Modern Literary Theory*。奧爾班尼，紐約：紐約州立大學 State University of New York Press, 1982。

赫特曼 Hartman, Geoffrey。〈文學批評應有多少創意？〉"How

Creative Should Literary Criticism Be ? *"New York Times Book Review*。11（5 April 1981）：P.24-5。

同上。〈再次〈及時而言〉〉"'Timely Utterance'Once More"。*Genre*。17（1984）：P.37-49。

同上。《淺易之作》*Easy Pieces*。紐約：哥倫比亞大學 Columbia University Press, 1985。是其最近之論文及書評文集。

赫特曼及布迪克 Hartman, Geoffrey, and Budick, Sanford，編。《經傳與文學》*Midrash and Literature*。新哈芬，康乃狄格州：耶魯大學 Yale University Press, 1986。

哈維 Harvey, Irene。《德希達與歧異／延宕之節約權宜》*Derrida and the Economy of Différance*。布魯明頓，印第安納州：印第安納大學，1986。

賀茲 Hertz, Neil。《決裂：心理分析及崇高論文集》*The End of the Line: Essays on Psychoanalysis and the Sublime*。紐約：哥倫比亞大學，1985。

霍比遜 Hobson, Marian。〈卷幅〉"Scroll-Work"。*Oxford Literary Review*。4（1981）：P.94-102。論德希達的《畫幅的真實性》*La Verité en Peinture*。

休斯 Hughes, Daniel。〈赫特曼，赫特曼〉"Geoffrey Hartman, Geoffrey Hartman"。*Modern Language Notes*。96（1981）：P.1134-48。

約翰遜 Johnson, Barbara。《批判的歧異：當代閱讀修辭論文集》*The Critical Difference: Essays in the Contemporary Rhetoric of Reading*。巴的摩爾，馬里蘭州：霍浦金斯大學 Johns Hopkins University Press, 1981。

同上，編。《教學的權令》*The Pedagogical Imperative*。Yale Fench

Studies 63。新哈芬，康乃狄格州：耶魯大學，1981。

克爾慕德 Kermode, Frank。《1971－82 小説論文集》*Essays on Fiction, 1971－82*。倫敦：盧特雷基及克根・保羅，1983。

哥芙曼 Kofman, Sarah。《德希達講座》*Lectures de Derrida*。巴黎：嘉力亞 Galilee, 1984。

克魯柏力克 Kruprick, Mark，編。《移置活動：德希達及其後起思想》*Displacement: Derrida and After*。布魯明頓，印第安納州：印第安納大學，1983。

拉果拉巴爾特及蘭茜 Lacoue-Labarthe, Philippe, and Nancy, Jean-Luc 編。《人類的收場》*Les Fins de L'homme*。巴黎：嘉力亞，1981。

李維 Leavey, John P.〈德希達的《喪鐘》：選譯本，另附欠缺的巨人評論〉"Jacques Derrida's *Glas*: A Translated Selection and Some Comments on an Absent Colossus"。*Clio*。11（1982）：P.327－37。

賴格勒 Lecercle, Jean-Jacques。《鏡中看哲學：語言，廢話，慾望》*Philosophy through the Looking-Glass: Language, Nonsense, Desireo*倫敦：赫哲遜 Hutchinson, 1985。

利特希 Leitch, Vincent。《解構批評學：高階導論》*Deconstructive Criticism: An Advanced Introduction*。紐約：哥倫比亞大學 Columbia University Press, 1983。

蘭切斯亞 Lentricchia, Frank。《批評學與社會變遷》*Criticism and Social Change*。芝加哥，伊利諾州：芝加哥大學 University of Chicago Press, 1983。

路維林 Llewelyn, John。《於意義邊緣的德希達》*Derrida on the Threshold of Sense*。倫敦：麥米倫，1985。提供某些精到的哲學

評論。

麥康奴爾 MacCannell, Juliet Flower。〈人物寫真：德‧曼〉"Portrait: de Man"。*Genre*。17（1984）：P.51-74。

馬琴 Machin, Richard。《保羅‧德‧曼》*Paul de Man*。倫敦：克倫默‧赫爾姆 Croom Helm, 1986。

馬琴及羅利斯 Machin, Richard, and Norris, Christopher 編。《英詩之後結構主義閱讀》*Post-Structuralist Readings of English Poetry*。劍橋：劍橋大學，即將出版。

馬格尼奧尼亞 Magliolia, Robert。《改進中的德希達》*Derrida on the Mend*。西拉法耶特，印第安納州：普爾度大學 Purdue University Press, 1984。

麥吉爾 Megill, Alan。《極端的先知：尼采，海德格，傅柯，德希達》*Prophets of Extremity: Nietzsche, Heidegger, Foucault, Derrida*。柏克萊及洛杉磯：加州大學 University of California Press, 1985。

梅維爾 Melville, Stephen。《忘形的哲學：論解構學與現代主義》*Philosophy Beside Itself: On Deconstruction and Modernism*。明尼亞波利斯：明尼蘇達大學 University of Minnesota Press, 1986。

梅路爾 Merrell, Floyd。《重構解構學》*Deconstruction Reframed*。西拉法耶特，印第安納州：普爾度大學，1985。

米高斯及克納柏 Michaels, Walter Benn, and Knapp, Steven。〈對抗理論〉"Against Theory"。*Critical Inquiry*。8（1982）：P.7223-42。

米勒 Miller, J. Hillis。〈尼采的〈在不道德含義上論真理與謊言〉裡的記憶與遺忘〉"Remembering and Disremembering in Nietzsche's 'On Truths and Lies in a Non-Moral Sense'"。*Boundary 2*。9

（1981）：P.41-54。

米勒 Miller, J. Hillis。《小説與循環：七本英國小説》*Fiction and Repetition: Seven English Novels*。牛津：布拉克威爾 Blackwell, 1982。

同上。《在文學研習中找尋基礎》"The Search for Grounds in Literary Study"。*Genre*。17（1984）：P.19-36。

同上。《語言的瞬間：從華兹華斯到史蒂文斯》*The Linguistic Moment: Wordsworth to Stevens*。普林斯頓，新澤西州：普林斯頓大學，1985。

同上。《閱讀的倫理》*The Ethics of Reading*。紐約：哥倫比亞大學，1986。

梅德爾敦 Middleton, Peter。〈布雷克的革命詩學：沈默，句法，及幽靈〉"The Revolutionary Poetics of William Blake: Silence, Syntax and Spectres"。*Oxford Literary Review*。6（1983）：P.35-51。

米素 Mitchell, Sollace。〈後結構主義，經驗主義，及詮釋〉"Post-Structuralism, Empiricism and Interpretation"。見米素及羅生 Sollace Mitchell and Michael Rosen 編。《詮釋的需求》*The Need for Interpretation*。倫敦：Athlone Press 艾斯朗，1983。P.54-89。

莫依 Moi, Toril。《性／文本政治學：女性主義文學理論》*Sexual/Textual Politics: Feminist Literary Theory*。倫敦：麥索仁 Methuen, 1985。

羅利斯 Norris, Christopher。《解構的轉向：哲學修辭論文集》*The Deconstructive Turn: Essays in the Rhetoric of Philosophy*。倫敦：麥索仁，1983。

同上。《學科之爭：解構學，哲學，及理論》*The Contest of Faculties:Deconstruction, Philosophy and Theory*。倫敦：麥索仁，1985。

同上。《薩克・德希達》*Jacques Derrida*。倫敦：方坦拿 Fontana, 1987。

奧哈拉 O'Hara, Daniel T，編。《為何現在需要尼采？》*Why Nietzsche Now?* 布魯明頓，印第安納州：印第安納大學，1985。

柏克 Parker, Andrew。〈靠邊站（論歷史）：自馬克斯再看德希達〉"Taking Sides（on History）: Derrida re-Marx"。*Diacritics*。11（1981）：P.57-73。蘭切斯亞 Lentricchia《新批評學之後》*After the New Criticism* 的書評。

皮素 Pecheux, Michel。《語言，語意學，及意識型態》*Language, Semantics and Ideology*。倫敦：麥米倫 Macmillan, 1982。

拉柏波特 Rapaport, Herman。〈赫特曼及聲音的魔力〉"Geoffrey Hartman and the Spell of Sounds"。*Genre*。17（1984）：P.159-77。

拉威爾 Raval, Suresh。《後設批評學》*Metacriticism*。雅典，喬治亞：喬治亞大學 University of Georgia Press, 1981。

雷伊 Ray, William。《文學的意義：從現象學到解構學》*Literary Meaning: From Phenomenology to Deconstruction*。牛津：布拉克威爾 Blackwell, 1984。

列德 Reed, Arden，編。《浪漫主義與語言》*Romanticism and Language*。倫敦：麥索仁 Methuen, 1984。

羅迪 Rorty, Richard。《實用主義的影響》*Consequences of Pragmatism*。明尼亞波利斯：明尼蘇達大學，1982。

同上。〈解構學與逃避學〉"Deconstruction and Circumvention"。

Critical Inquiry。11（1984）：P.1－23。

羅絲 Rose, Gillian。《虛無主義的辯證：後結構主義與法律》*Dialectic of Nihilism: Post-Structuralism and Law*。牛津：布拉克威爾，1984。

萊仁 Ryan, Michael。《馬克思主義與解構學：批判的敍述》*Marxism and Deconstruction: A Critical Articulation*。巴的摩爾，馬里蘭州：霍浦金斯大學，1982。

薩依德 Said, Edward。《世界，文本，及批評家》*The World, the Text and the Critic*。倫敦：費巴與費巴 Faber and Faber, 1984。

舒利法 Schleifer, Ronald。〈諷喻的憂慮：德·曼，格拉馬斯，及指涉性的問題〉"The Anxiety of Allegory: de Man, Greimas, and the Problem of Referentiality"。*Genre*。17(1984)：P.215－37。

索勒斯 Scholes, Robert。《文本力量：文學理論及英語教學》*Textual Power:Literary Theory and the Teaching of English*。新哈芬，康乃狄格州：耶魯大學，1985。

塞爾丹 Selden, Raman。《批評學與客觀性》*Criticism and Objectivity*。倫敦：艾倫及翁溫 Allen and Unwin, 1984。

同上。《現代文學理論導引》*A Guide to Modern Literary Theory*。布來頓：收割者 Harvester Press，1985。

尚格 Seung, T. K.。《結構主義及詮釋學》*Structuralism and Hermeneutics*。紐約：哥倫比亞大學，1982。

蕭法曼及伊德 Silverman, Hugh J. and Ihde, Don，編。《詮釋學與解構學》*Hermeneutics and Deconstruction*。奧爾班尼：紐約州立大學 State University of New York Press, 1985。

史密夫及克力根 Smith, Joseph H. and Kerrigan, William，編。《冒險行事：德希達，心理分析，及文學》*Taking Chances: Derrida,*

Psychoanalysis and Literature。巴的摩爾：霍浦金斯大學，1984。

史賓諾斯 Spanos, William V. 等，編。《文本性的課題：當代批評學的閱讀策略》*The Question of Textuality: Strategies of Reading in Contemporary Criticism*。布魯明頓，印第安納大學，1982。

史碧韋克 Spivak, Gayatri Chakravorty。〈尚未有固定模式的革命：德希達的《有限公司》〉"Revolutions that as yet have no Model: Derrida's Limited Inc。"*Diacritics*。10（1980）：P.29−49。

同上。〈閱讀世態：1980 年代的文學研究〉"Reading the World: Literary Studies in the 1980s"。*College English*。63（1981）：P.671−9。

同上。〈《前奏曲》（1805）的性愛與歷史：19 到 30 冊〉"Sex and History in *The Prelude*（1805）：Books Nine to Thirteen"。*Texas Studies in Language and Literature*。23（1981）：P.324−60。

史達頓 Staten, Henry。《維根斯坦與德希達》*Wittgenstein and Derrida*。林肯，內布拉斯加，及倫敦：內布拉斯加大學 University of Nebraska Press, 1984。

索斯曼 Sussman, Henry。《黑格爾的後起信徒：黑格爾，祁克果，佛洛依德，普魯斯特，及詹姆斯》*The Hegelian Aftermath: Readings in Hegel, Kierkegaard, Freud, Proust, and James*。巴的摩爾，馬里蘭州：霍浦金斯大學，1982。

泰勒 Taylor, Mark C.。《謬誤：後現代的無／神學》*Erring: A Postmodern A/theology*。芝加哥，伊利諾州：芝加哥大學，1984。

托度洛夫 Todorov, Tzvetan，編。《今日法國文學理論：論文選讀》*French Literary Theory Today: A Reader*。卡達 R. Carter 譯。劍橋：劍橋大學，1982。

湯林遜 Tomlinson, Hugh。〈德希達的歧異／延宕（原誤）"Derrida's Différance（sic）"〉。*Radical Philosophy*。25（1980）：P.30-3。

奧瑪 Ulmer, Gregory L。《應用文字寫作學：從德希達到布爾斯的後教學法*Applied Grammatology: Post(e) Pedagogy From Jacques Derrida to Joseph Beuys*。巴的摩爾，馬里蘭州：霍浦金斯大學，1984。

華爾德及米勒 Valdes, Mario J. and Miller, Owen，編。《文學作品的身份》*The Identity of the Literary Text*。多倫多：多倫多大學 University of Toronto Press, 1985。

韋伯 Weber, Samuel。《佛洛依德的傳說》*The Legend of Freud*。明尼亞波利斯：明尼蘇達大學，1982。

華滋華斯 Wordsworth, Ann。〈家傳戶曉的詞語：他者，潛意識，及文本〉"Household Words: Alterity, the Unconscious and the Text"。*Oxford Literary Review*。5（1982）：P.80-95。

萊特 Wright, Edmond。〈德希達，施雅勒，語境，遊戲，謎語〉"Derrida, Searle, Contexts, Games, Riddles"。*New Literary History*。13（1982）：P.463-77。

萊特 Wright, Elizabeth。《心理分析批評學：寓理論於實踐》*Psychoanalytic Criticism: Theory in Practice*。倫敦：麥索仁，1984。

維斯祖格德 Wyschogrod, Edith。〈德希達及昆尼裡的時間與虛無〉"Time and Non-Being in Derrida and Quine"。*Journal of the British Society for Phenomenology*。14（1983）：P.112-26。

楊格 Young, Robert，編。《解開文本：後結構主義選讀》*Untying the Text: A Post-Structuralist Reader*。倫敦：盧特雷基及克根・保羅，1981。

同上。〈後結構主義：理論的終結〉"Post-Structuralism: The End of Theory"。*Oxford Literary Review*。5（1982）：P.3-20。

補足書目（1991年修訂版）

　　以下是在過去四年內（也就是，自本書1986年重印後）出版的
專書及論文的精選目錄。條目可分爲三大類：(1)把「解構學」作爲論
辯的主要中心或課題的；(2)廣義而言，其研究方法是解構式的批評或
哲學作品；及(3)於希望對各相關領域課題增加理解的讀者有助的適用
資料，例如後結構主義、詮釋學、修辭學、語言哲學等。法文作品如
有翻譯的話則引用英文版本。我特別要感謝李文脫 Albert Leventure
惠予其尚未付梓的德希達詳盡書目。該令人讚歎的書目將於學刊
Textual Practice（1991）中刊出。克里哲利 Simon Critchley、克爾
Kathy Kerr、麥柏 Nigel Mapp、及薩治韋克 Peter Sedgwick 等一
直以來多番提醒及提供有助益的建議，亦一併謝過。

亞當斯及施雅勒 Adams, Hazard, and Searle, Leroy，編。《1965年
　　以還的批評理論》*Critical Theory Since 1965*。泰拉哈斯，佛羅里
　　達州：佛羅里達州立大學 Florida State University Press, 1986。

阿卡辛斯基 Agacinski, Sylviane。《閨中密語：祁克果的概念和死
　　亡》*Aparté:Conceptions and Deaths of Soren Kierkegaard*。紐馬
　　克 Kevin Newmark 譯。泰拉哈斯，佛羅里達州：佛羅里達州立大
　　學，1988。

艾力遜 Allison, David，編。《新編尼采》*The New Nietzsche*。劍
　　橋，麻薩諸塞州：麻省理工 MIT Press, 1985。

艾皮蘭尼斯 Appignanesi, Lisa，編。《法國傳來的意念：法國理論的
　　遺產》*Ideas From France: The Legacy of French Theory*。倫
　　敦：ICA Publications,Documents 3, 1985。

亞拉克 Arac, Jonathan。《批評理論的系譜：後現代文學研究的歷史

處境》*Critical Genealogies: Historical Situations for Postmodern Literary Studies*。紐約:哥倫比亞大學 Columbia University Press, 1987。

同上,編。《後現代主義與政治學》*Postmodernism and Politics*。明尼亞波利斯,明尼蘇達州:明尼蘇達大學 University of Minnesota Press, 1986。

亞拉克及約翰遜 Arac, Jonathan, and Johnson, Barbara,編。《理論的影響》*Consequences of Theory*。巴的摩爾,馬里蘭州及倫敦:霍浦金斯大學 Johns Hopkins University Press, 1990。

艾特堅斯 Atkins, G. Douglas。《赫特曼:批評學作爲答辯式的文體》*Geoffrey Hartman: Criticism as Answerable Style*。倫敦:盧特雷基 Routledge, 1990。

艾特堅斯及莫露 Atkins, G. Douglas, and Morrow, Laura,編。《當代文學理論》*Contemporary Literary Theory*。倫敦:麥米倫 Macmillan, 1989。

艾特雷基 Attridge, Derek。《奇特的語言:視文學爲歧異:從文藝復興到喬哀思》*Peculiar Language:Literature as Difference From the Renaissance to James Joyce*。伊費卡,紐約:康尼爾大學 Cornell University Press, 1988。

艾特雷基,班寧頓,及楊格 Attridge, Derek, Bennington, Geoff, and Young, Robert,編。《後結構主義與歷史課題》*Post-Structuralism and the Question of History*。劍橋:劍橋大學 Cambridge University Press, 1987。

波聚雅 Baudrillard, Jean。《文選》*Selected Writings*。龐斯特 Mark Poster 編。劍橋:波勒提 Polity Press, 1988。

包曼 Bauman, Zygmunt。《立法者與詮釋者:論現代性、後現代性、

與知識份子《*Legislators and Interpreters: On Modernity, Post-modernity, and Intellectuals*。劍橋：波勒提，1987。

貝塞 Beiser, Frederick C.《理智的命運：從康德到費茨特的德國哲學》*The Fate of Reason: German Philosophy from Kant to Fichte*。劍橋，麻薩諸塞州：哈佛大學 Harvard University Press, 1987。

貝絲及摩亞 Belsey, Catherine, and Moore, Jane，編。《女性主義選讀》*The Feminist Reader*。倫敦：麥米倫 Macmillan, 1989。

班雅明 Benjamin, Andrew。《翻譯與哲學的本質：字詞的新理論》*Translation and the Nature of Philosophy: A New Theory of Words*。倫敦：盧特雷基 Routledge, 1989。

同上，編。《後結構主義的經典》*Post-Structuralist Classics*。倫敦：盧特雷基，1989。

貝曼 Berman, Art。《從新批評學到解構學：結構主義及後結構主義的接收》*From the New Criticism to Deconstruction: The Reception of Structuralism and Post-Structuralism*。烏班拿——香檳，伊利諾州：伊利諾大學 University of Illinois Press, 1988。

布朗明 Bloom, Harold。《摧毀神聖的真理：從聖經到現時的詩與信仰》*Ruin the Sacred Truths: Poetry and Belief from the Bible to the Present*。劍橋，麻薩諸塞州：哈佛大學，1989。

同上，編。《現代批評的視野：佛洛依德》*Modern Critical Views: Sigmund Freud*。紐約：查斯亞 Chelsea House, 1985。

布維 Bové, Paul A.。《擁權的知識分子：批評的人文主義系譜》*Intellectuals in Power: A Genealogy of Critical Humanism*。紐約：哥倫比亞大學 Columbia University Press, 1986。

布威 Bowie, Malcolm。《佛洛依德，普魯斯特，及拉康：理論作為小

説》*Freud, Proust, and Lacan: Theory as Fiction*。劍橋大學，1988。

波義尼 Boyne, Roy。《傅柯與德希達：理智的另一面》*Foucault and Derrida: The Other Side of Reason*。倫敦：翁溫・海曼 Unwin Hyman, 1990。

布洛德斯基 Brodsky, Claudia J。《形式的強加：敍述呈現及知識的研究》*The Imposition of Form: Studies in Narrative Representation and Knowledge*。普林斯頓，新澤西州：普林斯頓大學 Princeton University Press, 1987。

普魯勒特及韋爾斯 Brunette, Peter and Wills, David。《銀幕／遊戲：德希達與電影理論》*Screen/ Play: Derrida and Film Theory*。普森斯頓，新澤西州：普林斯頓大學，1990。

布倫斯 Bruns, Gerald L。《海德格的疏離：後期寫作裡的語言，真理，及詩歌》*Heidegger's Estrangements: Language, Truth and Poetry in the Later Writings*。新哈芬，康乃狄格州：耶魯大學 Yale University Press, 1989。

布狄克及依薩 Budick, Sanford, and Iser, Wolfgang，編。《不可言之語言：文學及文學理論裡的負面性玩藝》*Languages of the Unsayable: The Play of Negativity in Literature and Literary Theory*。紐約：哥倫比亞大學，1990。

卡恩 Cain, William。《批評學的危機：英語研究裡的理論，文學，及改革》*The Crisis in Criticism: Theory, Literature and Reform in English Studies*。巴的摩爾，馬里蘭州，及倫敦：霍浦金斯大學，1985。

卡力尼哥斯 Callinicos, Alex。《對抗後現代主義：馬克思批判》*Against Post-Modernism: A Marxist Critique*。劍橋：波力提

Polity Press, 1990。

甘馬倫 Cameron, Deborah，編。《語言的女性主義批判：論文選讀》 *The Feminist Critique of Language: A Reader*。倫敦：盧特雷 基，1990。

甘貝爾 Campbell, Colin。〈耶魯批評家的暴虐〉"The Tyranny of the Yale Critics"。*The New York Times Magazine*。9（Feb 1986）：P.20-8 及 P.43-8。

康達 Cantor, Norman F。《二十世紀文化：從現代主義到解構學》 *Twentieth-Century Culture: Modernism to Deconstruction*。紐 約：彼得・蘭格 Peter Lang, 1988。

卡柏圖 Caputo, John D。《極端詮釋學：複述活動，解構學，及詮釋 學議程》*Radical Hermeneutics: Repetition, Deconstruction and the Hermeneutic Project*。布魯明頓，印第安納州：印第安納大學 Indiana University Press, 1987。

卡羅爾 Carroll, David。《超美學：傅柯，李歐塔，德希達》*Para-esthetics: Foucault, Lyotard, Derrida*。倫敦：麥索仁，1987。

同上，編。《「理論」狀況：歷史，藝術，及批評論述》*The States of "Theory": History, Art and Critical Discourse*。紐約：哥倫比 亞大學，1990。

卡魯絲 Caruth, Cathy。《經驗性真理及批評的假象：洛克，華滋華 斯，康德，佛洛依德》*Empirical Truths and Critical Fictions: Locke, Wordsworth, Kant, Freud*。巴的摩爾，馬里蘭州及倫敦： 霍浦金斯大學，1990。

卡斯卡迪 Cascardi, Anthony J。《文學及哲學課題》*Literature and the Question of Philosophy*。巴的摩爾，馬里蘭州及倫敦：霍浦 金斯大學，1987。

卡費爾 Cavell, Stanley。〈天才的分野〉"The Division of Talent"。
Critical Inquiry。11（1985）：P.519-38。

蔡斯 Chase, Cynthia。《分解喻詞：浪漫主義傳統裡的修辭閱讀》*De-composing Figures: Rhetorical Readings in the Romantic Tradition*。巴的摩爾，馬里蘭州，及倫敦：霍浦金斯大學，1986。

哥亨 Cohen, Ralph，編。《文學理論的將來》*The Future of Literary Theory*。倫敦：盧特雷基，1989。

柯里爾及哥亞萊仁 Collier, Peter, and Geyer-Ryan, Helga，編。《今日文學理論》*Literary Theory Today*。劍橋：波力提 Polity Press, 1990。

柯勒特 Corlett, William。《不團結的團體：德希達式放縱的政治學》*Community Without Unity: A Politics of Derridian Extravagance*。達拉謨，北卡羅來納州，及倫敦：杜克大學 Duke University Press, 1989。

康果德 Corngold, Stanley。《自我的命運：德國的作家，法國的理論》*The Fate of the Self: German Writers and French Theory*。紐約：哥倫比亞大學，1986。

科華德 Coward, Harold。《德希達與印度哲學》*Derrida and Indian Philosophy*。奧爾班尼，紐約：紐約州立大學 State University of New York Press, 1990。

克里哲利 Critchley, Simon。〈評論德希達於《喪鐘》裡對黑格爾的閱讀〉"A Commentary upon Derrida's Reading of Hegel in *Glas*"。*Bulletin of the Hegel Society of Great Britain*。18（Autumn/Winter 1988）：P.6-32。

考勒 Culler, Jonathan。《框構符號：批評學及其建構》*Framing the*

Sign:Criticism and its Institutions。牛津：巴施爾‧布拉克威爾 Basil Blackwell, 1989。

同上，編。《論相關語：文字的基礎》*On Puns: The Foundation of Letters*。牛津：巴施爾‧布拉克威爾，1988。

康寧亨 Cunningham, Valentine。《在閱讀的牢獄中》*In the Reading Gaol*。牛津：巴施爾‧布拉克威爾，1990。

達生布克 Dasenbrock, Reed Way，編。《重劃界線：分析哲學，解構學，及文學理論》*Re-Drawing the Lines: Analytic Philosophy, Deconstruction and Literary Theory*。明尼亞波利斯，明尼蘇達州：明尼蘇達大學，1989。

戴維斯 Davis, R. C.，編。《當代文學理論：從後現代主義看現代主義》*Contemporary Literary Theory: Modernism through Post-Modernism*。倫敦：朗文 Longman, 1986。

戴維斯及舒利法 Davis, R. C. and Schleifer, R，編。《修辭與形式：耶魯的解構學》*Rhetoric and Form: Deconstruction at Yale*。諾曼，俄克拉荷馬州：俄克拉荷馬大學 University of Oklahoma Press, 1985。

德‧布拉 de Bolla, Peter。《布朗明：朝向歷史的修辭學》*Harold Bloom: Towards Historical Rhetorics*。倫敦：盧特雷基，1988。

同上。《崇高的論述：歷史，美學與主體》*The Discourse of the Sublime: History, Aesthetics and the Subject*。牛津：巴施爾‧布拉克威爾，1989。

德‧曼 de Man, Paul。《抗衡理論》*The Resistance to Theory*。明尼亞波利斯，明尼蘇達州：明尼蘇達大學，1986。

同上。《批評文選，1953-1978》*Critical Writings, 1953-1978*。瓦達斯 Lidsay Waters 編。明尼亞波利斯，明尼蘇達州：明尼蘇達大

學，1989。

同上。《戰時新聞寫作》*Wartime Journalism*。哈瑪齊，賀茲，及克南 Werner Hamacher, Neil Hertz and Thomas Keenan 編。林肯，內布拉斯加州：內布拉斯加大學 University of Nebraska Press, 1989。

德希達 Derrida, Jacques。《判斷力》*La Faculté de Juger*。巴黎：曼奴依 Minuit, 1985。

同上。《他人的耳朵：耳之傳略，轉授，及翻譯》*The Ear of the Other:Otobiography, Transference, Translation*。卡莫夫及洛尼爾 Peggy Kamuf and Avital Ronell 譯。紐約：叔根文庫 Schocken Books, 1985。

同上。〈解構學在美國〉"Deconstruction in America"。*Critical Exchange*。17（Winter 1985）：P.1-32。與克里希、卡莫夫、及托德 J. Creech, P. Kamuf and J. Todd 的訪問。

同上。〈種族主義的遺言〉"Racism's Last Word"。卡莫夫 Peggy Kamuf 譯。*Critical Inquiry*。12（1985）：P.290-9。同時請參閱〈可是，超過……（給麥克林托克及尼克遜的公開信）〉"But, Beyond……（Open Letter to Anne McClintock and Rob Nixon）"。*Critical Inquiry*。13（1986）：P.155-70。

同上。《回憶錄：獻給保羅‧德‧曼》*Memoires: For Paul de Man*。林塞，考勒，及卡達法 Cecile Lindsay, Jonathan Culler and Eduardo Cadava 譯。紐約：哥倫比亞大學，1986。

同上。《近水樓臺》*Parages*。巴黎：嘉力亞 Galilee, 1986。

同上。《席布尼斯，獻給保羅‧撒朗》*Schibboleth, pour Paul Celan*。巴黎：嘉力亞，1986。譯本爲：〈席布尼斯〉"Shibboleth"。韋爾納 Joshua Wilner 譯。見赫特曼及布迪克

Geoffrey Hartman and Sanford Budick 編。《經傳與文學》*Midrash and Literature*。新哈芬，康乃狄格州：耶魯大學 Yale University Press, 1986。P.307-47。

同上。《喪鐘》*Glas*。李維及朗德 John P. Leavey and Richard Rand 譯。林肯，內布拉斯加州：內布拉斯加大學，1986。

同上。〈黑格爾的年代〉"The Age of Hegel"。溫勒特 Susan Winnett 譯。*Glyph*。Ⅰ（新系列，1986）：P.3-43。

同上。〈景仰曼德拉：思想的法則所在〉"Admiration de Nelson Mandela: ou les lois de la reflexion"。見德希達及特利尼 Derrida and Mustapha Tlili 編。《獻給曼德拉》*Pour Nelson Mandela*。巴黎：高力馬 Gallimard, 1986。譯本：〈思想的法則：曼德拉，致敬〉"The Laws of Reflection: Nelson Mandela, in Admiration"。卡斯及羅蘭茲 Mary Ann Caws and Isabelle Lorenz 譯。見《給曼德拉》*For Nelson Mandela*。紐約：施威文庫 Seaver Books, 1987。P.13-42。

同上。《心理：人們的發明》*Psyche: inventions de l'autre*。巴黎：嘉力亞 Galilee, 1987。

同上。《尤利斯的唱機：給喬哀思的兩個字》*Ulysse gramophone: deux mots pour Joyce*。巴黎：嘉力亞，1987。譯本：〈給喬哀思的兩個字〉"Two Words For Joyce"。班寧頓 Geoff Bennington 譯。見艾特雷基及費爾勒 Derek Attridge and Daniel Ferrer 編。《後結構主義的喬哀斯：法國論文集》*Post-structuralist Joyce: Essays From the French*。劍橋：劍橋大學 Cambridge University Press, 1984。P.145-58。

同上。《明信片：從蘇格拉底到佛洛依德》*The Post-Card: From Socrates to Freud*。巴斯 Alan Bass 譯。芝加哥，伊利諾州：芝加哥

大學 University of Chicago Press, 1987。

同上。《畫幅的真理》*The Truth in Painting*。班寧頓及麥理奧 Geoff Bennington and Ian Mcleod 譯。芝加哥，伊利諾州：芝加哥大學，1987。

同上。〈蜂房內的女人：研討會〉"Women in the Beehive: A Seminar"。見渣定及史密夫 Alice Jardine and Paul Smith 編。《女性主義中的男人》*Men in Feminism*。倫敦：麥索仁，1987。P.189−203。

同上。《有限公司》*Limited Inc.*。第二版。格拉夫 Gerald Graff 編，附有德希達的〈後話：朝向討論的倫理〉"Afterword: Toward an Ethic of Discussion"。艾凡斯頓，伊利諾州：西北大學 Northwestern University Press, 1989。

同上。〈給日本友人的信〉"Letter to A Japanese Friend"。烏德及班雅明 David Wood and Andrew Benjamin 譯。見烏德及伯拿斯康尼 David Wood and Robert Bernasconi 編。《德希達與歧異／延宕作用》*Derrida and Différance*。艾凡斯頓，伊利略州：西北大學，1988。P.1−5。

同上。〈恰似深藏在貝殼內的海潮聲：保羅・德・曼之戰〉"Like the Sound of the Sea Deep Within a Shell: Paul de Man's War"。卡莫夫 Paggy Kamuf 譯。*Critical Inquiry*。14（1988）：P.590−652。

同上。〈友誼的政治學〉"The Politics of Friendship"。莫茲堅 Gobriel Motzkin 譯。*The Journal of Philosophy*。85（November 1988）：P.632−45。

〈德希達與羅利斯的交談〉"Jacques Derrida in Conversation with Christopher Norris"。*Architectural Design*。58.1−2（1989）：

P.6-11。重印於柏柏達克斯，科克，及班雅明 Andreas Papadakis, Catherine Cooke and Andrew Benjamin 編。《解構學彙編》*Deconstruction: Omnibus Volume*。倫敦：學院版 Academy Editions, 1989。P.71-5。

德希達 Derrida, Jacques。《論精神：海德格及其質疑》*Of Spirit:Heidegger and the Question*。班寧頓及布爾畢 Geoff Bennington and Rachel Bowlby 譯。芝加哥，伊利諾州：芝加哥大學，1989。

同上。〈詮釋簽名（尼采／德希達）：兩個問題〉"Interpreting Signatures（Nietzsche/ Derrida）: Two Questions"。米素菲德及龐馬 Diane P. Michelfelder and Richard E. Palmer 譯。見米素菲德及龐馬編。《對話與解構：葛達馬／德希達碰頭》*Dialogue and Deconstruction: The Gadamer/ Derrida Encounter*。紐約：紐約州立大學 State University of New York Press, 1989。P.58-71。

同上。〈細菌可解物：七篇日記片斷〉"Biodegradables: Seven Diary Fragments"。卡莫夫 Peggy Kamuf 譯。*Critical Inquiry*。15（1989）：P.812-73。

同上。《哲學的權法》*Du droit à la philosophie*。巴黎：嘉力亞，1990。

同上。《胡塞爾哲學裡的源起問題》*Le Problème de la genèse dans la philosophie de Husserl*。巴黎：法國報業大學 Presses Universitaires de France, 1990。寫於 1952-3 年，之後一直未經發表。

笛甘拔 Descombes, Vincent。《五花八門的受詞：哲學文法》*Objects of All Sorts: A Philosophical Grammar*。史葛特福斯及哈丁 Lorna Scott-Fox and Jeremy Harding 譯。牛津：巴施爾・布拉克威爾，1986。

杜斯 Dews, Peter。《解體的邏輯：後結構主義思想及批評理論的宣稱》*Logics of Disintegration: Post-Structuralist Thought and the Claims of Critical Theory*。倫敦：凡爾素 Verso, 1987。

杜齊迪 Docherty, Thomas。《理論之後》*After Theory*。倫敦：盧特雷基，1990。

伊果頓 Eagleton, Terry。〈薩克兄：解構學的政治作用〉"Frère Jacques: the Politics of Deconstruction"及〈批評家作爲小丑〉"The Critic as Clown"。見《有違本性：文選》*Against the Grain: Selected Essays*。倫敦：凡爾素 Verso, 1986。P.79-87 及 149-65。

同上。《美學的意識形態》*The Ideology of the Aesthetic*。牛津：巴施爾・布拉克威爾，1989。

同上。《理論的重要性》*The Significance of Theory*。牛津：巴施爾・布拉克威爾，1989。

伊斯索普 Easthope, Antony。《英國的後結構主義》*British Post-Structuralism*。倫敦：盧特雷基，1988。

伊富斯及費雪 Eaves, Morris, and Fischer, Michael。《浪漫主義及當代批評學》*Romanticism and Contemporary Criticism*。伊費卡，紐約，及倫敦：康尼爾大學 Cornell University Press, 1986。

愛爾德力布 Eldritch, R.〈解構學及其另一選擇〉"Deconstruction and its Alternatives"。*Man and World*。18（1985）：P.147-70。

艾理斯 Ellis, John。《對抗解構學》*Against Deconstruction*。普林斯頓，新澤西州：普林斯頓大學，1989。

恩格爾及柏堅斯 Engell, James, and Perkins, David，編。《教授文學：甚麼是現時所需的》*Teaching Literatrue: What is Needed Now*。劍橋，麻薩諸塞州：哈佛大學，1988。

艾凡斯 Evans, Malcolm。《生無可戀：莎士比亞作品裡真理的真實內容》Signifying Nothing: Truth's True Contents in Shakespeare's Texts。倫敦：收割者 Harvester, 1986。

費克特 Fekete, John，編。《後現代主義之後的生活：價值與文化論文集》Life After Postmodernism: Essays on Value and Culture。曼徹斯特：曼徹斯特大學 Manchester University Press, 1987。

菲勒文 Felman, Shoshana。《文字與瘋狂》Writing and Madness。艾凡斯 Martha Evans 等譯。伊費卡，紐約，及倫敦：康尼爾大學，1985。

芬尼曼 Fineman, Joel。《莎士比亞的偽證眼睛：十四行詩裡詩的主體創造》Shakespeare's Perjured Eye: The Invention of Poetic Subjectivity in the Sonnets。柏克萊及洛杉磯，加州：加州大學 University of California Press,1986。

費雪 Fischer, Michael。《卡威爾及文學懷疑論》Stanley Cavell and Literary Skepticism。芝加哥，伊利諾州：芝加哥大學，1989。

費殊 Fish, Stanley。《做自然而來的一切：轉變，修辭，及文學與法律研習的理論實踐》Doing What Comes Naturally: Change, Rhetoric, and the Practice of Theory in Literary and Legal Studies。紐約及倫敦：牛津大學，1989。

福雷斯特 Forrester, John。《心理分析的誘惑：佛洛依德，拉康，及德希達》The Seductions of Psychoanalysis: Freud, Lacan and Derrida。劍橋：劍橋大學，1990。

法蘭克 Frank, Manfred。《甚麼是新結構主義？》What is Neostructuralism？威爾克及格雷 Sabine Wilke and Richard Gray 譯。明尼亞波利斯，明尼蘇達州：明尼蘇達大學 University of Minnesota Press, 1989。

佛羅 Frow, John。〈傅柯及德希達〉"Foucault and Derrida"。
Rariton。5.1（Summer 1985）：P.31-42。

同上。《馬克思主義及文學史》*Marxism and Literary History*。牛
津：巴施爾・布拉克威爾，1986。

芬斯克 Fynsk, Christopher。《海德格：思想與歷史性》*Heidegger: Thought and Historicity*。伊費卡，紐約，及倫敦：康尼爾大學，
1986。

蓋特斯 Gates, Henry Louis，編。《「種族」，寫作，與歧異》
"Race", Writing and Difference。芝加哥，伊利諾州：芝加哥大
學，1986。

哥斯 Goux, Jean-Joseph。《象徵的經濟學：馬克思，及佛洛依德之
後》*Symbolic Economics: After Marx and Freud*。蓋基 Jennifer
Curtiss Gage 譯。伊費卡，紐約及倫敦：康尼爾大學，1990。

格拉夫 Graff, Gerald。《教授文學：建制的歷史》*Professing Litera-
ture: An Institutional History*。芝加哥，伊利諾州：芝加哥大
學，1987。

格力費斯 Griffiths, A. Philips，編。《當代法國哲學》*Contemporary
French Philosophy*。劍橋：劍橋大學，1987。

格力斯瓦德 Griswold, Charles L。《柏拉圖的文字／柏拉圖的閱讀》
Platonic Writings/ Platonic Readings。紐約及倫敦：盧特雷基，
1988。

哈伯瑪斯 Habermas, Jürgen。《現代性的哲學論述：共十二講》*The
Philosophical Discourse of Modernity: Twelve Lectures*。勞倫斯
Frederick Lawrence 譯。劍橋：波力提 Polity Press, 1987。

哈馬齊，賀茲及克南 Hamacher, W., Hertz, N., and Keenan, T.,
編。《回應：論保羅・德・曼的戰時新聞寫作》*Responses: on Paul*

de Man's Wartime Journalism。林肯，內布拉斯加州： University of Nebraska Press, 1989。

哈蘭德 Harland, Richard。《上層結構主義：結構主義及後結構主義的哲學》*Superstructuralism: The Philosophy of Structuralism and Post-Structuralism*。倫敦：麥索仁，1987。

哈凡 Harpham, Geoffrey Galt。《文化及批評的苦行權令》*The Ascetic Imperative in Culture and Criticism*。芝加哥，伊利諾州：芝加哥大學，1987。

哈利斯 Harris, Wendell V.《詮釋行爲：搜尋意義》*Interpretive Acts: In Search of Meaning*。牛津：牛津大學，1988。

哈特 Hart, Kevin。《符號的逾越：解構學，神學，與哲學》*The Trespass of the Sign: Deconstruction, Theology and Philosophy*。劍橋：劍橋大學，1990。

赫特曼 Hartman, Geoffrey H.《未受注目的華滋華斯》*The Unremarkable Wordsworth*。倫敦：盧特雷基，1987。

赫特曼及布迪克 Hartman, Geoffrey H., and Budick, Sanford，編。《經傳與文學》*Midrash and Literature*。新哈芬，康乃狄格州：耶魯大學 Yale University Press, 1986。

海夫洛克 Havelock, Eric。《繆司女神學習寫作：古今口語及書寫形式的反思》*The Muse Learns to Write: Reflections on Orality and Literacy From Antiquity to the Present*。新哈芬，康乃狄格州：耶魯大學，1986。

霍桑 Hawthorn, Jeremy。《開啓文本：文學理論的基礎論題》*Unlocking the Text: Fundamental Issues in Literary Theory*。倫敦：愛德華·阿諾德，Edward Arnold, 1987。

賀曼，洪柏克，及奈奴特 Herman, L, Humbeeck, K, and Lernout,

G，編。《斷續：保羅・德・曼論文集》*Discontinuities: Essays on Paul de Man*。阿姆斯特丹：羅杜比 Rodopi, 1989。

傑科卜斯 Jacobs, Carol 。《不可羈勒的浪漫主義：雪萊、布朗蒂、克萊斯特》*Uncontainable Romanticism: Shelley, Bronte, Kleist*。巴的摩爾，馬里蘭州，及倫敦：霍浦金斯大學，1989。

傑科拔斯 Jacobus, Mary。《閱讀女性：女性批評論文集》*Reading Woman: Essays in Feminist Criticism*。倫敦：麥索仁 Methuen, 1986。

同上。《浪漫主義、寫作、及性別：前奏曲論文集》*Romanticism, Writing and Sexual Difference: Essays on The Prelude*。牛津：克拉文頓 Clarendon Press, 1989。

詹明信 Jameson, Fredric。《理論的意識形態》*The Ideologies of Theory*。第一冊，《理論的處境》*Situations of Theory*。及第二冊，《歷史的句法》*Syntax of History*。倫敦：盧特雷基，1988。

同上。《後現代主義，或後資本主義的文化邏輯》*Postmodernism, or the Cultural Logic of Late Capitalism*。達拉謨，北卡羅來納州：杜克大學 Duke University Press, 1990。

約翰遜 Johnson, Barbara。《整個世界的不同》*A World of Difference*。巴的摩爾，馬里蘭州，及倫敦：霍浦金斯大學，1987。

朱道韋茲 Judowitz, Dalia。《笛卡兒的主體性及呈現模式：現代性之源》*Subjectivity and Representation in Descartes: The Origins of Modernity*。劍橋：劍橋大學，1988。

卡莫夫 Kamuf, Peggy。《簽名片斷：論著作業的建構》*Signature Pieces: On the Institution of Authorship*。伊費卡，紐約及倫敦：康尼爾大學，1988。

同上，編。《德希達論文選讀：盲點之間》*A Derrida Reader: Between the Blinds*。紐約：哥倫比亞大學；倫敦：收割者麥束 Harvester Wheatsheaf, 1991。

卡柏南 Kaplan, Alice Jaeger。《乏味話題的繁衍：法西斯主義，文學，及法國的理性生活》*Reproductions of Banality: Fascism, Literature and French Intellectual Life*。明尼亞波利斯，明尼蘇達州：明尼蘇達大學，1986。

卡芙曼 Kauffman, Linda，編。《性別與理論：女性批評的對話》*Gender and Theory: Dialogues on Feminist Criticism*。牛津：巴施爾・布拉克威爾，1980。

同上，編。《女性主義與建制：女性主義理論的對話》*Feminism and Institutions: Dialogues on Feminist Theory*。牛津：巴施爾・布拉克威爾，1989。

甘乃迪 Kennedy, Alan。《閱讀對抗性價值：解構實踐及文學批評戰的政治學》*Reading Resistance Value: Deconstructive Practice and the Politics of Literary Critical Encounters*。倫敦：麥米倫 Macmillan, 1990。

克爾文 Kirwin, James。《文學，修辭學，形上學：文學理論及文學美學》*Literature, Rhetoric, Metaphysics: Literary Theory and Literary Aesthetics*。倫敦：盧特雷基，1990。

考爾拔 Koelb, Clayton。《閱讀的創造：修辭學及文學想像》*Inventions of Reading: Rhetoric and the Literary Imagination*。伊費卡，紐約，及倫敦：康尼爾大學，1988。

考爾拔及洛克 Koelb, Clayton, and Lokke, Virgil，編。《批評的浪潮：文學理論現在與將來論文集》*The Current in Criticism: Essays on the Present and Future of Literary Theory*。西拉法耶

特，印第安納州：普爾度大學 Purdue University Press, 1987。

哥芙曼 Kofman, Sarah。《女性之謎：佛洛依德寫作中的女性》*The Enigma of Woman: Woman in Freud's Writing*。波忒 Catherine Porter 譯。伊費卡，紐約，及倫敦：康尼爾大學，1985。

克麗斯威斯及支坦 Kreiswirth, Martin, and Cheetham, Mark，編。《學科間的理論：權威／視野／政治》*Theory between the Disciplines: Authority/ Vision/Politics*。安亞伯，密西根州：密西根大學 University of Michigan Press, 1990。

克利爾及烏德 Krell, David Farrell, and Wood, David，編。《過份地尼采：尼采當代詮釋面貌》*Exceedingly Nietzsche: Aspects of Contemporary Interpretation*。倫敦：盧特雷基，1988。

克伊格爾 Krieger, Murray，編。《詮釋的目標：主體，文本／歷史》*The Aims of Interpretation: Subjert/ Text/ History*。紐約：哥倫比亞大學 Columbia University Press, 1987。

同上。《話中有話中有話：理論、批評及文學文本》*Words about Words about Words: Theory, Criticism and the Literary Text*。巴的摩爾，馬里蘭州及倫敦：霍浦金斯大學，1988。

克麗絲蒂娃 Kristeva, Julia。《語言，未知的：語言學啓蒙》*Language, the Unknown: An Initiation into linguistics*。孟克 Anne M. Menke 譯。倫敦：收割者麥束 Harvester-Wheatsheaf, 1989。

拉卡柏拉 LaCapra, Dominick。《歷史與批評》*History and Criticism*。伊費卡，紐約及倫敦：康尼爾大學，1985。

拉果拉巴爾特 Lacoue-Labarthe, Philippe。《印刷術：模擬論，哲學，政治學》*Typography: Mimesis, Philosophy, Politics*。芬斯克 Christopher Fynsk 編。劍橋，麻薩諸塞州：哈佛大學，1989。

蘭格 Lang, Berel。《哲學文類剖析：文學似的哲學及文學裡的哲學》

The Anatomy of Philosophical Style: Literary Philosophy and the Philosophy of Literature。牛津：巴施爾‧布拉克威爾，1990。

拉提馬 Latimer, Dan，編。《當代批評理論》*Contemporary Critical Theory*。紐約：哈葛‧卑拉斯‧祖文奴維希 Harcourt Brace Jovanovich, 1989。

李維 Leavey, John P.，編。《喪鐘彙編》*Glassary*。林肯，內布拉斯加：內布拉斯加大學 University of Nebraska Press, 1986。論德希達的《喪鐘》*Glas*。

賴塞格勒 Lecercle, Jean-Jacques。《鏡中看哲學：語言，廢話，慾望》*Philosophy Through the Looking Glass: Language, Nonsense, Desire*。拉撒勒，印第安納州：公用庭園 Open Court Publishers, 1985。

內‧杜爾夫 Le Doeuff, Michele。《哲學的想像》*The Philosophical Imaginary*。哥頓 Colin Gordon 譯。倫敦：艾斯朗 Athlone Press, 1989。

利特希 Leitch, Vincent。《三十到八十年代的美國文學批評》*American Literary Criticism from the Thirties to the Eighties*。紐約：哥倫比亞大學，1987。

蘭切斯亞及麥羅林 Lentricchia, Frank, and McLaughlin, Thomas，編。《文學研習的批評用語》*Critical Terms For Literary Study*。芝加哥，伊利諾州：芝加哥大學，1990。

路維林 Llewelyn, John。〈懷戀喪鐘〉"Glasnostalgia"。*Bulletin of the Hegel Society of Great Britain*。18（Autumn/ Winter 1988）：P.33–42。

盧達基 Lodge, David，編。《現代批評與理論：論文選讀》*Modern*

Criticism and Theory: A Reader。倫敦：朗文，1988。

盧卡雪 Lukacher, Ned。《原始場景：文學，心理學，哲學》*Primal Scenes: Literature, Psychoanalysis, Philosophy*。伊費卡，紐約，及倫敦：康尼爾大學，1987。

麥卡拔 MacCabe, Colin。《理論性的論文：電影，語言學，文學》*Theoretical Essays: Film, Linguistics, Literature*。曼徹斯特：曼徹斯特大學 Manchester University Press, 1985。

馬西 Macey, David。《脈絡中看拉康》*Lacan in Contexts*。倫敦：凡爾素，1988。

馬拉喬斯基 Malachowski, Alan，編。《閱讀羅迪：對哲學及自然的鏡子及以外的批判性回應》*Reading Rorty: Critical Responses to Philosophy and the Mirror of Nature and Beyond*。牛津：巴施爾‧布拉克威爾，1990。

馬普 Mapp, Nigel。〈論保羅‧德‧曼的《抗衡理論》〉。*Textual Practice*。4.1（Spring 1990）：P.122-37。書評論文。

同上。〈解構學〉"Deconstruction"。見科爾，克爾薩，及柏克 Martin Coyle, Malcolm Kelsall and John Peck，編。《文學及批評學百科全書》*Encyclopedia of Literature and Criticism*。倫敦：盧特雷基，1990。P.777-90。

馬哥力斯 Margolis, Joseph。《沒有指涉物的文本：協調科學與敍述》*Texts Without Referents: Reconciling Science and Narrative*。牛津：巴施爾‧布拉克威爾，1989。

麥甘 McGann, Jerome J.《社會價值及詩的行爲》*Social Values and Poetic Acts*。劍橋，麻薩諸塞州：哈佛大學，1988。

米斯及柏克 Meese, Elizabeth, and Parker, Alice，編。《内在的歧異：女性主義及批評理論》*The Difference Within: Feminism and*

Critical Theory。阿姆斯特丹：約翰‧班雅明 John Benjamins Publishing Company, 1989。

米洛德 Merod, Jim。《批評家的政治責任》*The Political Responsibility of the Critic*。伊費卡，紐約，及倫敦：康尼爾大學，1986。

莫奎亞 Merquior, J. G.。《從布拉格到巴黎：結構主義及後結構主義思想的批判》*From Prague to Paris: A Critique of Structuralist and Post-Structuralist Thought*。倫敦：凡爾素，1986。

米略 Mileur, Jean-Pierre。《批判的傳奇故事：批評家作爲讀者，作家，英雄》*The Critical Romance: The Critic as Reader, Writer, Hero*。麥迪遜，威斯康辛州：威斯康辛大學 University of Wisconsin Press, 1990。

米勒 Miller, J. Hillis。《寓言、換喻、履行語式：二十世紀文學論文集》*Parables, Tropes, Performatives: Essays on Twentieth-Century Literature*。倫敦：收割者麥束 Harvester-Wheatsheaf, 1991。

同上。《維多利亞主題》*Victorian Subjects*。倫敦：收割者麥束，1991。

同上。《霍桑及歷史》*Hawthorne and History*。牛津：巴施爾‧布拉克威爾，1991。

同上。《理論的今昔》*Theory Then and Now*。倫敦：收割者麥束，即將出版。

米素 Mitchell, W. J. T.，編。《對抗理論：文學研習及新實用主義》*Against Theory: Literary Studies and the New Pragmatism*。芝加哥，伊利諾州：芝加哥大學，1985。

莫漢迪 Mohanty, J. N.。《超越性現象學》*Transcendental Phenomenology*。牛津：巴施爾‧布拉克威爾，1989。

莫漢迪 Mohanty, S. P.。《文學理論及歷史宣稱》*Literary Theory and the Claims of History*。牛津：巴施爾・布拉克威爾，1990。

莫里漢 Moynihan, Robert。《近期的聯想：訪問布朗明、赫特曼、米勒，德・曼》*A Recent Imagining: Interviews with Harold Bloom, Geoffrey Hartman, J.Hillis Miller, Paul de Man*。漢登，康乃狄格州：鞋帶 Shoe String Press, 1986。

慕愛勒伏瑪 Mueller-Volmer, Kurt，編。《詮釋學論文選讀：從啓明時代至今的德國傳統文本》*The Hermeneutics Reader: Texts of the German Tradition From the Enlightenment to the Present*。牛津：巴施爾・布拉克威爾，1986。

慕勒及理察遜 Muller, John P, and Richardson, William J.，編。《被竊的坡：拉康，德希達，及心理分析閱讀》*The Purloined Poe: Lacan, Derrida and Pyschoanalytic Reading*。巴的摩爾，馬里蘭州，及倫敦：霍浦金斯大學，1987。

尼格勒 Nägele, Rainer。《佛洛依德後的閱讀：歌德，賀德林，哈伯瑪斯，尼采，布萊希特，薩朗，及佛洛依德論文集》*Reading After Freud: Essays on Goethe, Holderlin, Habermas, Nietzsche, Brecht, Celan and Freud*。紐約：哥倫比亞大學，1987。

同上。《班雅明的基礎：班雅明新解》*Benjamin's Ground: New Readings of Walter Benjamin*。底特律，密西根州：韋尼州立大學 Wayne State University Press, 1989。

拿托里 Natoli, Joseph，編。《追溯文學理論》*Tracing Literary Theory*。烏班拿——香檳，伊利諾州：伊利諾大學 University of Illinois Press, 1987。

同上，編。《文學理論的將來》*Literary Theory's Future (s)*。烏班拿——香檳，伊利諾州：伊利諾大學，1989。

尼爾 Neel, Jasper。《柏拉圖，德希達，及文字寫作》*Plato, Derrida and Writing*。卡邦迪爾，伊利諾州：南伊利諾大學 Southern Illinois University Press, 1988。

納爾遜 Nelson, Cary，編。《課室中的理論》*Theory in the Classroom*。烏班拿──香檳，伊利諾州：伊利諾大學，1988。

納爾遜及格洛斯貝格 Nelson, Lary, and Grossberg, Lawrence，編。《馬克思主義及文化詮釋》*Marxism and the Interpretation of Culture*。烏班拿──香檳，伊利諾州：伊利諾大學，1988。

牛頓 Newton, K. M.。《詮釋文本：文學詮釋理論與實踐的批判性導論》*Interpreting the Text: A Critical Introduction to the Theory and Practice of Literary Interpretation*。倫敦：收割者麥束，1990。

同上，編。《二十世紀文學理論：論文選讀》*Twentieth-Century Literary Theory: A Reader*。倫敦：麥米倫，1987。

尼采 Nietzsche, Friedrich。《人性的，太人性的：給自由精神的書》*Human, All Too Human: A Book For Free Spirits*。霍寧達爾 R. G. Hollingdale 譯。劍橋：劍橋大學，1986。

同上。《非現代的觀察》*Unmodern Observations*（*Unzeitgemasse Betrachtungen*）。艾盧史密夫 William Arrowsmith 編譯。新哈芬，康乃狄格州：耶魯大學，1990。

羅利斯 Norris, Christopher。《保羅‧德‧曼：解構學及美感意識形態的批判》*Paul de Man: Deconstruction and the Critique of Aesthetic Ideology*。紐約及倫敦：盧特雷基，1988。

同上。《解構學及理論的興味》*Deconstruction and the Interests of Theory*。倫敦：平特，諾曼，俄克拉荷馬州：俄克拉荷馬大學 University of Oklahoma Press, 1988。

同上。《史賓諾沙及現代批評理論的泉源》*Spinoza and the Origins of Modern Critical Theory*。牛津：巴施爾・布拉克威爾，1990。

同上。《後現代主義有何錯失？批評理論及哲學的目標》*What's Wrong with Postmodernism? Critical Theory and the Ends of Philosophy*。倫敦：收割者麥束；巴的摩爾，馬里蘭州：霍浦金斯大學，1990。

羅利斯及班雅明 Norris, Christopher, and Benjamin, Andrew。《何謂解構學？》*What is Deconstruction?* 倫敦：學院版 Academy Editions, 1988。

羅利斯 Norris, Christopher。〈理智，修辭，理論：燕比生及德・曼〉"Reason, Rhetoric, Theory: Empson and de Man"。*Raritan*。5.1（Summer 1985）：P.89−106。

同上。〈保羅・德・曼的過去〉"Paul de Man's Past"。*The London Review of Books*。10.3（February 1988）：P.7−11。

同上。〈解構學、後現代主義、及哲學：哈伯瑪斯論德希達〉"Deconstruction, Postmodernism and Philosophy: Habermas on Derrida"。*Praxis International*。8.4（January 1989）：P.426−46。

同上。〈德希達的「真相」〉"Derrida's 'Verite'"見沙法 Elinor Shaffer 編。《比較批評學，十一》*Comparative Criticism* XI。劍橋：劍橋大學，1989。P.235−51。

同上。〈解構學並不僅是一「種文字寫作」：德希達及理智宣稱〉"Deconstruction as Not Just a "Kind of Writing": Derrida and the Claim of Reason"。見達生布克 R. W. Dasenbrock，編。《重劃界線：分析哲學，解構學，及文學理論》*Re-Drawing the Lines: Analytic Philosophy, Deconstruction, and Literary Theory*。明尼亞波利斯，明尼蘇達州：明尼蘇達大學，1989。P.189−203。

羅韋茲 Novitz, David。〈比喻，德希達，及大衞遜〉"Metaphor, Derrida, and Davidson"。*Journal of Aesthetics and Art Criticism*。44.2（Winter 1985）：P.101−14。

歐森 Olsen, Stein Haugom。《文學理論的終結》*The End of Literary Theory*。劍橋：劍橋大學，1987。

柏克及索特 Parker, Ian, and Shotter, John，編。《解構社會心理學》*Deconstructing Social Psychology*。倫敦：盧特雷基，1990。

柏克 Parker, Patricia。《文學的肥淑女：修辭學，性別，特質》*Literary Fat Ladies: Rhetoric, Gender, Property*。紐約及倫敦：盧特雷基，1987。

柏克及赫特曼 Parker, Patricia, and Hartman, Geoffrey，編。《莎士比亞及理論的課題》*Shakespeare and the Question of Theory*。倫敦及紐約：麥索仁，1985。

巴維爾 Pavel, Thomas G。《語言的佛洛依德：結構主義思想史》*The Freud of Language: A History of Structuralist Thought*。牛津：巴施爾·布拉克威爾，1989。

彼特莉 Petrey, Sandy。《言語行爲及文學理論》*Speech Acts and Literary Theory*。紐約及倫敦：盧特雷基，1990。

彼德遜 Petterson, Torsten。《文學詮釋：通行模式及新發展》*Literary Interpretation: Current Models and a New Departure*。阿博（芬蘭）：阿博學術 Abo Academic Press, 1988。

柏達漢 Pradhan, S。〈最低限主義者的語意學：大衞遜及德希達論意義，用途，及常規〉"Minimalist Semantics: Davidson and Derrida on Meaning, Use and Convention"。*Diacritics*。16.1（Spring 1986）：P.66−77。

柏特南 Putnam, Hilary。〈一些東西與其他東西的比較〉"A Comparison of Something with Something Else"。*New Literary History*。17.1（Autumn 1985）：P.61−79。

拉拿斯 Rajnath，編。《解構學：大批判》*Deconstruction: A Critique*。倫敦：麥米倫，1989。

拉詹 Rajan, Tilottama。《現實的附加物：浪漫主義理論及實踐中的理解喻詞》*The Supplement of Reality: Figures of Understanding in Romantic Theory and Practice*。伊費卡，紐約：康尼爾大學。

雷依 Rée, Jonathan。《哲學的故事：哲學及文學論文》*Philosophical Tales: An Essay on Philosophy and Literature*。倫敦：麥索仁，1987。

萊辛 Reising, Russell。《不可用的過去：美國文學的理論與研究》*The Unusable Past: Theory and the Study of American Literature*。紐約及倫敦：麥索仁，1986。

萊斯 Reiss, Timothy J.。《分析的不肯定性：真理，意義，及文化的問題》*The Uncertainty of Analysis: Problems in Truth, Meaning and Culture*。伊費卡，紐約，及倫敦：康尼爾大學，1988。

黎斯及瓦渥 Rice, Philip, and Waugh, Patricia，編。《現代文學理論：論文選讀》*Modern Literary Theory: A Reader*。倫敦：愛德華·阿諾德Edward Arnold,1989。

朗奴爾 Ronell, Avital 。《默書：論作祟的文字》*Dictations: On Haunted Writing*。布魯明頓，印第安納州：印第安納大學，1986。

羅迪 Rorty, Richard。《偶然性，反諷，及整體性》*Contingency, Irony, and Solidarity*。劍橋：劍橋大學，1989。

同上。〈文本與肉團〉"Texts and Lumps"。*New Literary History*。17（1985）：P.1−15。

同上。〈概括更高的命名主義：回應史達頓〉"The Higher Nominal-
ism in a Nutshell: A Reply to Henry Staten"。*Critical Inquiry*。
12（1986）：P.461-6。

同上。〈德希達是否超驗性的哲學家？〉"Is Derrida a Transcenden-
tal Philosopher？" *Yale Journal of Criticism*。2.2（Spring
1989）：P.207-17。

同上。〈「話語中心主義」的兩重意義：回應羅利斯〉"Two Mean-
ings of 'Logocentrism': A Reply to Norris"。見達生布克 Reed
Way Dasenbrock，編。《重劃界線：分析哲學，解構學，及文學
理論》*Re-Drawing the Lines: Analytic Philosophy, Deconstruc-
tion and Literary Theory*。明尼亞波利斯，明尼蘇達州：明尼蘇
達大學，1989。P.204-16。

羅生 Rosen, Stanley。《詮釋學作為政治學》*Hermeneutics as
Politics*。紐約及牛津：牛津大學，1987。

同上。《哲學與詩歌之爭：古代思想的研究》*The Quarrel Between
Philosophy and Poetry: Studies in Ancient Thought*。紐約及倫
敦：盧特雷基，1988。

萊仁 Ryan, Michael。《政治學與文化：給後革命社會的運作假設》
*Politics and Culture: Working Hypotheses for a Post-
Revolutionary Society*。巴的摩爾，馬里蘭州，及倫敦：霍浦金斯
大學 Johns Hopkins University Press, 1989。

萊藍斯 Rylance, Rick，編。《論辯文本：二十世紀文學理論及方法的
論文選讀》*Debating Texts: A Reader in Twentieth-Century Liter-
ary Theory and Method*。彌爾頓・基尼斯：公開大學 Open Uni-
versity Press, 1987。

沙里斯 Sallis, John，編。《解構學及哲學：德希達的文本》*Decon-*

struction and Philosophy: The Texts of Jacques Derrida。芝加哥，伊利諾州：芝加哥大學，1988。

沙洛辛斯基 Salusinszky, Imre。《社會上的批評：訪問德希達，佛萊，布朗明，約翰遜，蘭切斯亞，米勒，赫特曼，克爾慕德，及薩依德》*Criticism in Society:Interviews with Jacques Derrida, Northrop Frye, Harold Bloom, Barbara Johnson, Frank Lentricchia, J. Hillis Miller, Geoffrey Hartman, Frank Kermode and Edward Said*。倫敦：麥索仁，1987。

索伯及史波斯基 Schauber, Ellen, and Spolski, Ellen。《詮釋的局限：語言理論及文學作品》*The Bounds of Interpretation: Linguistic Theory and Literary Text*。史丹福，加州：史丹福大學，1986。

索勒斯 Scholes, Robert C.。《閱讀的規約》*Protocols of Reading*。新哈芬，康乃狄格州：耶魯大學，1990。

舒斯塔曼 Shusterman, Richard。〈分析美學，解構學，及文學理論〉"Analytic Aesthetics, Deconstruction, and Literary Theory"。*Monist*。69.1（January 1986）：P.22–38。

同上。〈解構學及分析：衝突還是融合〉"Deconstruction and Analysis: Confrontation or Convergence"。*British Journal of Aesthetics*。26.4（Autumn 1986）：P.311–27。

施伯斯 Siebers, Tobin。《批評學的倫理》*The Ethics of Criticism*。伊費卡，紐約，及倫敦：康尼爾大學，1988。

蕭法曼 Silverman, Hugh J.。《銘刻：現象學及結構主義之間》*Inscriptions:Between Phenomenology and Structuralism*。紐約及倫敦：盧特雷基，1987。

同上，編。《馬勞龐迪以降的哲學與非哲學》*Philosophy and Non-*

Philosophy Since Merleau-Ponty。倫敦：盧特雷基，1988。

蕭法曼及韋爾頓 Silverman, Hugh, and Welton, Donn，編。《後現代主義及歐陸哲學》*Postmodernism and Continental Philosophy*。奧爾班尼，紐約：紐約州立大學 State University of New York Press, 1988。

蕭法曼，編。《德希達及解構學》*Derrida and Deconstruction*。倫敦：盧特雷基，1989。

同上，編。《後現代主義──哲學及藝術》*Postmodernism──Philosophy and the Arts*。倫敦：盧特雷基，1990。

辛普遜 Simpson, David，編。《現代批評思想的本源：從萊興到黑格爾的德國美學及文學批評》*the Origins of Modern Critical Thought: German Aesthetics and Literary Criticism from Lessing to Hegel*。劍橋：劍橋大學，1988。

色斯堅 Siskin, Clifford。《浪漫主義論述的歷史性》*The Historicity of Romantic Discourse*。紐約及牛津：牛津大學，1988。

史堅拿 Skinner, Q，編。《人文科學裡偉大理論的回歸》*The Return of Grand Theory in the Human Sciences*。劍橋：劍橋大學，1985。

史洛達迪克 Sloterdijk, Peter。《譏諷理智的批判》*Critique of Cynical Reason*。愛爾律德 Michael Eldred 譯。倫敦：凡爾素 Verso, 1988；明尼亞波利斯，明尼蘇達州：明尼蘇達大學，1987。

史密夫 Smith, Barbara Herrnstein。《價值的偶然性：批評理論的另類面貌》*Contingencies of Value: Alternative Perspectives for Critical Theory*。劍橋，麻薩諸塞州：哈佛大學，1988。

史密夫 Smith, John H.《精神及其文字：黑格爾啓明哲學裡的修辭軌迹》*The Spirit and its Letter: Traces of Rhetoric in Hegel's Phi-*

losophy of Bildung。伊費卡，紐約及倫敦：康尼爾大學，1987。

史密夫 Smith, Paul。《感知主體》*Discerning the Subject*。明尼亞波利斯，明尼蘇達州：明尼蘇達大學，1988。

所羅門 Solomon, J. Fisher。《核子時代的論述及指涉》*Discourse and Reference in the Nuclear Age*。諾曼，俄克拉荷馬州：俄克拉荷馬大學，1988。

所羅門 Solomon, Robert C。《1750 年以降的歐陸哲學：自我的升沈》*Continental Philosophy Since 1750: The Rise and Fall of the Self*。牛津：牛津大學，1988。

史碧韋克 Spivak, Gayatri C.。《其他的世界裡：文化政治論文集》*In Other Worlds: Essays in Cultural Politics*。紐約及倫敦：麥索仁，1987。

同上。《後殖民批評家：訪問，策略，對話》*The Post-Colonial Critic:Interviews, Strategies, Dialogues*。哈拉森 Sarah Harasym 編。倫敦：盧特雷基，1990。

史柏林克 Sprinker, Michael。《想像性的關係：歷史唯物理論裡的美學及意識形態》*Imaginary Relations: Aesthetics and Ideology in the Theory of Historical Materialism*。倫敦：凡爾素，1987。

史達洛賓斯基 Starobinski, Jean。《盧梭：透明度與障礙物》*Jean-Jacques Rousseau: Transparency and Obstruction*。哥達漢馬 Arthur Goldhammer 譯。芝加哥，伊利諾州：芝加哥大學，1988。

史達頓 Staten, Henry。〈羅迪對德希達的規避〉"Rorty's Circumvention of Derrida"。*Critical Inquiry*。12（1986）：P.453-61。

同上。〈維根斯坦及「是」的複雜規避〉"Wittgenstein and the Intricate Evasions of 'Is'"。*New Literary History*。18.2（Winter

1988）：P.281-300。

同上。《尼采的聲音》*Nietzsche's Voice*。伊費卡，紐約及倫敦：康尼爾大學，1990。

史坦拿 Steiner, George。《真正的現存》*Real Presences*。芝加哥，伊利諾州：芝加哥大學，1989。

索斯曼 Sussman, Henry S。《大決心：批評理論及讀寫能力的問題》*High Resolution: Critical Theory and the Problem of Literacy*。紐約：牛津大學，1989。

色克拉娃 Sychrava, Juliet。《從席勒到德希達：美學的理想主義》*Schiller to Derrida: Idealism in Aesthetics*。劍橋：劍橋大學，1989。

泰勒 Taylor, Mark C。《他性》*Altarity*。芝加哥，伊利諾州：芝加哥大學，1987。

同上，編。《脈絡中的解構學：文學與哲學》*Deconstruction in Context: Literature and Philosophy*。芝加哥，伊利諾州：芝加哥大學，1986。

托度洛夫 Todorov, Tzvetan。《文學及其理論者：二十世紀批評學之我見》*Literature and Its Theorists: A Personal View of Twentieth-Century Criticism*。波忒 Catherine Porter 譯。伊費卡，紐約，及倫敦：康尼爾大學，1988。

奧瑪 Ulmer, Gregory L。《電子理論：錄像時代的文字寫作學》*Teletheory: A Gammatology in the Age of Video*。倫敦：盧特雷基，1990。

法提姆 Vattimo, Gianni。《現代性的終結：後現代文化中的無政府主義及詮釋學》*The End of Modernity: Nihilism and Hermeneutics in Postmodern Culture*。史奈德 John R. Snyder 譯。牛津：巴施

爾‧布拉克威爾，1988。

同上。《歧異的冒險：尼采及海德格後的哲學》*The Adventure of Difference:Philosophy After Nietzsche and Heidegger*。布拉米亞斯 Cyprian Blamires 譯。牛津：巴施爾‧布拉克威爾，1990。

維克斯 Vickers, Brian。《修辭的防衛》*In Defence of Rhetoric*。牛津：牛津大學，1989。

華明斯基 Warminski, Andrzej。《詮釋選讀：賀德林，黑格爾，海德格》*Readings in Interpretation: Holderlin, Hegel, Heidegger*。明尼亞波利斯，明尼蘇達州：明尼蘇達大學，1987。

華納 Warner, William Beattie。《機會及經驗的文本：佛洛依德，尼采，及莎士比亞的〈哈姆雷特〉》*Chance and the Text of Experience: Freud, Nietzsche and Shakespeare's "Hamlet"*。伊費卡，紐約，及倫敦：康尼爾大學，1986。

瓦達斯及哥德西希 Waters, Lindsay, and Godzich, Wlad，編。《閱讀德‧曼的閱讀》*Reading de Man Reading*。明尼亞波利斯，明尼蘇達州：明尼蘇達大學，1989。

韋伯 Weber, Samuel。《建制與詮釋》*Institution and Interpretation*。明尼亞波利斯，明尼蘇達大學，1987。

韋伯斯特 Webster, Roger。《研習文學理論：簡介》*Studying Literary Theory: An Introduction*。倫敦：愛德華‧阿諾德，1990。

威登 Weedon, Chris。《女性主義實踐及後結構主義理論》*Feminist Practice and Post-Structuralist Theory*。牛津：巴施爾‧布拉克威爾，1987。

韋力克 Wellek, René。《現代批評學史》*A History of Modern Criticism*。第五及六冊（英國批評，1900-1950 及美國批評，1900-1950）。新哈芬，康乃狄格州：耶魯大學，1986。

威勒 Wheeler, Samuel C。〈解構學的伸延〉"The Extension of Deconstruction"。*Monist*。69.1（January 1986）：P.3—21。

同上。〈維根斯坦作爲保守的解構者〉"Wittgenstein as Conservative Deconstructor"。*New Literary History*。18.2（Winter 1988）：P.239—58。

懷特 White, Hayden。《形式的內容：敍述性論述及歷史呈現》*The Content of the Form: Narrative Discourse and History Representation*。巴的摩爾，馬里蘭州及倫敦：霍浦金斯大學，1987。

烏德 Wood, David。《時間的解構》*The Deconstruction of Time*。大西洋高地，新澤西州：人文科學國際 Humanities Press International, 1989。

烏德及貝納斯康尼 Wood, David, and Bernasconi, Robert，編。《德希達及歧異／延宕作用》*Derrida and Différance*。艾凡斯頓，伊利諾州：西北大學，1988。

烏德，編。《哲學家的詩人》*Philosophers' Poets*。倫敦：盧特雷基，1990。

同上，編。《寫作將來》*Writing the Future*。倫敦：盧特雷基，1990。

華登及史提爾 Worton, Michael, and Still, Judith，編。《文本互涉性：理論與實踐》*Intertextuality: Theories and Practices*。曼徹斯特：曼徹斯特大學，1990。

楊格 Young, Robert。《白的神話：寫作，歷史，及西方》*White Mythologies: Writing, History and the West*。倫敦：盧特雷基，1990。

索　引

∞新韻叢書系列∞

① 《讀者反應理論批評》

伊麗莎白・弗洛恩德 著
陳燕谷 譯
定價180元

二十年來，美國文學批評界最關心的，便是廣泛討論閱讀過程與文本讀者關係為何的問題。這是對新批評與形式主義把文學作品看做客觀自足的一種反動。

本書作家勾劃了讀者反應理論的發展，言簡意賅。先從瑞查茲與新批評談起，再集中地討論四位重要批評家，分別是：庫勒，費許，何蘭，與以瑟等。

最後，本書作者把讀者反應理論跟哲學方法結合起來，特別是後期結構與修辭學方面流行的相關論點：解構批評大師哈德曼讚美本書是召回讀者最重要的一本批評理論。

② 《接受美學理論》

R.C.赫魯伯 著
董之林 譯
定價180元

六十年代，主宰文學批評界的理論，就是接受美學。本書作者全面性地介紹了這個最重要的理論。

接受美學關心的問題是：文學作品怎麼詮釋？讀者與文本，讀者與作者，作者與自己的作品之間的複雜關係為何？

本書作者先從形式主義，結構主義，現象學，詮釋學與文學社會學等各方面進行基礎性的討論，再深入分析德國最重要的兩位接受美學大師姚斯與以瑟的精闢見解。

加州大學教授布蘭查讚美本書是接受美學理論最標準的參考書。

③《後設小說》
——自我意識小說的理論與實踐

帕特里莎・渥厄　著
錢競・劉雁濱　譯
定價180元

小說未來前途如何？

二十年來，小說家與批評家感興趣的就是這個問題。

本書作者詳細檢討當代英美小說如何受到複雜的政治、社會與經濟因素的影響。運用當代文化批評理論，分析了大眾傳播媒體如何左右小說創作，並思考小說讀者如何參與主題表現的問題。

後設小說，也可叫自我反省的小說。

本書作者廣泛引述當代後設小說大師的名作，諸如：傅敖斯，波赫士，巴莎姆，馮內果，與帕斯等。指出後設小說喜用諧擬手法與大眾傳播媒體和種種非文學形式，正是小說未來要走的一條道路。

④《解構批評理論與應用》

諾利斯・克里斯多福　著
劉自荃　譯
定價280元

解構主義，質疑任何信以為真的語言、經驗。質疑任何習以為常的人文訊息。它有點像懷疑主義，無時無刻不發生，但卻沒有好好地被研究處理。

本書作者諾利斯・克里斯多福，在解構大師德希達的「文本集中探險」的基本理念下，重新考察文學批評與哲學的解構理論，展示了這一理論的實際批評。書中涉及了尼采、海德格、與美國解構批評四人幫的新看法。

本書對具有開放心靈的讀者是一種挑戰，對當代文學批評與哲學語言的反思，是一種刺激。美國耶魯大學教授布魯姆贊譽本書是他所見過最傑出、最準確的解構批評專書。

⑤ 《女性主義文學批評》

格雷·格林
考比里亞·庫恩　編

陳引馳　譯

　　女權主義文學批評是時下西方學術界最具影響力的批評思潮之一。它稟有著激進的特性，對兩方固有的文化觀念構成了徹底的巔覆。

　　女權主義文學批評兼攝了許多種學術洞見：女權主義理論、心理分析學、現代語言學、後結構主義、馬克思主義……因而複雜、晦澀又茲多采多姿。

　　本書由新銳的女權主義批評家合作撰集，展現了女權主義文學批評理論與實踐的各個方面，論涉到文學理論、文學批評、文學歷史及當代創作的諸多核心問題。

⑥ 《性別／文本政治》
　　　－女性主義文學理論

托里莫伊　著

陳潔詩　譯

　　「並非純客觀文獻，亦非僅是派系性爭論……此書顯示了女性主義理論建構最嚴峻的一面。」

　　　　　　　　　　　　　　　《女性評論》

　　什麼是女性主義批評性實踐的政治含意？文學文本的問題如何與女性主義政治的優先次序及角度產生聯繫？《性別／文本政治》致力解決這些基本問題及討論女性主義評說的兩大重要分流－英美及法國－的優點及限制，集中討論西佐斯，伊里加拉及克里斯瓦。適合對此論題沒有什麼認識的讀者；然而，《性別／文本政治》干預現時流行的爭論，積極主張一種政治性與理論性評論，反對只是文本性或非政治性方法。

　　托里莫伊任教於公爵大學。

⟨駱駝叢刊⟩

中國本土童話鑑賞（精）

陳蒲清　著
定價550元

一、本書是我國第一本全面系統的古童話選本，它將古代童話分為醞釀期（先秦兩漢）、成型期（六期）、繁盛期（唐代）、中衰期（宋至明中葉）、復興期（明中葉至清初）。

二、本書共選童話62家118篇作品，這些作品有些在世界上占有領先地位，如「葉眼」早於歐洲「灰姑娘」八、九百年、「魚茲國王」為歐洲「尼伯尼根之歌」的來源。「虛空細縷」曾影響「皇帝的新衣」，即時「虎媼傳」也早於「小紅帽」（狼外婆）。這些作品大都境界優美，想象奇特，情節引人。

五、本書按〔書名簡介〕〔原文〕〔注釋〕〔經文〕〔簡評〕體例，注釋准確，經文流利，簡評扼要，並適當附有對比資料，雅俗共賞，可提高青少年智力，想像力和表達寫作能力。

六、全書56.31萬字。

寓言文學理論・歷史與應用

陳蒲清　著
定價350元

此書是陳蒲清教授的新著，是他繼＜中國古代寓言史＞之後的又一力作。本書第一個最突出的特點是它的貫通性。

第二個特點是從寓言的本質入手，對寓言的各個方面進行廣泛，深入的分析。第三特點是做了寓言理論與寓言創作實踐的結合；用寓言創作實踐檢驗寓言理論、豐富寓言理論，從而使寓言理論在前人的基礎上有所發展。第四個特點是把寓言的應用放在人類文化這個大系統進行研究，廣泛探討了寓言與哲學、寓言與宗教、寓言與政治、寓言與文學、寓言與國際交流關係。

中國戲劇學史（精）

葉長海　著
定價550元

　　戲劇是一門新興的學科，它的獨立和體系化是從本世紀初開始的。本書試圖從個體上把握中國古代戲劇研究成果的全貌，較全面地反映出古代戲劇研究的內容及寫利方式的多樣性並從戲劇藝術的諸因素（劇本劇作、表演劇場效果等）出發揭示中國古代戲劇研究的發展軌道。

悲劇心理學

朱光潛　著
定價200元

　　朱光潛先生是中國當代著名美學家。本書原用英文寫成，首版於一九三三年，為作者美學、哲學思想的起點，也是作者以後主要著作的思想萌芽。作者在書中分析了悲劇產生的歷史背景和溯源，討論及剖析西方學者對悲劇的觀點，同時深入探討悲劇的喜怒與狠毒、同情、憐憫恐懼的關係。

美從何處尋

宗白華　著
定價300元

　　《美從何處尋》一書收集了宗先生一些重要的美學和文藝的論文，談及中國藝術的審美特徵，中國文化的美麗精神，藝術的價值結構，文藝的空靈與充實，詩歌，書法的空間意識與美感等，對中國美學和藝術特點的研究與把握，對中國和西方美學思想的比較，均達到了十分精深的境界，受到海內外許多學者的熱烈，歡迎與高度評價。

《後東方主義》
—中西文化批評論述

朱耀偉　著
定價250元

　　本書的主要目的乃在於審察「後東方主義」時期的中西文化比較研究與他者的論述之微妙關係。全書主要分為三部份：「中國」、「理論」、「他者」。「中國」的部份乃重新論述中國傳統思想，希望讓其在當代批評論述中轉化，形成另一種聲音；「理論」的部份著重探索這種轉化所要面對的論述困局；而「他者」的部份則把課題置在文化之間去探討另類／中國論述的可能性。總而言之，本書是當代文化批評論述的一種重述（reartlculation），希望對真正的「後」殖民時期的中國研究之去向作出省思。

比較文學影響論
—誤讀圖示

[美]哈羅德・布魯姆　著
朱立元、陳克明　譯　定價200元

　　此書原名為[誤讀圖示]1975年出版，比較系統地提出了影響。即誤讀的理論豐富了解構主義文學理論。

　　布魯姆認為，誤讀實際上是後輩與前輩的鬥爭和衝突，譬如布魯克（Blake）就是在擺脫彌頓（Milton）的決定性影響和[重寫]（＜失樂圖＞）的鬥爭中確立起他自己的天才地位。

　　本書前五章主要探討誤解或強有力的「誤讀」的理論與技巧，後六章集中在誤解性的例子上，此書是布魯姆最重要的理論貢獻。

◎新大學叢書系列◎

①詩經簡釋

黃忠慎　著
定價600元

　　《詩經簡釋》以［註解］與［說明］的方式，將《詩經》各篇文字及主題，用最簡約的筆墨，作了最扼要的解釋。

　　然本書雖以簡要為特色，以《詩》無達詁之故，名條註解未必只取一說，各篇主題也因顧及《詩經》在經學與文學方面的雙重價值，而採「不薄今人愛古人」的態度進行討論，希望能達到客觀平允，而又有著者個人意見的要求。

　　時下許多同性質的書籍，行文採用淺近之文言，本書則除引用前人原文之外，一律使用簡潔之白話，希望能因此而使《詩經》這本書更為大眾所熟知。

②詩學理論與詮釋

張簡坤明　著
定價：600元

　　本書採理論與賞析並進方式,透過詮釋、解析將我國古典詩歌，從上古歌謠、詩經、、兩漢樂府、魏晉南北朝到唐、宋詩在體製、句型、押韻、章法、結構和創作技巧方面的演變過程，作深入淺出的介紹；並賞析歷代有名的詩作，以了解古代詩人創作的心路歷程和匠心獨運的地方。期盼能使讀者對中國古典詩歌有一通盤、全面的認識。

③昭明文選斠讀（上下冊）

游志誠　著
徐正英　著

　　本書分兩部份，第一部份綜述文選學的範疇、方法、與相關層面。凡近世諸家有說者大抵述及，並在前人基礎上，引出新見解、新詮釋。可謂新文選學的概論。

　　第二部份直接解讀文選作品，徵實與課虛並重。先錄正確白文、次校證之，再細審五臣注與善注之正誤，悉納《文選考異》所校，而又更輔證以新出版本，所用宋版文選，有奎章閣本、廣都本、贛州本、尤本、陳八郎本、明州本等。均為前輩學者所未見。彌足珍貴。

　　次殿以今注，詳略得宜，並盡力切合當代處境。每篇之末收錄各家集評，最後再殿以精細之總案。有校有讀，因名曰：文選校讀。為臺灣中文學界首次精讀文選的一本大學教科書。

DECONSTRUCTION:

THEORY AND PRACTICE

國家圖書館出版品預行編目資料

解構批評理論與應用 / 克里斯多福‧諾利斯（
　Christopher Norris)著 ; 劉自荃譯, -- 一版
　--[臺北縣]板橋市 : 駱駝出版 , 1995[民84]
　　面 ; 公分. -- (新韻叢書 : 4)
譯自 : Deconstruction, theory and practice
參考書目 : 面
含索引
ISBN 957-99593-1-5 (平裝)

1. 文學 - 哲學, 原理

810.1　　　　　　　　　　　　84003144

新韻叢書④
解構批評理論與應用　　　　　　　　　　一版　1995/6
（Deconstruction: Theory and Practice）

著　　者：Christopher Norris
譯　　者：劉　自　荃
發 行 人：陳　巨　擘

本書如有破損、缺頁或倒裝，
請寄回更換。　　　　　出 版 者：駱　駝　出　版　社
　　　　　　　　　　　地　　址：台北市博愛路25號312室
　　　　　　　　　　　電　　話：(02)23711031
　　　　　　　　　　　傳　　真：(02)23815823
　　　　　　　　　　　總 經 銷：高 雄 復 文 圖 書 出 版 社
　　　　　　　　　　　　　　　　地址： 高 雄 市 泉 州 街 5號
　　　　　　　　　　　　　　　　電話：(07)2261273
　　　　　　　　　　　　　　　　傳真：(07)2264697
　　　　　　　　　　　　　　　　郵撥：41299514
　　　　　　　　　　　裝　　訂：高 揚 文 化 事 業 有 限 公 司
行政院新聞局出版事業登記證局版台業字第3950號　ISBN 957-99593-1-5
http://www.liwen.com.tw
E-mail:liwen@mail.liwen.com.tw